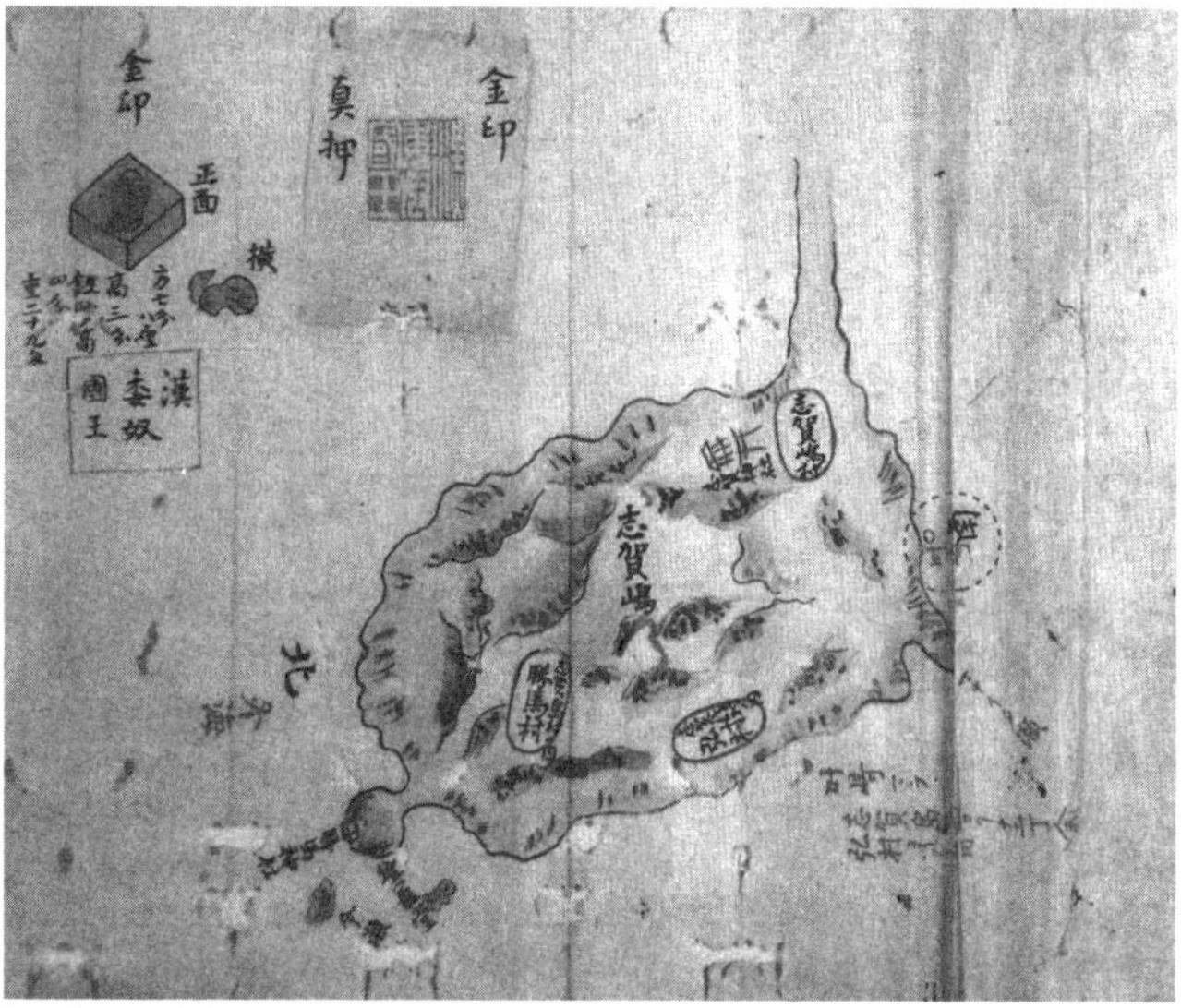

亀井南冥図：金印出土地

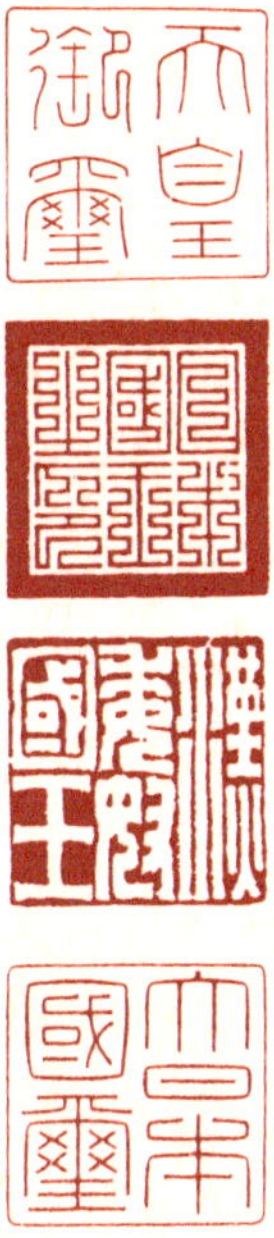

日本史アンダーワールド

七つの金印

明石散人

講談社

装幀―大路浩実　笹尾有

日本史アンダーワールド

七つの金印

目次

幻の金印

「天皇御璽」

「重量が二十キロ！　ちょっと信じられないな」

「だから視《み》たって言ったでしょう。私は現にこの目で視たんだから。どうして信じないのよ」

「どんな形をしていたんだ」

「一辺が十センチほどの正方形で上部に亀が乗っていたわ。全体の高さは二十センチくらいね。純金なんだから二十キロあったって不思議じゃないわよ」

「ずいぶん大きいんだな」

「まだ信じないの？」

「確かに『日本国王之印』の金印は足利義満と豊臣秀吉の二人が、明《みん》の皇帝成祖《せいそ》と神宗《しんそう》から贈られた事実はあるけど、二つともとっくの昔に失われ、正確な形状は無論のこと、金印の印影すら伝世していない。マキの話を聞く限り、その金印は亀鈕《きちゅう》印のようだけど、やっぱり実物を視ないと何とも言えないな」

「もう良いわ。私はあなたがこの話を聞いたらびっくりすると思って、それで飛んで帰ってきたんだけど、無駄だったようね」

　マキは仏頂面だ。

「僕はマキが視たという金印を贋物と決め付けたわけじゃないよ。ただ、俄《にわ》かに信じられない話だからね。で、どこでその金印を視たんだ」

「男鹿《おが》半島の雄山閣《ゆうざんかく》という温泉旅館よ。そこに小さなロビーがあって、何だか訳の判らない物と一緒に飾ってあったのよ」

「温泉旅館の飾り物？　そんな所に本物の金印があるわけないじゃないか」

「私だって最初はそう思ったわ。でも、何か気になって、その旅館の社長さんに話を聞いてみたのよ。説明を受けているうちに私の直感は確信に変わったわ。本物だってね。とんでもない所にとんでもない物があることって良くあるじゃない」

「旅館の社長はその金印をどんな風に説明したんだ。マキが信じたんだからそれ相応の説明があったんだろう」

「実を言うと、旅館の社長さんは本物とは思っていないの」

「持ち主でさえ信じていないのに、それをマキは本物だって言うわけ」

「とにかく、私の話を黙って聞いてよ。旅館の社長さんが言うには……、金印はヘンリー・フォールズ旧蔵で、社長さんの祖父が戦前に東京で、明の成祖が足利義満へ贈った金印ということで購入したらしいの。祖父の代から飾ってあるので今でもガラスケースの中に入れて旅館のお客様に視せてはいるが、自分自身でも信じがたい話だと言っていたわ」

「だから、何故マキはその金印を本物だと思ったんだ。その説明を聞かせてくれなければ、僕にはコメントの仕様がないだろう」

「私が先月山口県の秋吉台《あきよしだい》へ取材に行ったことは知っているでしょう。その帰りに防府《ほうふ》市へ寄ったんだけど、ちょっと暇があったものだから、博物館へ行ったのね。その博物館に一辺の長さが十センチもある大きな木製の印が展示されていたの。この木印は大内氏が大明との勘合符貿易の際に用いたものなんだけど、木印の側面には右から『日本国王臣源《にほんこくおうしんみなもと》』と墨書《ぼくしょ》され、印文が『日本国王之印』とあることから、この印は明の成祖が足利義満へ贈った『日本国王之印』を大内氏が模造したものだと言われているのよ」

「それで」

僕が短く答えると、マキの表情がまた気色《けしき》ばんだ。

「何よ！　どうしてそんな気のない返事をするの。やっぱり信じてないんだ」

「そうじゃない。話の腰を折ると悪いから短く相槌《あいづち》を打ったんだ。僕の見解は、マキの話を全部聞いてからちゃんと言うよ」

「だいたいあなたって、人が何か言うと必ず批判をするもんね。何から何まで自分の言うことだけが正しくて、他人のことなんか何にも認めないんだから」

「話の方向が違うだろう。今は足利義満の金印がテーマじゃないか。僕の性格のことは関係ないと思うけどね」

「関係があるから言ってるの。あなたも良くご承知の通り、私は何事に対しても一応信じてみる性質《たち》だわ。でもあなたって、何事も懐疑的に視るじゃない。だから義満の金印を巡る解釈は、私とあなたにとって、ある意味でとっても象徴的な問題なのよ。私は誰に対しても優しいけど、あなたって本当に意地悪だもんね」

マキの話はどんどん本題から逸《そ》れていく。いつもそうだ。僕に言わせれば、マキが言った二人の性格分析は全く反対で、僕はそっくり返したい気分である。それは確かに、他人が僕と彼女をごく表面的に観察したとすれば、彼女は何事も信じ、僕は何事も疑って掛かるように視えるだろう。でも、これはあくまで表面的なことで、実は裏側から視ると全く逆なのだ。

マキの性格は取り敢《あ》えず対象を信じるが、信じた上で、今度は信じるに足る憑拠《ひょうきょ》をいくつも探し始め、その採取した憑拠で対象を囲い込む作業に没頭する。で、結局のところ、最初は信じたけれど、やっぱり信じられないと投げ出してしまう。

一方僕は、疑問点の採取に全力を尽くし、ありとあらゆる疑問をその対象へぶつけていく。つまり、最初は何事も疑うが、何故疑うかと言えばそれは信じたいからこそ疑うのだ。当然、マキが視たという足利義満の金印にしたって、僕の方がマキよりずっと本物であって欲しいと願っている。

義満の金印なら、これも幻の秀吉の金印と並ぶ国宝級のものだし、これより上は邪馬台国《やまたいこく》の女王卑弥呼《ひみこ》が魏王《ぎおう》から贈られた「親魏倭王《しんぎわおう》」の金印と、現在国宝に指定されている余りにも有名な「漢委奴国王《かんのわのなのくにのおう》」の金印しかないだろう。

この四つの秘宝のうち三つが失われている。もし仮に、足利義満の「日本国王之印」が発見されれば、勿論国宝になるだろうし、連日テレビや新聞が大騒ぎすることは間違いない。それほどの大発見だ。本当のことを言えば、マキから義満の金印を視たと聞かされた瞬間、僕はもう心の底からわくわくして頭の中は一刻も早く確認したいとの想いで溢れ返っている。

「話がちっとも前へ進まないじゃないか。もう一度聞くけど、何故その金印を本物と思ったんだ」

「私が何かの力で導かれたからよ」

「導かれた？」

「だって、そうなの。秋吉台の取材って山陽新幹線の小郡《おごおり》からレンタカーを使ったのね。ところが秋吉台から帰る途中の道路が事故で不通になって、それで迂回《うかい》して防府経由で小郡へ戻ることになったのよ。だから、あの大内氏の木印を視た博物館へ立ち寄ったことって、本当に偶然なの。私ってこういう出会いに凄く敏感でしょう。東京へ帰るとすぐに足利義満の金印のことを調べたのよ。ところであなたって義満の金印のことをどのくらい知ってるの？　それを先に聞いておきたいわ。じゃないと、私の論を正しく分析できないと思うし、あまり見当外れなことを言われても困るからね」

マキが一呼吸置くような感じで僕の顔を覗き込んでくる。視線が重なるとマキはちょっと笑みを浮かべた。こういう時は要注意である。何故なら、こんな雰囲気の時のマキは、それはもう完璧に理論武装していて、うろ覚えの生半可な知識ではとてもついていけない。僕が何か言おうものなら、マキは矢継ぎ早に質問を繰り出して、僕の手持ちの知識はあっという間に消費させられ、僕の頭の中が空っぽになったところで、マキは徐《おもむろ》に自分の論を展開し始める。こうなると僕は頷《うなず》くしか術《すべ》はない。マキの狙いは判っている。先走って何か言うのはとても危険なのだ。もっとも今の僕は、マキが突然持ち込んできた義満の金印に関して、その情報ストックはごく常識的なことに限られ、専門的な知識は殆《ほとん》どゼロに等しい。でもこれは、僕に限らず誰だってそうだ。いきなり足利義満の金印をテーマに振られ、これで話が始まったら付いて行けるのは余程の室町研究家か特殊な印章研究家くらいしかいないだろう。

「僕が知ってるのは、明の成祖が義満へ『爾《なんじ》を封《ほう》じて日本国王と為《な》す』と金印をくれたってことくらいだ。後はうろ覚えばかりだから資料的な考察となると何も判らないと言った方が良いかもしれない」

「一流大学の史学科を卒業したっていうのに、あなたって何を勉強していたのかしら。義満の金印のことは、それ以後の室町幕府全体の根幹に関わる問題でしょう。それなのに義満の金印のことをその程度しか知らないなんておかしいじゃない。だから大学に残れないのよ」

「僕が大学に残らなかったのは気儘《きまま》な人生を送りたかったからだ」

「それで就職もせずにウロウロしているわけ？　私なんかあなたと違って大変だわ。朝は六時半に起きるのよ。それから、あの小さな雑誌社まで三十分も電車に乗って、おまけに月のうち十日は地方取材なんだから」

「嫌なら辞めれば良いだろう」

「あなたはこの私に仕事を辞めろって言うの？　じゃあ聞くけど、無職のあなたがこの私をどうやって養うのよ」

「何でマキを養わなきゃいけないんだ」

「当たり前でしょう。私は無収入になるんだから。こっちの方こそ聞きたいわ」

マキと出会ったのは今から五年前の秋、僕がC大学の一年生の時だ。調べもので北の丸の内閣文庫へ行った帰り道、近代美術館の前を歩いていると、突然全身に物凄い衝撃を感じて宙に浮き、そのまま路上へ叩き付けられた。僕は車に撥《は》ねられたのだ。車を運転していたのがT大二年生のマキだった。骨折はなかったが酷《ひど》い打ち身で一週間ほど入院した。

病院へはマキの両親も見舞いに来た。マキの父親が差し出す名刺を見ると某官庁の局長とあった。今年の春、父親は事務次官になったというから、マキは極めつきのお嬢様である。大学の成績も抜群で、これに彼女の父親のコネクションを合わせれば、どんな所だって就職できる環境にあったのに、気まぐれと言うか、それとも僕に対する当てこすりなのか、どういう訳だか従業員が五人しかいないような小さな出版社へと就職した。その癖マキは、この僕に父親の伝手《つて》で好きな所へ就職させてやると高飛車に言う時がある。大きなお世話としか言いようがないが、いずれにしても、僕と彼女は被害者と加害者として出会ったのだ。もっともマキに言わせると、あの事故は僕が突然歩道から車道へよろけてきたから撥ねたのであって避けようがない無過失責任だと、今でも絶対に自分の非を認めようとしない。

「マキは金印の話をしに来たんじゃないのか」

「あなたが余計なことを言うからよ。どこまで話したか忘れちゃったじゃない」

「マキの視た金印が何故本物かと聞いたら、何かの力に導かれたからだって言っただろう。そこからだよ」

「そうだっけ。とにかく、私は小郡から帰って来ると、足利義満の金印に関する資料を根こそぎ調べたの。それで判ったのは、金印の形状が四霊《しれい》、龍、亀、麟、鳳を指すんだけど、このうちの亀がデザインされた亀鈕《きちゆう》印であることと、両手で持っても往生するほど重かったってことなのね。ただ義満の金印は五百年ほど前の大永年間（一五二一〜一五二八）には既に失われていて、それ以後誰も視た人がいないのよ。足利十二代将軍義晴が大永七（一五二七）年に明の世宗《せいそう》へ送った国書の別幅には、『三代将軍義満の賜《たまわ》った金印が昨今の戦乱でその所在を失ってしまった。本来国書には賜った日本国王之印を捺印《なついん》すべきだが、やむを得ずの措置《そち》として金印の代わりに自分の花判《はん》を用いることを了承して欲しい。そのようなわけなので、もう一度金印を賜りたい。新しい金印は宝として未来永劫大切にしますから』と記されているわ。いずれにしても実物がないんなら、それ以上調べたって意味はないから、私の頭の中から義満の金印のことは消えたわ。ところが三日前、秋田の男鹿半島の雄山閣から突然電話が掛かってきて、うちの雑誌に広告を兼ねた記事を載せて欲しいと依頼があったの。地方の旅館って、大手の旅行代理店と深い繋がりでもない限りなかなか全国的な宣伝ができないでしょう。それで、どこかの旅行雑誌へ旅館の案内を掲載しようと思ったらしいのね。でも、うちより大きな旅行雑誌出版社は沢山あるじゃない。それなのに何故うちかと言ったら、私の書いた秋吉台の文章を視たからなんだって。何だか嬉しいじゃない。大した条件じゃなかったけど、即引き受けて男鹿半島の北浦まで行ったのよ」

「ふーん、僕はその文章を読んでいないけど、マキが旅館の案内記事を上手《じょうず》に書くとは知らなかった。こき下ろすんなら判るけどね」

「どういう意味？」

言ってからしまったと思ったが、意外なことにマキはちょっと笑っただけで話の先を直ぐに続けた。

「とにかく予算がないから、秋田まで飛行機で行って、そこからタクシーで北浦へなんてできないし、男鹿線の羽立《はだち》という駅で降りて、この羽立から男鹿半島を横切る形の反対側にある北浦まで行ったのよ。男鹿半島の西側って本当に陸の孤島みたいな所なのね。でも結果として、その取り残されたような不便さが自然環境の保存に寄与していて、どこもかしこも一級品の風景なのよ。ナマハゲみたいな古い文化も完璧な形で継承しているし……、私はとても気に入ったわ。そう言えば、この旅館の温泉が最高だったの。私は仕事柄全国の温泉を巡っているけど、ここの温泉はベストスリーに入るわね。温泉だけじゃないわ。お食事がとても美味《おい》しいの。これもベストスリーに入るわね。私は全国の観光旅館を自然、文化、温泉、味、接客、建物という六つの観点からランク付けしているんだけど、総合点で視ても間違いなくトップクラスの旅館ね。社長さんはお客様が少ないとこぼしていたけど、旅館の良さって鄙《ひな》びた所にもあるじゃない。私はその少し寂しげな所も大いに気に入ったのよ。そうだ、来週末にでも雄山閣へ連れて行ってあげようか？」

マキの話がまた横道に逸れている。いつものことだが、マキの話は話が進めば進むほど本来の主題を失っていく。お使いに出された小さな子供が、四つ角を曲がる度《たび》に寄り道をして、結局何も買わずに帰って来るのと良く似ている。だからと言って集中力の継続ができないとか、注意力が散漫なのかというと、それがそうでもない。多分に意識的なものなのだ。

「で、金印はどこで登場するんだ？　僕はもうこれ以上、素晴らしい風景、心地よい温泉、筆舌に尽くし難い美味しい食事、この類《たぐい》の話を聞きたくないよ」

「あなたって何から何まで本当に余裕がないのよね。部屋にばかり閉じ籠っていないで、表の空気を沢山吸って、気分をリフレッシュしたらどうかしら。あのね、私はこの旅館で確かに足利義満の金印を視たの！　あなたが私の話を信じられないのは、何事にも余裕がないからよ。余裕のない生活は何事も懐疑的に視ることに直結するわ。だから男鹿の温泉へ連れて行ってあげると言ったのよ」

「僕のような庶民は何から何まで疑り深くてちょうど良い。僕は誰にも守ってもらえないからね。

マキとは違うよ」

「そういう考え方がそもそもおかしいのよ。あなたのは疑り深いんじゃなくて、単に拗《す》ねているっていうか、そうね、ひねくれ者っていうところかしら」

「とにかくマキ、男鹿半島の旅館で視たという金印が何故本物なのか、それを説明して欲しい」

「全部説明したじゃない。まだ判らないの？」

「僕は義満の金印とマキが雄山閣で視た金印の説明を受けた記憶はあるけど、この二つを同じ物とする理由は聞いていないよ」

「あなた私の話を聞いていなかったの？」

「聞いていたからこそ言ってるんだろう。僕には何故雄山閣にある金印を本物と断定できるのか全く判らない」

「あのね、義満の金印ってさっきあなたも言っていたけど、正確な形状は不明で印影も残されていないのよ。もう一度繰り返すけど、判っているのは金印が亀鈕印であること。両手で持っても往生するほどの重量があったこと。十二代将軍義晴の頃に失われたこと。そして以後誰も視た人がいないこと。この四点なの。雄山閣の金印も形状は亀鈕印だわ。次に金印の大きさだけど、文献上からは金印の寸法に関しての情報採取はできないけど、重さに関してはできるでしょう。私が視た雄山閣の金印は、高さが凡《およ》そ二十センチ、そして印面は十センチくらいの正方形で二十キロもある純金製なのよ。このことは義満の金印が、両手で持っても往生するほどの重量があったという文献上の記録と一致するわ。それから最も重要なことは、義満の金印は鋳潰《いつぶ》されたのではなく失われたの。鋳潰されたんだったら伝世することは有り得ないけど、単になくなったのなら今日まで誰も知らない所で伝世していたって不思議じゃないわ。雄山閣の金印は間違いなく本物よ」

「でもマキ、模刻された可能性だってあるじゃないか」

「絶対にないわ」

「あるよ」

「ないってば！」

「どうして？」

「じゃあ聞くけど、雄山閣の金印は一体いつ頃誰が模刻したと言うのよ。模刻するには本物が必要だわ。でも義満の金印は既に大永年間に失われているのよ。本物がなければ忠実な写しはできないじゃない。雄山閣の金印を模刻印とするには、その可能性は二つしかないの。一つは大永年間以前、まだ義満の金印が足利将軍家に伝世していた頃、足利将軍家によって模刻された可能性。もう一つは……、十二代将軍義晴が明の世宗へ『金印を失った』と口上したのは大嘘で、本当の狙いは世宗から二十キロもある巨大な純金製の印を騙し取ることにあり、義満の金印はちゃんと足利家に伝世していたと仮定する、これだったら雄山閣の金印は義晴の大永年間からヘンリー・フォールズが日本に滞在していた明治一九（一八八六）年までの間に模刻された可能性が生じるわ。模刻印とするにはこの二つの条件下でしか有り得ないのよ。あなたもここまでは素直に認めるわね」

　マキの言うことに一理あるので、僕は取り敢えず頷いた。マキは得意そうだが、僕が頷いたのはマキの論に屈したからではない。僕は飽くまで取り敢えずとして頷いたのである。

「最初の可能性は簡単に否定できるわ。大永年間までの室町文献に義満の金印は頻繁《ひんぱん》に出てくるから、仮に義満の金印が模刻された事実があれば、そのことは必ず文献に記載されると思うのね。でも模刻の記述はどこにもないわ。大永以前の室町文献に模刻の記録がないなら、それは模刻の事実もないということに直結するのよ。違う？」

「秘密裏に模刻した可能性だってあると思うけど」

「公《おおやけ》にできない形では無理よ。金印は足利幕府の最大の至宝だったから厳重に管理されていたし、それに二十キロもあって純金で模刻するには莫大なお金が掛かるわ。何者かがこっそり視ることも不可能なのよ。金印の匣《はこ》には将軍の花判が糊《のり》付けで貼ってあるんだから。金印を模刻するには幕府の正式行事としない限り絶対に無理だわ」

　僕はまた沈黙してしまった。僕は全くといって良いほど義満の金印に関する文献知識を持ち合わせていない。マキはそんな僕を見透かすかのように何もかも断定口調で押し進めようとする。

　マキの声が一段と高くなった。

「ただ二つ目の可能性はそう簡単な問題ではないわ。実を言うとね、私はこの二つ目の可能性を

ない。

　マキがまた僕の顔を覗き込んで来る。僕にはマキがこの先どんな論を展開するのか一向に判らない。

「とても重要視しているの」

「どういうこと？」

「義晴が明への国書で『金印を失った』と口上したことなんだけど、この口上の意味合いってもの凄く深いものがあるじゃない。何しろ色々な可能性が考えられるでしょう。ちょっと考えただけでもその背景はいくつもあるわ」

「さっきマキは、十二代将軍義晴が明の世宗から巨大な金印を騙《だま》し取るつもりで大嘘をついたって言ったじゃないか。あの論は違うわけ？」

「あれはレトリックとして言ったんじゃない。でも強《あなが》ちでたらめでもないのよ。確かにその可能性も否定できないのね。二十キロの金印と言えば、ひるも金（楕円状をした百グラム前後の延金板）二百枚にも相当し、このひるも金一枚は三十貫文（約百五十万円）の銭貨に換算できるから……、二十キロの金印と言えば六千貫文でしょう。当時の記録を視ると足利幕府の一ヵ月の総支出は三百貫文程度なのね。だから金印一つで二十ヵ月分の支出が賄《まかな》えるわ。義晴は非常に困窮していたから明の世宗へ何かと理屈を付けて金印を騙し取ろうと考えたって不思議じゃないのよ。でも結局、明の世宗は義晴へ金印を贈らなかったわ」

「義晴は金印をせしめることに失敗したってこと？」

「結果としてはそうね。でもそんなことは大して重要な問題ではないの」

「マキが何を言いたいのかどうも判らないな」

「私が視た雄山閣金印と義晴の国書の口上を結び付けて考えた時、国書の表に書かれた内容よりも背景、例えば、何故義晴は金印をもう一度賜りたいと願い出たのか、この口上の持つ背景の方がずっと重要だからよ。私は義晴の国書口上の背景をあらゆる角度から考えてみたの。例えば、国書の文面をそのまま信じたとするわね。つまり、金印は本当に失われていたって場合のことよ。この条件下で可能な限りのパターンを推察してみると……、幕府の勘合符貿易は十一代将軍義澄《よしずみ》の明応五（一四九六）年が最後だから、勘合符貿易に金印を必須の条件として考察すれば、明応五年までの金印伝世は確実であり、従って金印が失われたのは明応五年から義晴国書の大永七（一五二七）年までの間となる、ねえ、この最初の推察が、私の以後の推察の前提になることは判るわよね」

僕は小さく頷いた。

「次に失われた原因なんだけど……、まず考えられるのは、足利幕府の財政難は義澄、義晴の頃に頂点に達するから、この二人の将軍のうちのどちらかが金印を鋳潰してしまった可能性なのね」

「仮に義晴が鋳潰したのなら、義晴は自分で鋳潰しておきながら世宗へ代わりをねだったたってこと？」

「そうね。でも、その辺のモラルのことは、私の推察には全く関係ないし、どうでも良いことだわ。あのね、あなたは何も判らないんだから、一々つまらない合いの手なんか入れないで、ここは黙って私の話を聞いてて欲しいのよね」

　マキは切り口上みたいな言い方であっという間に僕を沈黙させると、さっきにも増して滔々《とうとう》と続きを始めた。

「それから、明応五年から大永七年までの凡そ三十年の間に金印は泥棒されて足利家から失われた可能性だって考えられるわ。この場合も義晴は金印の下賜《かし》を願い出ることになるでしょう。次に、金印は失われず実際には伝世していた時のことね。この条件下での推察は一つしかないわ。さっきも言ったけど……、義晴は明の世宗を欺《あざむ》きあわよくば金印をもう一つ手に入れようと思ったってことよ。義晴の国書口上の背景はこんな所くらいかしら。そうでしょう？」

「で、マキはどの背景を採用したんだ」

「私の考えではね、この頃の室町幕府って将軍の権力は失墜していたし、義晴も京都を追われて近江坂本へ何度も避難していたから、そのどさくさの中で誰かに盗まれちゃったんじゃないかしら。あなたもそう思わない？」

　マキがしれっとした顔で同意を求めてくる。さすがに唖然とした。全くのご都合主義としか言いようがない。最初から泥棒説を主張すれば、当然、僕はその他の可能性を主張するだろう。マキはこれを嫌ったのだ。これを阻止するには、僕より先に考え得る可能性の全てを自らが語って、僕に何も言わせないのが最良の方策である。予《あらかじ》めマキの答えは決まっていたのだ。

「マキはその泥棒された金印が巡り巡って雄山閣に伝世したって言いたいわけ？」

「そうよ。足利家が正当に伝世させていたなら、それは確実に文献に残るわ。でも大永年間以後の文献に義満の金印のことは一度も登場しないのよ。これは絶対なの。私はありとあらゆる文献を隅々まで調べたんだから。だったら、言えることは一つしかないでしょう。雄山閣の金印は絶対に本物だわ」

「そんなことないよ。例えば、マキが防府市の博物館で視たという大内氏の『日本国王之印』の木印の印面は、一辺が十センチなんだろう。大内氏の木印が確かに義満の金印を模造したものなら、この木印と文献から拾える情報を組み合わせれば、雄山閣金印を出現させることは可能じゃないのか」

「そうね。でも雄山閣金印はその手法で模刻されたものではないわ。あなたの論はちょっと聞くといかにもありそうだけど、典型的な言い掛かりなのよ」

「どうして？」

「大内氏の木印は単なる木印で、義満の金印と一致するのは印文と印面の大きさだけなの。つまり、大内氏の木印は、義満の金印を視た上で模造されたものではないのよ。恐らく大内氏は明との貿易に当たり、対明貿易文書に必ず『日本国王之印』の印を捺《お》さなければならないことを知ったのね。そこで、明の外交官からサンプルとしての足利幕府の勘合符を視せてもらい、金印の印影を参考にしながら勝手に印を木で作っちゃったのよ。印文と印面の大きさが義満の金印と同じなのはこれが理由だわ」

「だったら、今僕が言ったような方法でも雄山閣の金印は作れるじゃないか」

「確かにあなたが言うように、この木印と室町文献を組み合わせれば、新たに金印を出現させることは可能だわ。でも、雄山閣の金印がその方法で作られたものではないという確かな憑拠を私は持っているの」

「憑拠?」

「うっかり言い忘れていたけど……、雄山閣金印には大内氏の木印と決定的に違う所が一ヵ所あるのよ。私が知る限り、このことをどの文献も指摘していないけどね。この憑拠が持つ意味はとても大きいのよ」

「何故?」

「大内氏の木印と雄山閣の金印が何ひとつ接続を持っていないことを証明するからよ」

マキがちょっと得意げな顔をした。マキは忘れたのではなく、一番肝心なことを承知で言わなかったのだ。僕はまた沈黙した。

「大内氏の木印の側面に、右から『日本国王臣源』と墨書きがあることは言ったわよね。実は、雄山閣の金印の側面にも墨書きがあるのよ。但し、こっちの方は縦書きで文章も違うわ。雄山閣のは『日本国王《にほんこくおう》 源《みなもとの》 道義《どうぎ》』とフルネームなの。しかも、義満の法名《ほうみよう》道義の下に花押まであったわ」

「その墨書きを義満の自筆だと言いたいわけ？」

「そうよ。旅館の社長さんは笑いながら否定していたけど、私は真筆だと思う」

「何だかマキの話が古道具屋の親父の口上っぽく聞えてきたよ。義満の金印の話だけでも驚きなのに、今度は義満の真筆だって言うんだろう。いくらなんでも信じられないし、誰が聞いたってそう思うよ」

「私はこの目で墨書きを視たの！　あなたは視ていないじゃない」

「だったら義満の真筆とする理由を聞きたいんだけどね」

「義満の書体や花押は何点も残されているから本物そっくりに真似ることは簡単だわ。だからこれらの史料をサンプルに真筆か否かを言ったって、所詮類似性を求めてるだけにすぎないから……、真実は暗闇の向こう側よ。こういう時、一番大切なのは視る人の直感と文献史料に対する空想力なの。私は前頭葉のニューロン活動が並外れているから視えないものも視えるわ。私には空視能力があるのよ」

「前頭葉のニューロン？　それに空視ってどういうこと？」

「知らないの？　空視を知らない人にニューロンの説明したって意味がないでしょう。脳の特殊な働きのことは後で自分で調べれば良いじゃない。とにかく私が真筆の憑拠にしたのは……、雄山閣金印の署名が、一般的に知られる『足利義満』ではなく『源道義』という極めて特殊な名前で墨書きされていたからよ。義満は明と関わりのない文書に決してこの署名を使わないし、特に

『日本国王源道義』と記す時は、明の成祖と交わす国書に限られているの。成祖から下賜された金印なら国書と等しいでしょう。仮に、雄山閣金印の墨書きが足利義満となっていたなら、私だって信じなかったわ。とにかく、大内氏の木印と雄山閣金印の二つの墨書きは決定的に性格が異なっているの。どういうことかと言うと……、大内氏が対明貿易を始めた頃には既に義満の金印は失われていたから、金印全体の形状や墨書きの文章までは判らないじゃない。でも義満の国書の文章は当時の文献にも掲載されているから、ちょっと学問をした人なら義満が明の皇帝成祖へどんな文章を送ったか直ぐに判るわ。大内氏は義満の国書冒頭『日本国王臣《にほんこくおうしん》源《みなもと》表《ひょうし》、臣聞《しんきく》』からそれらしい言葉『日本国王臣源』の部分をチョイスしたのよ。大内氏が義満の金印を確かに視ていたら、墨書きは雄山閣の金印と同文になったはずでしょう。でも、二つの印の墨書きは明確に違うわ。これは大内氏の木印が義満の金印を視ずに模造されたことを証明するし、一方で雄山閣の金印が大内氏の木印に影響されていないことを物語るのよ。違う？」

　またマキが一呼吸置いた。何か言いたいことでもあれば、と言わんばかりだ。僕は口の中だけで小さく「そうかな？」と言ったが、実を言うと僕の頭の中はマキの論に何をどう反論したら良いのか、というよりマキが何を言っているのか、それすら意味不明で、時間が経てば経つほど鸚鵡返しのような愚にも付かない擬似的な切り返しが増えていく。マキが悪戯《いたずら》っぽい目をしながらちょっと笑った。

「黙りこくっちゃってどうしたのよ？」

「だってマキ、僕とマキでは義満の金印に関して、その情報ストックが違いすぎて会話にならないよ。二、三日時間をくれないか。僕も色々と調べてみるから。じゃないとマキも面白くないだろう」

「最初からそう言えば良いでしょう。全くあなたって、判らないくせに判ったようなふりをするんだから」

「殆ど何も知らないって言ったじゃないか」

「そうだっけ」

「あっマキ、そう言えば肝心なことを忘れていた」

「まだ何かあるの？」

「マキが雄山閣で視たという金印の写真を視せて欲しいんだけどな。ここへ持ってきているんだろう」

「撮らなかったわ」

「えっ！　写真を撮らなかった？」

「そうよ。あなたに雄山閣金印を初《うぶ》の状態で視て欲しかったからね。事前に写真を視てしまえば、それはもう初の状態で観察したことにはならないわ。あなたに写真なんかで余計な目垢《めあか》を付けさせたくなかったのよ。感激が薄れるでしょう。どうしてこの思い遣る気持ちがあなたには伝わらないのかしら。来週になればあなたも実物を視ることができるんだから写真なんかどうでも良いじゃない」

マキがすっと立ち上がった。

「早く支度《したく》してよ。暗くならないうちに出掛けたいんだから」

「どこへ?」

「ヘンリー・フォールズの住居跡を直ぐにでも視に行きたいのよ」

「遠いの?」

「ここからヘンリー・フォールズの住居跡まで歩いても五、六分じゃない。あなた、こんな近所にいながら知らなかったの?」

「築地《つきじ》へ引っ越してきてからあまり外へ出たことがないからね。二、三度隅田川を視に出掛けたくらいだ。ふーん、ヘンリー・フォールズってこの近くに住んでいたの。全く知らなかった」

「さっきも言ったでしょう。私は導かれたって。その理由の一つにヘンリー・フォールズのこともあるの。雄山閣の社長さんからヘンリー・フォールズの名前が出た時、私は直ぐにあなたのことを思い出したわ。数々の業績のあるフォールズだけど、彼が日本で最初にしたことって病院開設だったのよ。その病院の跡地に……、あなたの住むこのアパートが建っているの。こんな偶然ってあると思う? 雄山閣の金印って何から何まで色んなことが結びつきすぎるのよ。導かれたとしか言いようがないじゃない。ほら、早く支度をしてよ」

マキに急《せ》かされて表へ出た。アパートの前には道路沿いに細長く延びる公園がある。いつもの僕なら公園を右手に視ながら晴海《はるみ》通りの方へと歩くのだが、マキはごく当たり前のように反対方向へ歩き始めた。築地へ越してきてから三ヵ月程経つが、僕はこの辺りのことを何も知らない。北千住から築地へ越してきたのは、このところ良く仕事を貰うテレビ番組制作会社の社長が、社員が一人辞め会社で借りているアパートに空きができた、敷金や権利金も不要だし、会社とも近いから引っ越してきたらどうかと声を掛けてくれたからで、殊更《ことさら》築地という町に興味があって越してきたわけではない。

何しろ僕は、仕事がなければ一日中部屋の中で本を読み、番組制作会社から声が掛かった時だけ表へ出るような生活である。制作会社は、晴海通り沿いのKビルという古い建物の中にあってアパートからは五分と掛からない。同じルートしか歩かない僕のことを、マキはゴキブリのようだと言ったことがあるが……、確かにそうだ。

七、八十メートル先の信号を渡り右の方へ曲がった。マキが歩きながら前の方を指差した。

「ほら、あそこに石碑が建っているでしょう。あれ何の記念碑だか判る？」

「この辺りのことを何も知らないと言ったじゃないか。いきなり言われたって判るわけないだろう」

マキはその石碑の前で立ち止まった。

「石碑に慶応義塾開塾の地と刻まれているでしょう。福沢諭吉は安政五（一八五八）年、ここで塾を開いたのよ。最初の頃はたった五、六名の生徒しかいなかったんだって。向こうにも本を開いたような形をした石碑があるじゃない、あっちは『蘭学事始』の石碑なの。『解体新書』の前野良沢《りょうたく》もここに住んでいたのよ。もっとも、『解体新書』の成立は安永三（一七七四）年だから、福沢の開塾より八十年以上も前のことだけどね」

「ふーんそうなの。この辺りって結構凄いんだ。福沢諭吉に前野良沢か……」

「その二人だけじゃないわ。あそこに鐘楼の突き出した建物が視えるでしょう。あれは聖路加国際病院に付属する看護大学なんだけど、元禄時代には浅野内匠頭《たくみのかみ》の屋敷があったんだから。この辺り一帯を明石《あかし》町というのよ」

「えっ、ここは築地じゃなくてもう違う町なの？」

「この石碑を境に、通りの向こうが築地、こっち側を明石町というのね。明石町は東京に最初に設けられた外国人居留地なのよ」

「居留地？」

「そうよ。徳川幕府の安政条約を引き継いだ明治政府が各国の強い要請から明石町へ外国人居留地を設けることになったのよ。明治三（一八七〇）年六月三日、第一回目の土地競貸《きょうたい》の競《せ》りが行われ、アメリカ、フランス、イギリス、ドイツなど七ヵ国八人の外国人が二十地区を落札し最初の借り主となったわけ。明石町の外国人居留地は居住者側の要求を全面的に取り容れ、例えば、道路は当時の町としては破格の四十フィート幅で造られたそうよ。そして、町並みが整備される毎《ごと》に異国情緒溢れた町へと変貌していったのね。内田魯庵は明石町のことを『どちらをみても外国人の住宅ばかりで、ピヤノや讃美歌のコーラスを聞く時は一種のエキゾチックの気分に陶酔する。爰《ここ》へ来ると外国人と握手の一つもして日本語よりは英語を饒舌《しゃべ》りたくなり、基督教を奉じて讃美歌の一つも歌いたくなる』と言っているし、鏑木清方《かぶらききよかた》は『明治の東京で、他にはちょっと類のない斬新な異国情緒がふんだんに味わえる明石町の外国人居留地を、住居の間近でみることができたのは、私にとって何んという仕合わせだったろうと、後々までいい思い出として残っている。三一神学校、ポプラの並木、ペンキ塗りの木柵に絡む朝顔の小さな花、ホテル・メトロポールなど、かぞえ立てたら限りがない』と回想しているわ。明石町は日本最初の学園都市でもあったのよ。立教学校（立教大学）、東京一致英和学校（明治学院）、東京中学院（関東学院）、慶応義塾、双葉学園、新栄女学校（女子学院）、海岸女学校（青山女学院）など、僅《わず》か四百メートル四方の小さな町に九つのミッションスクールと四つの大学が設立されていたんだから。明石町の女の子やこの町のミッションスクールへ通ってくる女子生徒は、当時の西洋人の言語動作をお手本にしていたから、西洋人らしい快活さを持ち、日本橋や銀座のような下町っ娘《こ》には視られない気品を備えていたんだって。広い道路に外国人が乗った馬車が行き交い……、近代ホテル、お肉屋さん、パン屋さん、花屋さん、赤レンガの建物や木造ペンキ塗りの異人館が林立する明石町は日本で一番ハイカラな町だったことは間違いないわ。この町って明治の頃の外国人居留地じゃない。何から何まで凄いのよ。明治の中頃には電灯の架設までされていて、最初の電信メディア誕生もこの町なんだから。この他にもアメリカ公使館を始めとして、スペイン、スウェーデン、スイス、ブラジル、アルゼンチンなど、沢山の外国公使館が置かれていたから外交のメッカでもあったわけね。元禄時代の仇討ちから始まって、医学に病院、ミッションスクールに大学、外交、メディア、ファッション、美術……、それから芥川龍之介もこの町で生れたから、日本の文学にも大きな影響を与えたと言えるわね。とにかく、この僅か四百メートル四方しかない小さな町が近代日本の発祥の地であったことは間違いないわ」

マキはまるで自分自身の自慢話でもするかのようにずっと喋り続けているが、僕にはマキが熱心に話す明石町の魅力が今一つ伝わってこない。静かな町だと言えばそれはそうなのかもしれないが、人影はないし、人の生活の息吹も感じない、要するに至って殺風景なのだ。でもマキは、自分の話す過去の風景と現実に今二人で視ている石碑と碑文ばかりの風景に何の落差も感じないのか、延々と喋り続けている。

「マキ、この明石町が凄い町だったのは判ったけど、肝心のヘンリー・フォールズはどこに住んでいたんだ」

「あそこよ」

マキが指差したのは、広い道路の中央を分離する形で整備された植え込みの辺りである。

「あの道路の緑地帯になっている所？」

「行けば判るわよ」

近づいてみると、また石碑だった。碑文には「指紋研究発祥の地」とあり、その下にヘンリー・

フォールズ住居の跡と刻まれている。ちょっと溜め息が出た。

「それにしてもマキ、この明石町というのは日本文化の墓場みたいな所だな。この町で文化的なものが沢山誕生したのは判るけど、何一つとして残されていないし、あるのはそれらを伝える石碑ばかりじゃないか。僕には石碑や碑文が墓石や墓誌としか思えないよ」

マキの顔色が変わった。

「そう思うのはあなたに想像力がないからよ。何もないからこそ良いんじゃない。昔の栄華をつまらぬ形で復元するより、ごくあっさりと石碑や碑文で歴史を語った方が、むしろ失われたものへの想像は膨らむわ。私はコンクリートのお城を視るより、石垣と天守の礎石しか残されていない城跡の方がずっと好きなの。あなたってコンクリートのお城の方が好きなんだ」

マキはむっとした顔で詰《なじ》るが、僕はそういう意味で言ったんじゃない。マキだって充分判っている筈《はず》だ。視線を重ねると、マキの瞳《ひとみ》の奥が悪戯っぽく揺れている。きっとマキは……、散々この町を持ち上げておきながら、僕が同調した瞬間、今僕が言った台詞《せりふ》を用意していたのに違いない。何しろマキは頗《すこぶ》る付きの意地悪なのだ。マキには構わず無言のまま碑文を目で追った。

英国人ヘンリー・フォールズ（一八四三〜一九三〇）は明治七（一八七四）年から一九（一八八六）年にかけ、ここ明石町居留地十八番に居住していた。フォールズはスコットランド一致長老教会の宣教師で、布教の傍《かたわ》ら築地病院を開き、盲人保護教育にも尽力した。また日本独特の指印の習慣をヒントに世界最初の科学的指紋法に関する論文（「手の皮膚条溝について」）を書き上げ、この論文を明治一三年、「ネイチャー」に投稿した。石碑には大体こんなようなことが書かれていた。マキが肩越しに問い掛けてくる。

「このフォールズの石碑って、誰が建てたと思う？」

「突然言われたって……」

「あなたって本当に想像力が働かないのね。この石碑はフォールズの指紋法に関する業績を称《たた》えて建てられたのよ。指紋と一番関係があるのは警察でしょう。だったら警察庁に決まってるし、こんな単純なことも閃《ひらめ》かないの」

「自分の興味から外れたものには何も閃かない。でもそれは、自分の閃きを無駄遣いしたくないからだ」

「それなら興味のある分野で今すぐにでもあなた特有の凄い閃きを視せて欲しいわ」

「マキが雄山閣金印を真印と考える最大の憑拠は実はフォールズなんだ。違うかな？」

「私はあなたの閃きを聞きたいの。そんな思い付きみたいなことじゃないわ」

「そうかな。マキが今までしてくれた説明では、雄山閣金印を本物とするには余りにも憑拠が不足している。でもマキはさっきも今も自信たっぷりだ。そのマキの自信を支えているのはフォールズなんだと思うけどね」

「フォールズのことはちゃんと説明したじゃない」

「マキが言ったのは、雄山閣金印の旧蔵者の一人にフォールズがいて、そのフォールズが開設した病院跡に僕が住んでいる、この二点だけじゃないか。フォールズのことでまだ隠しごとがあるだろう？」

　マキがほんの一瞬瞳を逸らした。

「ないわ」

「じゃあ聞くけど……、確かに僕の住んでいるアパートはフォールズの病院跡なのかもしれない。マキはこのことを、秋吉台への取材、道路の不通、防府市にあった大内氏の木印、マキの記事を読んだ雄山閣の社長、雄山閣金印の旧蔵者フォールズ、これらと密接な関係があるとし、『導かれた』という言葉で説明した、でもそれは、単に一連の事象が結びついただけで雄山閣金印を真印とする憑拠にはなり得ない。だいたいマキ、ヘンリー・フォールズなんて殆どの人が知らないよ。銀座四丁目の交差点で一日中聞いたって、彼のことを正確に答えられる人は五人もいない。大森貝塚で有名なエドワード・モースはフォールズと殆ど同時期に日本にいたけど、彼の方が一千倍も有名だよ。事実、今の今まで僕とマキの間でもヘンリー・フォールズが話題になったことなんて一度もない。それなのにマキは、誰も興味を持たないようなフォールズのことを何でも知ってるみたいじゃないか。どう考えたって妙だよ」

「あなたの考えすぎよ」

　マキの瞳の奥が微妙に揺れた。隠し事の時に視せる特有の癖だ。僕の当て推量は確信に変化した。

「さっきマキは……、雄山閣の社長からフォールズの名前が出た時、僕のアパートがフォールズの病院跡に建っているのを直ぐに思い出したって言ったけど……、あれは絶対に嘘だ」

マキの顔がキュッと引き締まった。

「それで？」

「雄山閣の社長からフォールズの名前が出た時、恐らくマキは僕とフォールズを結び付けることはなかったし、ひょっとするとその時点ではフォールズが何者か、それすら知らなかった可能性がある。マキはフォールズのことを東京へ帰って来てから色々と調べ、そこで初めて僕とフォールズが結び付いたんだ。雄山閣から直行で僕の所へ来たというのも嘘で、本当は三、四日前には東京へ帰って来ていた、そうだろう？」

マキが思いっきりの笑顔を視せた。

「ばれちゃったみたいね。本当のことを言うと、社長さんからフォールズの名前を聞かされても、私は彼のことを全く知らなかったし、指紋のことだって社長さんから教えてもらったのよ。東京へ帰って来たのも一週間前だわ。ここ一週間、フォールズに関する資料を読んだり、色々と調査していたのよ。でも今は、私ほどフォールズに詳しい人はいないかもね」

「フォールズの調査で何か摑んだんだ」

「滞日記録よ。フォールズの……」

「滞日記録？　その滞日記録に雄山閣金印を示唆《しさ》する記述があったってわけ？」

「そう。フォールズが義満の金印を手に入れた経緯と手放した経緯がこと細かく書かれていたわ。この滞日記録を探すの大変だったんだから」

「直ぐにでも読みたいんだけど」

「それが特別貴重図書でコピーはできない本なのよ」

「活字本じゃないのか？」

「詳しく説明するわね。タイトルは『Japan Day by Day』というフォールズの自筆本なの。本文は全て日本語、滞日記録の最初の日付けは明治七年五月二〇日、フォールズは来日の当日から滞日記録をつけていたのね」

「日本語で書かれていたってどういうこと？」

「江戸期までの日本はキリスト教の布教活動を認めていなかったから、明治維新後の日本って宣教師には全くの未開拓地でしょう。当然、その日本で布教活動するには日本語と日本文字の習得は必須の条件になるわ。だから、宣教師フォールズも片言の日本語が話せたし日本文字も多少は書けたのよ。フォールズは滞日記録を日本語で書くことによって、より正確な日本語の習得をしようとしたのかもしれないわ」

「で、フォールズは雄山閣金印をどんな風に記述しているんだ」

「順番に説明するからちょっと待ってよ。あなたは直ぐに結論を求めるんだから。とにかく、フォールズの滞日記録の日本文字はとても拙《つたな》くて、誤字や日本特有の難しい表現には全ページにわたって綺麗な毛筆の赤い文字で補筆があったわ。フォールズは滞日記録を書く度に、誰か日本文字の先生に直させていたんじゃないかしら。でも不思議なの。当時の外国人って日本を博物学的に視ていたから、本国へ帰ると必ず日本日記みたいなものを出版するのに、フォールズはその滞日記録を出版していないのよ。自筆本に『Japan Day by Day』というタイトルまで付け、日本人に添削までさせているのに変だと思わない？」

「僕はその自筆本を視ていないし、何が書かれているのかも判らないから何とも言えないよ。これはあくまで推測だけど……、フォールズはその日本語による滞日記録を、自分自身の言わば日本語練習帳の類と位置づけていたんじゃないのかな。それなら、必ずしも出版するとは限らないし、フォールズの日本日記が出版されていないからと言って、別に不思議は……」

マキが僕の話を遮った。

「それはあなたがあの滞日記録を読んでいないからよ。足利義満の幻の金印一つを取っても凄く貴重な記述だし、その記述だけでもテレビ番組ができるほど奇怪な話が書かれているわ。この他にも、伊藤博文や岩倉具視《ともみ》との交流なんかも詳しく書かれているのよ」

「だとすればマキ、フォールズは出版しなかったのではなく、出版を妨げる要因、つまりフォールズ個人の環境の問題が大きく作用し、それが原因で出版できなかったのかもしれないな」

「どういうこと？」

「十六、七世紀以後のキリスト教各派は布教活動による統一を徹底させるため、アジアに赴《おもむ》く宣教師に布教先から報告書を送ることを義務づけている。フォールズはスコットランド一致長老教会から派遣された宣教師だから、当然、彼も日本における布教活動の報告書を提出していたと思う。宣教師による報告書は、教化的に有益とみなされた公開性のものと、機密的な非公開性のものに区分されていて、公開性のものは教会が認めれば著作物としての刊行も許されるが、機密的なものは今日でも刊行されていない。マキが視た日本語による滞日記録が機密的なものであれば、教会は刊行を許可しないだろうから、フォールズの滞日記録が出版されることはない。但《ただ》し、フォールズが日本語の滞日記録と正式な英文による滞日記録を同一内容で書いたとは限らない。もっともこの場合も、英文と日本文の滞日記録が余りに違っていれば、それは教会に虚偽を報告したことになり、日本語滞日記録は隠さざるを得ないから、フォールズの日本語滞日記録が出版されることはない。でも、マキの調べた限り、フォールズの英文による滞日記録はないようだから、ごく常識的に考えればフォールズの滞日記録は日本文も英文も同一内容で、教会はその内容に関して極めて機密性の高いものと判断したとするのが妥当だと思う」

マキが今日初めて頷いた。

「そうね。そう仮定すればフォールズの滞日記録が出版されなかったことの一応の説明はつくようね」

「だからマキ、そのフォールズの日本語滞日記録は物凄く史料的価値が高い、ただ一方で、マキの視た自筆本は偽書の可能性もあるよ」

「偽書？」

「有名人の自筆本とされる書物には偽書が多いんだ」

マキが不満いっぱいの表情を視せた。

「私が偽書を憑拠に雄山閣金印を論じていると言うのね」

「そうじゃないよ。僕は悪材料としての可能性を言ったんだ。いずれにしてもマキ、滞日記録の分析は僕が現物を視てからのことにしよう。今は自筆本の真贋《しんがん》を論ずるより、その滞日記録の中でフォールズが雄山閣金印をどんな風に記述しているのか……、僕はそっちの方に興味がある」

「フォールズは本物と断定しているわ。イギリスへ持って帰りたかったみたいね」

「本物とするフォールズの憑拠は？」

「滞日記録には南小田原町に住む明石源左衛門《あかしげんざえもん》が鑑定したとあって……、フォールズはその明石という人をとても信頼していたようね。フォールズのジャパンコレクションの殆どはこの人が集めたものよ」

「何者なの？」

「今のところ正体不明、だからこの人の調査を手伝って欲しいのよ」

「判ったけど、何か手掛かりは？」

「ないから頼んでいるんでしょう。とにかく、この人の線から雄山閣金印を真印とする重大な憑拠が視つかるような気がするの。ねえ、適当に調べないでちゃんとやってよ。あなたは口ばっかりで体の方はまるで動かないんだから」

「判ったって言ったじゃないか。それでマキ、肝心のフォールズの滞日記録はどこにあるんだ」

「世田谷の壺中堂《こちゆうどう》文庫よ」

「直ぐにでもその滞日記録を分析したいからインデックスを教えてくれないかな」

「そうね、私の間接的な説明を聞くより、直接読んだ方が良いかもね。吃驚《びつくり》することが山のように書かれているわよ」

「それにしてもマキ、フォールズの滞日記録をどうやってみつけたんだ」

「雄山閣で金印を視た時、直ぐに東京へ帰って徹底的に調べようと思ったのね。それで男鹿から直行同然に国会図書館へ行ったわ。最初はフォールズのことなんて旧蔵者の一人くらいにしか思っていないから、足利義満の金印に関わる文献を重点的に調べたのよ。でも、義満の金印の印影を示唆する文献はひとつもなくて、それで中国側の印譜にまでその範囲を広げたの。印譜に関する目録全部に目を通すつもりで探し始めたわ。何十冊目かに妙に気になる目録があったのね。ちょっと待って……、今ノートを視るから」

マキは鞄から小さなノートを取り出し、直ぐにぱらぱらと捲《めく》り始めている。マキの視線があるページで止まった。僕が覗き込むと、子供のなぐり書きのようなマキ特有の字がノートのあちこちで躍っている。余りに酷くてどこが書き始めなのかそれすら判らない。本当に頭の良い人に字の綺麗な人はいない、自分の字は一見すると乱暴で下手《へた》に視えるけど、視る人が視れば品があって余韻のある素敵な字とマキは言うが、僕にはマキの字とシュメール文字はそっくりに視えるし、どこに品や余韻があるのか全く判らない。

「愛知県西尾市に岩瀬文庫という図書館があってね、この図書館の目録がフォールズの滞日記録を視つける鍵になったの。目録は昭和一八年九月一〇日発行だから五十年以上も前のものよ。でも国会図書館って偉いわよね。西尾市の個人図書館みたいな所の、それも戦前の目録まであるんだから。そうだ、今度西尾市の岩瀬文庫へ行ってみようか。面白い本が沢山あるみたいよ。あなた西尾市へ行ったことがある？」

「マキ、今のテーマはフォールズの滞日記録だろう。国会図書館や岩瀬文庫のことは後回しにして、話をそのテーマから逸らさないでくれ」

「どこが外れているわけ？　岩瀬文庫のことは充分に主題じゃない。この岩瀬文庫の目録のおかげで『大明印籍考』と出会ったんだから」

マキの口から難解そうな文献名が飛び出した。

「何それ？」

「誰でも知っている有名な印譜じゃない。あなたって『大明印籍考』を知らないの？　この文献には明の時代のありとあらゆる官印の印影が掲載されているわ」

マキはからかうような口振りで言うが、いきなり古い印譜の名前を出され、それを当たり前のように知っていると答える人の方が変だ。

「僕は古印の研究家じゃない。突然古い印譜のことを言われたって判るわけがないよ。それでマキ、わざわざ西尾市の岩瀬文庫までその文献を視に行ったわけ？」

「電話で話したのよ。岩瀬文庫の目録を視ると、ここには古い印譜が沢山収蔵されているようだから明の時代の印譜について問い合わせをしてみたの。そうしたら、岩瀬文庫の林さんという女性がとても親切な方で、明の頃の印譜なら『大明印籍考』が良いと教えてくれたのよ。実を言うと、私も彼女から聞くまでこの文献の存在を全く知らなかったんだけどね。彼女は電話の問い合わせにも拘《かかわ》らず『大明印籍考』のことを色々と教えてくれたわ。私がその印影集に足利義満の日本国王之印の印影が掲載されているかどうか確かめて欲しいと言うと、わざわざ書庫に取りに行って『大明印籍考』を手元に置きながら答えてくれたんだから。結局金印の印影はなかったんだけど……、その林さんが最後に『大明印籍考』の最後のページにヘンリー・フォールズの蔵書印があると言ったのね。私は思わず電話口で飛び上がったわ。それで全ページ複写をお願いして送ってもらったのよ」

「その『大明印籍考』にフォールズ自筆の書き込みがあったんだな」

　マキがきょとんとした顔をした。

「どうして判るの？」

「そのくらい誰だって判るよ。フォールズはどんな書き込みをしていたんだ」

「書き込みは短かったけど、そこに彼の滞日記録の存在を示唆するコメントがあって……、私はその僅かなコメントを手掛かりにようやく滞日記録へ辿り着いたのよ」

フォールズの石碑の前に来てから小一時間、マキの話がやっとのことで終わった。辛抱強く聞いたお陰でだいたいの経緯は判ったし、マキの持ちネタの殆ども吸収したと思う。後はマキの作業の検証さえすれば、僕もマキと同じスタート点に立てるだろう。一刻も早く男鹿半島の雄山閣へ行き、足利義満の幻の金印を視てみたい。本物なら良いと、想像しただけでわくわくする。

マキが近くのホテルでお茶を飲もうと言いだした。引っ張られて行ったのは、凄い高さのツインタワービルだ。何となくといった感じで上を視上げると、軽い目眩《めまい》が襲ってくる。奇妙な浮遊感だ。

「マキ、高い建物を視上げると動いているように視えるけど、あれって雲の流れを錯覚するからだろう」

「違うわ、地球が自転しているからよ。そんなことも知らないの？」

「えっ、そうなの！」

「一点の雲もない青空の時だって高層建築物は動いて視えるわ。確かめたことないの？」

「てっきり雲が動くせいだと思っていたから。そう言えば雲がなくても……」

「宙《そら》の中では空より広いものはないし、空より高いものもないわ。視上げればそこは全部空なんだから。人の視野の中で最も大きい存在が空なのよ」

「それは判るけど、それと地球の自転がどう結びつくんだ」

「高い所へ登って地平線や水平線を眺めるとどう視える？」

「それは曲線を感じるけど」

「それってどういうことなのよ」

「地球が丸いってことだろう」

「それと同じことじゃない。人の脳は、水平で視れば地球の球体を感じ、垂直に視れば地球の回転を感じるようになっているの。だから高い所へ登れば登るほど地球が丸いことは判るし、視上げる建物が高ければ高いほどその頂上は速く動いて視えるわ。判った？」

何だか釈然としないが、マキの論理にも一理あるような気がして中途半端に頷きながらビルの中に入ってみると、右側の背の低い方はホテルで左の高い方は大手広告代理店のオフィスになっている。マキは来たことがあるのか、僕の腕を少し引っ張るとホテルの方へ慣れた感じで入って行く。フロントの人が僕とマキを交互に視た。僕は誰が視たって小汚いけど、マキは誰が視てもすくっとした飛び切りの美人だから……、フロントの人は怪訝《けげん》な顔だ。

デビルズタワー

「豊臣金印」

軽い眼精疲労でも起こしたのか少し目の奥が痛い。時計を視ると、いつの間にかもう朝の六時だ。窓を開けた。下の道路は既に渋滞し、近くにある魚河岸《うおがし》の喧騒が部屋の中まで入り込んでくる。冷たいシャワーを浴びた。一睡もせずに文献を読み続けたというのに何の疲れもないし、むしろ爽快な気分だ。シャワーの冷気で目の奥の痛みも嘘のように消えている。きっとエンドルフィンが過剰に分泌され気分が高揚しているに違いない。電話が鳴った。マキ？　電話を取ると制作会社の村瀬《むらせ》社長である。

「起きてたか？　至急の仕事を頼みたい。これから直ぐにロケ先に飛んでもらいたいんだ」

「何かあったんですか？」

「ディレクターの吉岡《よしおか》君がロケ先で怪我をした。このままではカメラを回せないし、タレントの方も明日までしか押さえていない。局への納品も迫っているから、直ぐにでも誰かが繋がないとどうにもならん。それで吉岡君の後を急遽米山《よねやま》にやらせることになったが、彼一人では吉岡君の仕事の全容を把握《はあく》するだけでも丸一日かかって間に合わない。そこで君に米山のサポートをしてもらいたいんだ。吉岡君がやっていた仕事は、元はと言えば君のアイデアから出た企画だ。吉岡君の台本もそれに基づいている。とにかく至急山形の羽黒山《はぐろさん》まで行ってくれ。進行状況とそれに関わる詳しい話は事務所でする。できるだけ早く来てくれ。大丈夫だよな」

電話は一方的に切れてしまったが、瞬時に緊張が走った。あの村瀬社長が朝の六時から事務所にスタンバイだ。普通のトラブルならわざわざ社長が出張《でば》らなくとも、大概のことは専務の梶山《かじやま》さんが処理をする。余程の緊急事態でなければ社長自らこんな朝早くから指揮を執《と》るわけがない。あれこれ考えながら、僕はもう支度《したく》に掛かっていた。小田原町の交番を右に曲がった時、今日の午後、壺中堂文庫に閲覧の申し込みをしていたことが頭の隅っこにふっと浮かんだ。……やむを得ない、キャンセルである。

事務所のドアを勢いよく開けた。案の定、事務所の空気が酷くざわついている。奥の方では社長と梶山さんが深刻そうな顔で打ち合わせだし、デスクの小泉《こいずみ》さんは電話口でがなっていて、米山さんはコピー機の前でばたばたと作業中だ。社長と視線が重なった。

「おっ悪いな。君が行くことは現地の坂井《さかい》にもう連絡済だ。とにかく一刻も早く行ってくれ。これが台本だ。だいたいの進行状況は坂井から聞いたが、どうやら残したのはエンディングと……、後はディテールにくっつける風景くらいらしい。当初思ったより事態は悪くないようだ。米山には遠慮なく注文を付けてくれ」

村瀬社長は笑顔を浮かべて言ったが、僕は違う解釈をした。きっと事態は深刻なのだ。じゃなければディレクターの米山さんに僕をつけるわけがない。

「村瀬社長、米山さんは僕より年長者ですし米山さんにあれこれ指示はできませんよ」

「そういう序列はこの際どうでも良い。とにかく米山は君の指示通り動くし、本人も納得しているから、うじゃうじゃ言ってないで早く現地へ飛んでくれ」

米山さんが僕の袖《そで》を引っ張った。

「細かいことは電車の中でするから、ここは早く出よう」

事務所の前の晴海通りからタクシーに乗った。何だか米山さんの様子が忙《せわ》しない。

「何時の新幹線ですか？」

「七時二十四分！　乗り遅れると次は八時四分だから、後が苦しくなる。タクシーを降りたら走るからな」

米山さんは車が信号で止まる度に時計を視ている。

「で、どこで降りるんです」

「山形で降りる。そこからレンタカーで湯殿山《ゆどのさん》だ」

「えっ湯殿山？　社長は羽黒山と言ってましたけど」

「詳しい話は後にしよう。とにかく今は七時二十四分の新幹線に乗ることが先決だ」

タクシーを降りると、僕と米山さんは走りに走った。米山さんは速い。あっという間に十メートルほど離れてしまう。中央口の改札は自動を使わず一番左の通路を走りぬけ、山形新幹線の改札では駅員を無視して突っ走り、ホームまでのエスカレーターを駆け上がった。二十二番ホームに停車中のつばさ一一三号に飛び込んだ瞬間、僕の背中で扉がシュッと閉じた。徹夜で文献を読み、何も食べずに走ったせいか、座席に腰を下ろすと軽い目眩を感じた。まだ息が切れている。

「速いですね、走るの」

「俺はインターハイで百メートル十一秒二だ。走りにかけては自信がある。俺達の稼業は知力の前に無鉄砲さと体力が必要なんだ。エストって制作会社知ってるだろう。あそこのADなんて、ロケ先で電車を止めたんだからな」

「電車を止めた？」

「恐山《おそれざん》のロケが終わって東京へ帰る時なんだけどな、下北駅でADの後ろのタクシーがちょっと遅れたんだ。そのタクシーにはディレクターとタレントが乗っていて、電車に乗り遅れるとその後の連絡が全部駄目になる。ADは線路に飛び降りて電車を止めたって言うんだから大したもんだろう」

「ADってそんなことまでするんですか」

「まっそうだ。こんな話ならいくらでもある」

「何か面白い話が沢山あるみたいですね」

「面白い話って、それを実際に経験している時はむしろ怖い話なんだ。今のADの話にしたって、本人も大笑いしながら面白おかしく話をするから聞いているこっちも思わず笑っちゃうけど、その時のＡＤの心中を思えば本来笑える話じゃない。ＡＤはただひたすら必死で、その必死の思いが線路へ飛び降りさせたんだ。高校の頃のカンニングにしたってそうだ。先生に視つかり停学か退学のどっちかっていう時なら、本人はもう真っ青だ。でも日が経って思い出話で語る時には、『あんときの俺はさあ』とか言いながら心の底から笑えてしまう。人の笑いってそういうものなんだ」

「本当は怖い話や悲しかったことなのに、今の自分がそれを乗り越えてさえいれば、それはいつしか逆転して笑いに変わってしまうってことですね」

「だから時間が経っても笑い話にできない経験って、それこそ本当に悲惨なんだ」

米山さんの口調がちょっとしんみりした。僕と米山さんの間で何となく会話が途絶えた。僕はマキのことを思い出した。最初に会った時のことだ。あの時のマキは真っ青な顔で震えていた。僕が担架で運ばれて救急車に乗る時、マキは祈るような目をしていた。それが今は……、あの事故のことは笑い話だし、マキは僕が悪いと思いっきり非難さえしている。でも別に腹は立たない。米山さんの言う通りだと思う。あの事故が二人にとって笑えないものになっていたら……、思わず背筋がぞっとした。

米山さんの吐き出す煙草《たばこ》の煙が目の前をゆっくり通り過ぎた。米山さんの心の奥底がちょっとだけ視えたような気がした。

右の方へ視線を送ると……、米山さんはいつの間にか一心不乱に台本を読んでいる。米山さんが顔を上げた。

「北畠《きたばたけ》、この台本なんだけどな、この企画ってどういうことから始まったんだ。ちょっとそれを聞かせてくれ。吉岡から何の引き継ぎもなかったし、どうもよく判らないんだな。だいたい、真夜中の二時に電話がかかってきて事務所に着いたのが三時半だ。俺が知っているのは、吉岡が崖から落ちて左の大腿部を骨折したってことくらいだ。ADの坂井と電話で話したが、あいつは吉岡の事故で舞い上がっているのか、何を聞いても要領を得ない。村瀬社長や梶山さんは番組全体の構成なんて判るわけもないから聞いたところで無駄だ。それでお前を呼んでもらったんだ。番組全体のコンセプトさえ判れば吉岡の後を繋ぐのはそれほど難しくないからな」

「話の発端は事務所の新年会の時なんです。吉岡さんが僕の隣の席にいて、何かの拍子に日本の埋蔵金の話になったんですよ」

「埋蔵金？　そう言えば吉岡は日本の埋蔵金伝説をテーマに何本か番組を制作したことがあったっけな」

「吉岡さんは僕に、源義経や奥州藤原氏、それから豊臣秀吉とか甲州武田氏、ほかにも赤城山《あかぎさん》に代表される徳川埋蔵金みたいな話をそれは熱っぽく語るんですけど、僕はちょっと違うなって思ったんです。例えば、最も有名な徳川埋蔵金の話なんて荒唐無稽《こうとうむけい》としか言いようがありません。徳川幕府が滅びた最大の原因ってお金がなかったからなんです。もし幕末の徳川幕府に何百万両もの財貨があれば、諸外国からいくらでも近代兵器は買えますし、諸大名を動員することだって可能です。でもお金がなかったからできなかったんです。だいたい、徳川時代は殆どの大名が困《こん》窮《きゅう》していましたから、何十万両も蓄財できるわけありません。米沢藩や薩摩藩なんて、一時は現在の通貨換算で三千億以上もの借財があったといわれるほどなんです。秀吉以前は応仁の乱以来の戦乱続きで全ての武将が疲弊《ひへい》していましたから、金銀財宝を隠し貯める余裕はないですし、室町時代に至っては日本歴史最大の貧乏時代です。足利義政の頃の幕府の一ヵ月の総支出が三百貫文（約千五百万円）というんですから、その貧乏ぶりは米山さんだって判るでしょう。その前の義満時代は中国へ金を輸出して宋銭を買っていましたが、足利幕府の金が底を突くと良質の宋銭が輸入できなくなり、経済の基礎的条件を宋銭に置いていた足利幕府は急激に勢力をなくしていくんです。だから、この国に莫大な埋蔵金なんてありっこないし、事実、全国津々浦々《つつうらうら》にある埋蔵金伝説って、一つとして実証されたことはないんです。日本に莫大な金があるんなら、中尊寺の光堂や義満の金閣寺は金箔じゃなくて金の厚板にしたはずですよ。日本の物は全て鍍金《ときん》なんです」

「そう言えば、古墳時代の装飾品にしても、韓国や北朝鮮には純金製の冠がいくつも出土しているが……、日本の装飾品は全て鍍金で純金製ってないなあ」

「仏像にしてもそうなんです。純金仏は東南アジアやインドには沢山ありますが、日本には一体もありません。あったとしても個人がお守りにするような五、六センチ程のミニ仏だけです。とにかく米山さん、この日本って世界で唯一の鍍金文化の国なんですよ。そんな訳で、吉岡さんに日本の埋蔵金伝説は全部駄目だと言ったところ……、吉岡さんがっかりしたのか元気なくしちゃって。それで、視点を変えれば日本の地下には大判小判より凄い財宝が沢山眠っているって話をしたんです。そうしたら吉岡さん、俄然乗ってきて次の日に早速打ち合わせってことになっちゃったんですよ」

僕が約束時間の五分前にスタッフルームのドアを開けると、吉岡さんは既に椅子に座って煙草をふかしていた。

「おっ北畠、やっと来たか。早く座れ」

吉岡さんに促《うなが》されて正面に座ったが、テーブルの上には何だか訳の判らない本が山のように積まれ、灰皿には十本以上の吸い殻があるから、随分前から僕を待ち構えていたに違いない。話を始める前にコーヒーか紅茶でも飲みたいと思ったが、吉岡さんは僕の気分なんてお構いなしにいきなり話を切り出した。

「昨夜の話だけどな、黄金伝説の全てが夢物語とは言えないだろう」

「それはそうですが、それって言葉を換えれば、こうあって欲しいという人の想いの裏返しでもあるんですよ。だから吉岡さんが埋蔵金伝説をテーマに番組を制作し、結果として何も出なければ、それはむしろ人々の夢を壊すことに繋がるんです。昨夜も言いましたけど、日本の埋蔵金伝説って、それこそ鎌倉時代からあるんですが、現実には一件も発見されたものはないんです」

「それはもう判ってるよ。この日本は鍍金文化の国だって言うんだろう。でもな、だからこそ俺はやりたいんだ。なんとかこの日本でインカやマヤに匹敵する黄金を視聴者にライブで視せたいんだ。北畠、どんなマイナーな埋蔵金伝説でも良いから、面白い話はないか？」

「ないですよ。まだ埋蔵金伝説に拘《こだわ》っているんですか？」

「そうじゃないんだが、埋蔵金伝説って夢があるだろう。駄目と判っていても何だか捨て難いんだな」

「そんなことだと思いましたから、ここへ顔を出す前に日本の埋蔵金のことを史料に基づいて調べてきたんです。とにかくこの日本ではツタンカーメンやインカ、マヤのような膨大な黄金が出土した記録は全くありません」

僕がレポートを差し出すと、吉岡さんは食い入るように読み始めたが、直ぐにアレっという感じで顔を上げた。

「これで全部か？」

「めぼしいのはそんなところです。慶長一九（一六一四）年一二月に吉岡備中守が自分の屋敷を普請中に掘り出した小壺に詰まった黄金三十両。元和元（一六一五）年、松平下総守が大坂城の東北櫓焼け跡から掘り出した黄金三十枚、竹流金《たけながしきん》数十枚。寛文七（一六六七）年、大坂の天神橋の下から出た黄金十七枚と金の薄板二枚。文政八（一八二五）年、摂州難波村の『いわ』というお婆さんが掘り出した百三十四両二分二朱。天保一一（一八四〇）年、美作国《みまさかのくに》上山村の土蔵跡から掘り出された三百二十両。昭和一〇（一九三五）年、大阪北区の橋本市松という人が淀川で蜆《しじみ》取りの最中に見つけた三十一匁（約百十六グラム）の竹流金。淀川では合計八個の竹流金が視つかっていて、このうち四個は現在造幣局博物館にありますから今でも視ることは可能です。後は、吉岡さんも知ってると思いますが、昭和三一年五月一八日に銀座の小松ストアの工事現場で、慶長、正徳、享保の小判が二百八枚、一分金が六十枚……」

「ああ、その話は俺もいつだったか小松ストアに協力してもらって番組で紹介したことがあるから良く知っている。小判にも触らせてもらったが、あんなのが俺の番組でザクザク出てきたらと思うとぞくぞくするんだ。それにしても、日本の埋蔵金がこんな程度とは信じられないな。北畠、本当に出たのは隠されているんじゃないのか？」

「僕はせいぜいそんなところだと思います。いい加減吉岡さんも諦めて下さい。あっ、一つ肝心なのを忘れてました。ひょっとするとこれが日本の埋蔵金発掘史上最大かもしれません」

「何だ、それを早く言ってくれよ」

「昭和一二年一二月八日に奈良県の西大寺近くから三十一枚の開基勝宝《かいきしょうほう》が出土したんです」

「開基勝宝？」

「開基勝宝というのは千二百年以上も前の天平宝字《てんぴょうほうじ》四（七六〇）年に鋳造されたという伝承があるだけで、幻の金貨と言われていたものです。つまり文献上だけの貨幣で実物は一枚もないとされていた幻の金貨が一度に三十一枚も出土したんです」

「面白そうな話だな」

「実はこの開基勝宝は寛政六（一七九四）年にも西大寺の西塔跡からたった一枚だけ出土していたんですが、明治維新後に明治天皇に献上され一般には全く知られていなかったんです。それが一度に三十一枚も出土したことから、当時は『昭和一二年の掉尾《とうび》を飾る史の国大和《やまと》の一大発見』と、大騒ぎになりました。無論三十一枚全て国宝です。この開基勝宝を時価換算したら、それはまさしく埋蔵金伝説になるかもしれません。何故かというと、三十一枚のうち完品は十九枚しかなく、コインのオークションへ出せるような美品はせいぜいが五枚で非常に貴重なコインです。もしこの開基勝宝がオークションに出されたら一枚五千万円以上の値が付くことは間違いないと思います。でも、この開基勝宝を全部集めてもツタンカーメンの黄金のマスク一個にも足りません。もう一度言いますけど、この日本は純金文化ではなく鍍金文化の国なんです。金は鍍金の材料ですから貴重な金属という意識はありましたけど、日本の権力者は金そのものを権威の象徴とは考えていなかったんです」

「じゃあ秀吉はどうなんだ。大坂城に莫大な金があったのは事実だろう」

「それは認めます。大坂城には四十四貫（約百六十五キロ）の千枚分銅《ふんどう》十三個と八十八貫（約三百三十キロ）の二千枚分銅十五個、つまり千八百九十二貫（約七トン）の黄金があったそうですからね」

吉岡さんの顔に赤みが差した。

「それだよ、俺の言ってるのはそういう奴なんだ」

「でも吉岡さん、この史上空前と言われる秀吉の黄金を今の時価に換算すると、純金であっても七十億円位のものなんですよ」

「七十億なら凄いじゃないか。その秀吉の黄金がどこかに眠っているかもしれないだろう」

「それはないです。大坂城の巨大な分銅黄金は、京都方広寺の再興と二度にわたる大坂の陣で使い果たされ、徳川方が接収した金塊は幾らもなかったんです」

「じゃあ江戸の頃、世界一ともうたわれた佐渡金山から掘り出された金はどこへ行ったんだ」

「佐渡金山の産金量は江戸期を通じて七十トンほどですが、江戸期の日本は極端な銀高でしたから、それに目を付けたポルトガルやオランダは銀で計算した貿易の代価を金、つまり小判で持って行ったんです。これが二百五十年続いたため出島からは膨大な量の金が流出しました。止《とど》めを刺したのが幕末の安政（一八五四〜一八六〇）年間です。安政の頃の国際的な金銀比価は一対十五なのに、徳川幕府は何と欧米諸国と一対五で約定《やくじょう》し、欧米人は銀をこの日本へ持ち込むだけで三倍の金を得たんです。安政の六年間だけで百万両以上の金が流出したと言われているんです」

吉岡さんは忌々《いまいま》しそうに煙草の煙を吐き出した。

「佐渡金山の金は外国人に全部騙し取られたってわけか」

「そう言っても過言ではないでしょうね。でもこれには理由があるんです。当時の大名が財宝の最上位に置いたのは金ではなく茶道具なんです」

「時代劇に出てくる『お大名の大好きな山吹色の小判』ってのは、あれは作り話なのか？」

「決まってるじゃないですか。この日本では小判を愛《め》でるような大名は小粒なんです。小判は日銭に汲々《きゆうきゆう》とする貧乏人が求めるものであって、本当の権力者は小判より茶道具に代表される名器名宝を愛でたんです。何しろ茶碗一つで一万両を超えるものはざらにありましたからね。吉岡さんが黄金に夢を馳せるのは、黄金に値打ちを視るからでしょう。でも、日本の大名達は黄金より茶道具の方に値打ちを視ていたんです。信長の時代はそれが最も顕著です。永禄一一（一五六八）年九月、松永久秀は信長に降伏しますけど、その時松永が信長への献上品にしたのは黄金ではなく茶道具です。松永は足利義満、義政旧蔵の大名物《おをめいぶつ》九十九髪《つくもがみ》の茶入れを差し出し、今井宗久は松島の壺と紹鷗茄子《じょうおうなす》の茶入れを差し出しました。この後、松永久秀は天正五（一五七七）年信貴山《しぎさん》城に滅びますけど、最後の合戦の折、信長が平蜘蛛《ひらくも》の茶釜を差し出せば命は助けてやると言ったのに、松永久秀は平蜘蛛の茶釜を抱えて焼け死にました。自分の命より平蜘蛛の茶釜を上位に考えていたからです」

「北畠、話は判ったが、ひび割れた茶碗や錆《さび》の浮いた茶釜じゃあ色気がなくて番組にはならないよ」

「でも吉岡さん、大判小判が一枚百万円や一千万円もの値がつくのは数が少ないからですよ。もし吉岡さんが大判小判を百万枚も掘り出したら、その日を境に市場価格は暴落し、大判小判は限りなく金の地金価格に近づいてしまいます」

「やっぱり黄金より茶道具の方が遥かに上ってことか。昨夜お前が、視点を変えれば日本の地下には大判小判より凄い財宝が沢山眠っていると言った意味が何となく視えてきたよ。北畠の宝探しは大判小判ではなく、地下から古美術品を掘り出そうってことなんだな」

「そうです。この日本の地下には世界でも有数の宝がいくらでも隠れているんです」

吉岡さんが僕の方へ身を乗り出した。

「世界でも有数？」

「ちょっとこのカタログを視てくれますか。その付箋の貼ってあるページです」

吉岡さんはサザビーズのカタログに視線を落とすと、直ぐに溜め息交じりの声を上げた。

「おい北畠、この海獣葡萄鏡《かいじゅうぶどうきょう》とかいう鏡一枚で一万五千ポンドもするのか！」

「その一万五千ポンドはオークションにおける最低価格なんです。僕が調べたところ実際に落札された価格は一万八千ポンドでした。日本円に換算すれば三百五十万円前後です。つまり、その鏡一枚でおよそ三・五キロの金塊に相当するんです。この日本の地下にはそういった鏡がまだまだ沢山埋もれていますから、宝探しなら何の根拠もない埋蔵金を掘るよりこの手の鏡を探した方がずっと効率は良いと思います。例えば、邪馬台国の卑弥呼が魏から賜ったとも言われる鏡に三《さん》角縁神獣鏡《かくぶちしんじゅうきょう》があるんですが、この鏡に景初《けいしょ》（二三七〜二三九）という魏の年号があれば、恐らく二千万円以上の値が付くと思います。三角縁神獣鏡の最も古い紀年鏡は島根県の風土記の丘資料館に展示されている景初三（二三九）年ですけど、もしこれより古い景初二年の鏡を掘り出せば、その値段は優に三千万円を超えると思います」

「三千万！」

「でも吉岡さん、鏡よりもっと凄いものだってあるんです。推古朝（五九三〜六二八）の頃の小さな仏像なら一億円以上です。また金銅《こんどう》製の経筒《きょうづつ》なんかも、平安から鎌倉初期の年号が刻まれていれば数百万円から一千万円はするんです」

「しかし北畠、現実にそんな宝物《ほうもつ》が掘り出されたことってあるのか？　俺は聞いたことがないんだけどな」

「沢山ありますよ。関東では男体山《なんたいさん》の山頂から掘り出された宝物が何と言っても一番です」

「男体山の山頂？　一体どんなものが出たんだ」

「昭和三〇年以前のことですが、偶然山頂の溶岩の間から銅印や仏具が視つかったんです。これが宝物発見の最初でした。昭和三七年七月、二荒山《ふたらさん》神社が主体となって山頂一帯の大調査が始まったんですが……、これが凄いことになったんです。海獣葡萄鏡、二神二獣鏡、銅印、経筒、武具、馬具、鉄剣に三鈷杵《さんこしょ》、奈良時代以前から江戸に至る、それはもう夥《おびただ》しい文化財が発見されました。時価総額で幾らになるのか見当も付かないほどの財宝です。それから、和歌山県の那智山《なちさん》でも凄い財宝が発見されているんです。最初の発見は大正七（一九一八）年と言われているんですが、大掛かりな発掘が行われたのは五十年後の昭和四三年になってからです。驚くことに経筒が二百以上も発見され、中には平安末の紀年銘を持つものも数多くありました。この他にも鏡、尊像、塔、壺、皿など、数え切れないほどの財宝です。時価総額は……、余りに大きすぎて計算できません。でも吉岡さん、男体山や那智山の財宝って、本当はもっと沢山あった筈なんです。昭和三〇年以前の男体山の山頂は全くの無防備でしたし、那智山にしてもあの辺りが大経塚《だいきょうづか》群だということは江戸の頃から知られていましたからね。海の正倉院と言われる福岡県の沖ノ島遺跡にしても同じことなんです。沖ノ島の正式な調査は昭和二九年五月から始まり、この一連の調査で金銅製竜頭《りゅうず》や三角縁神獣鏡、金製指輪など十万点以上もの宝物が発見されました。宝物の多くは巨岩の上や岩陰、洞窟、つまり野ざらしみたいな感じで国宝級の宝がそこら中に散らばっていたんです。沖ノ島は原始林が大正一五年に天然記念物に指定され、その時すでにこの島に膨大な財宝があることは知られていたんです。それなのに正式な遺跡の調査は約三十年後の昭和二九年になってからです。沖ノ島は無人島みたいなものですから、この三十年間にどれほどの財宝が持ち去られたのか、見当も付きません。この日本って、本当に凄い国なんですよ。こんな宝が今でも日本国中にいくらでもあるんです」

「でも、今の話は全部文化庁を始めとする公的機関に指定されている遺跡だろう。いくらなんでも俺の番組で盗掘紛《まが》いのことはできないよ。埋蔵文化財を調査発掘するには着手の日の三十日前までに文化庁長官に届け出なければいけないし、無許可で古墳や祭祀跡を掘れば一発でアウトだ。それに、テレビ番組のための発掘を文化庁が許すわけがないからな」

「表向きには絶対無理でしょうね」

「じゃあどうするんだ」

「偶然を装うんですよ。つまり、何の変哲もないただの地面から出たんなら何の問題もありません。財宝が出た段階で、最寄りの警察や都道府県の教育委員会に届ければ良いんですよ。僕達が視つけた財宝ですから、その一部始終をカメラに収めることは充分主張できるし、学者や文化庁も僕達のカメラを間違いなく認めます」

「北畠は財宝が眠っている場所を特定できると言うのか？」

「今は埋もれて誰も気が付かない遺跡を推理と空想で嗅ぎ付けるんですよ。そんなに難しいことじゃありません。こういうことって、昔から狐と狸の化かし合いみたいなものなんです。だから面白い逸話が沢山あって……、例えば羽黒山の御手洗池《みたらしいけ》（鏡池）の事件なんて、それは腹も立ちますが思わず笑っちゃうような話なんですよ。僕はこの事件を復元するだけでも面白い番組ができると思いますけどね」

「ちょっと聞かせてくれよ」

「羽黒山が月山《がっさん》、湯殿《ゆどの》山と並んで出羽三山《でわさんざん》の一つなのは知ってますよね。この羽黒山に月山、羽黒山、湯殿山の三神を祀る三神合祭殿という建物があって、その直ぐ前に四十メートル×三十メートルくらいの楕円形をした御手洗池という池があるんです。大正期から昭和初期、この池から六百面もの大量の古鏡が掘り出されたんです」

「なに、六百面！」

「そうです。この六百面の古鏡のうち百九十面は神社の所蔵となり、昭和一二年七月、鏡は一括して国宝に指定されました」

「あれ北畠、鏡は六百面出たんだよな、後の四百十面はどこへ行ったんだ」

「兵庫県の黒川古文化研究所に二百面、大阪の個人が四十面、アメリカのボストン博物館に三十面、東京上野の帝室博物館が五十九面……、後は行方不明です」

「ちょっと変だな。羽黒山の出羽神社といえば日本でも有数の神社だろう。その出羽神社が神宝の鏡をなぜそんなに大量に手放したんだ。神社が疲弊して売ったとでも言うのか?」

「吉岡さん、宝探しって、いつの世も泥棒の方が一番乗りするんですよ。御手洗池はその典型なんです。実はこの御手洗池に鏡があることは随分昔から知られていたんです。例えば、宝永七(一七一〇)年編纂の『三山雅集』はこの池の鏡のことを『この池中に古鏡多くはべり。古伝曰《いわ》く人《にん》王《のう》四十二代文武《もんむ》帝大宝元(七〇一)年辛丑《かのとうしのとし》年七月 詔《みことのり》をせしむ。銀鏡を一万八千面鋳じて阿久谷へ奉納と云々《うんぬん》。池底をかい上げはべりしに右の鏡おびただしく上がりけるよし。また元のごとく奉納せり』と記しているんですよ」

「鏡の存在は江戸期の早い頃から確認されていたが江戸期の人達は神聖な池のものだからと、発見の度に池へ戻していたってわけか」

「そうですね。それが大正三年、ある材木会社の社長がこの御手洗池に神橋の寄付架設を申し出たことが発端になって、以後この池を巡ってとんでもないことが連続するんです。最初神社側は殺風景な池に華やかな橋が架かるのは悪い話ではないと思ったのか、この寄付架設を二つ返事で認めたんですよ。橋の名称は御幸橋と決まり、大正四年、雪解けを待って工事が始まります。池に橋を架けるには池中を掘らなければいけませんよね。それで池の水が抜かれ泥が掘り起こされたんです。すると泥の中から古い鏡が続々と出てきたんです。ところが、作業員達は……、これら百面以上もの鏡を一面も神社に届けず、全て鶴岡市の骨董商へ持ち込んじゃったんですよ。骨董商が安く買い叩いたことは言うまでもありません。骨董商は大儲けって図式ですが、話はこれで終らなかったんです」

「ちょっと待て北畠、その話の続きはこの俺だって判る。御手洗池の鏡の話は、直ぐに鶴岡中の骨董商を駆け巡り、彼らは次の池の工事をじっと待った、こう言いたいんだろう？」

僕が小さく頷くと、吉岡さんはやっぱりなという顔だ。

「それからおよそ十年後、せっかく架けた橋なのに、どこからともなく御手洗池の御幸橋は神池に対する冒瀆《ぼうとく》だとの論が湧き起こるんです」

吉岡さんが思いっきり笑い出した。

「それは北畠、鶴岡の骨董商達の陰謀だ。間違いない」

「陰謀かどうか判りませんが、結果として御手洗池の橋は除去することになったんです。御幸橋の撤去はすぐに鶴岡の骨董商達に伝わりました。骨董商達は予め作業員達に『鏡が出たら届けずに持って来い』と言い含めると、鏡がやって来るのをじっと待っていたんです。この時の出土は

五、六十面と言われていますが、鏡は全て鶴岡の骨董商から東京、京都、水沢方面の骨董商へ転売されたそうです。三回目はそれまでの大儲けに味をしめた骨董商の一人が工作したものです」
「しかし北畠、神社側はそれまでの工事で大量の鏡が盗まれたってことを承知しているんだろう。何故三回目まで起きたんだ」

「それは僕にも判りません。とにかくその鶴岡の骨董商は、御手洗池の池中に御幸橋の名残《なごり》みたいに立っている柱に目を付けると、神池に柱が立っているのは見苦しい、私共の費用であの柱を抜き取りましょう、と申し出たんですよ。これがまんまと功を奏するんです。昭和三年四月一一日、骨董商は作業員五人と柱の抜き取りを始めますが、無論目的は残柱ではなく鏡です。しかもこの作業はプロの骨董商が陣頭指揮しているわけですから、それまでの二回とは桁違いの鏡を掘り出しちゃうんですね。後に判明した数だけでも二百面以上というのですから、本当は三百面を越えていたかもしれません。神社側が手にしたのは、体裁を取り繕《つくろ》うために届けられた、たった四、五十面だけでした。そして四回目の事件です」

「えっ、まだあるのか？」

「そうです。昭和六年八月一二日、今度は御手洗池に鯉と金魚を寄付したいとの申し出があったんです」

「それも鶴岡の骨董商なのか？」

「はっきりしたことは判りませんが、表向きには福島県の人ということになっています。いずれにしても、魚を池に入れるには池の環境を整えなければいけないですよね。それでまた池を掘ることになったんです。神社側は今までの経緯がありますから厳戒態勢を取りました。それでも鏡は盗まれたんです。神社側が手にしたのは破損した十四面の鏡を含めて三十四面。一方、骨董商達が手にしたのは百二十七面です。ここで鶴岡警察が乗り出しました。発端は儲けに与《あずか》らなかった業者の垂れ込みです。もっとも起訴されたのはこの四回目の時だけで、それまでの三回は証拠不充分で何の罪にも問われませんでした。現在羽黒山の出羽三山歴史博物館に収蔵されている重要文化財（戦前は国宝）の百九十面の鏡は殆どがこの四回目の時の鏡なんです。他の鏡は羽黒古鏡として全国に散らばりました。昭和一〇年二月、東京上野の帝室博物館が羽黒古鏡五十九面を一括購入していますが、この鏡は全て御手洗池から盗まれた鏡なんですよ。吉岡さん、泥棒する人って凄いでしょう。盗品を何とお上に売りつけるんですからね」

「帝室博物館と言えば、現在の国立博物館だよな。それで博物館は羽黒山へ鏡を返したのか」

「返すわけがないでしょう。現在まで自発的に返された鏡は一点もないんです」

吉岡さんが憤然とした顔をした。

「誰も返さない？　酷い話だな！」

「それどころか吉岡さん、羽黒古鏡の泥棒は今もいるんです。今年の春、友人との東北旅行の折、出羽三山歴史博物館に立ち寄ったんですよ。羽黒古鏡は二階の展示室にずらっと並んでいましたが、帰り際に管理の人に鏡のことを尋ねると、少し前に一枚盗まれたと嘆《なげ》いていました。ですから、パンフレットその他に羽黒古鏡百九十面とありますが、実際には百八十九面しかないんです」

「さっきはつい笑ってしまったが、俺はもう言葉がないよ」

「埋蔵文化財を盗む人から視れば、地中の宝は授かり物みたいなものなんです。それが証拠に、御手洗池から泥棒された鏡を本来の所有者出羽神社へ返却した人は誰もいません。これって、売った人も買った人も根の体質が同じだからですよ。自分で掘って手に入れたか、お金を払って手に入れたか、この違いしかないんです。アカデミズムにしたって同じようなものなんです。学者と称する人達は発掘に対して既得権みたいなことを主張し、発掘権を手に入れれば入れたで、今度は発掘の様子を誰にも視せずに自分達だけで楽しんでいるじゃないですか。やってることは盗掘屋と何一つ変わりません。お金を手に入れるか自分の知的好奇心を満たすか、この違いだけなんです」

「学者は発掘後に大層な調査報告書を出版し、盗掘屋は調査報告書の替わりに金銭を得る、この両者は所詮同類だって言うのか」

「名誉、金銭、どちらも人の欲望には変わりがありませんからね」

「すると北畠、俺が何本かやった埋蔵金探しの番組は……、アカデミズムと盗掘屋の中間だから至極まともってことだな」

「吉岡さんのは純然たるエンターテインメントじゃないですか。宝探しとしては王道ですよ」

「王道と誉めてくれるのは嬉しいが、俺は一度も宝を探し当てたことがないからな。さっき北畠は『誰も気が付かない遺跡を推理と空想で嗅ぎ付けるのはそんなに難しいことじゃない』と言ったが……、本当にそうなのか？」

「僕は自信があるから言ったんです」

「北畠の指摘した所を掘れば……、間違いなく宝物が出ると言うんだな」

「無論です」

「凄いのか？」

「売ったらいくらになるのか、僕にもちょっと見当が付きません。宝物は水中です。でも、とっても浅いですから潜る必要はありません。但し、少しでも何か出たら発掘は中止し、地元の教育委員会へ届けてくれますか」

「当たり前じゃないか。俺は自分の番組で宝物が出れば、もうそれだけで充分だよ。場所はどこなんだ」

「今は教えられません。僕から全部聞いてしまえば吉岡さんの空想力や想像力はきっと半減します。当然、視聴者がわくわくするような番組はできません。宝物が出る絵は僕が保証しますから、吉岡さんはそれを踏まえて番組のコンセプトを考えて下さいよ」

「判った。それじゃこうしよう。番組は二本作る。一本目は羽黒山御手洗池の羽黒古鏡の話を中心に据え、それを男体山、那智山、沖ノ島等で視つかった宝物の話で囲んでいく。二本目はこれらの話を元に我々チームが推理と空想で宝を視つけるドキュメントだ。直ぐに梶山専務に企画書を書くからな」

「本当にやるんですか」

「あたりまえだろう。北畠の話を聞いているうちにイメージが湧いてきた。この手の話を番組制作すると、たいてい文化的要素の強い、それも疑似アカデミズムっぽいものになって面白くない。何故かと言えば、番組に半端な形でアカデミズムを参加させるからだ」

「確かに学者が出てくると、学問をベースにした埋蔵文化財に対する蘊蓄《うんちく》みたいなものが主になりますから、番組の質は向上しますけど視聴率の方は駄目だと思います」

「だから視聴者を盗掘屋の気分にさせる、この視線で埋蔵文化財を視せるんだ。視聴者がこの気分で番組を視れば、本来は学術的に価値の高い埋蔵文化財も単なるお宝もんの感覚に摩り替わる。鏡や経筒が出ても、これが推古朝や白鳳《はくほう》期の貴重な文化財と思えば、視聴者はわくわくした気分にはならない。でもこの鏡一枚五百万円と思えば気分は百八十度違ってくる。御手洗池、男体山、那智山の話を盗掘屋の視線で紹介し、番組を視た全ての視聴者が自分も盗掘してみたい、人知れず地中から埋蔵文化財を掘り出してみたい、こんな気分にさせてしまえば良いんだ。そしてこのオンエアの半年後、いよいよ主役が登場する。我々のプロジェクトチームが未盗掘の埋蔵文化財を推理と空想で探し当てるってわけだ。これなら視聴率は絶対いける」

「話は判りましたけど、二本目の方で埋蔵文化財が出なかったらどうするんです？」

「だって出るんだろう」

「それはそうですが……」

「何だ北畠、自信がないのか」

「そうじゃないんです」

「何か奥歯に物が挟まったような言い方だな」

「実は吉岡さん、僕の夢は誰にも気付かれないトレジャーハンターなんです。だから番組制作には最大限協力しますが……、条件を二つ出しても良いですか」

「条件が二つ？」

「最初に僕と吉岡さんの二人だけで密かに試掘をしたいんです」

「それは北畠、俺の方からも出したい条件だ。いくらなんでも闇雲ってわけにはいかないからな。お前を信用しないわけじゃないが、俺は俺なりに今回のことを考えている。お前の推理と空想が外れないとは限らないだろう」

「あれ吉岡さん、僕のこと信じてないんですか？」

「信じてはいるが……、二本目の方は番組制作としてはリスクが大きい。やる算段で準備に取り掛かれば、かなりの予算を必要とする。となれば、数百万もかけて何も出ないから中止にしよう、とはいかない。俺とお前の好奇心でやるなら良いが、これは飽くまでも仕事だからな」

「二本目の方は試掘の結果を待とうということですね」

「今はまだ二本目の企画は秘密にしておきたい。俺と北畠のな。だから梶山専務には一本目の企画だけを提出する」

「それなら僕も安心です。それで吉岡さん、僕の二つ目の条件というのはですね、試掘の結果、大して出ないようなら、教育委員会へ届け出をして番組制作を止めてしまう。中規模だったら吉岡さんの番組でオンエアする。そして……、大量の財宝が出てくるようなら、これは僕と吉岡さんの秘密です」

吉岡さんが怪訝な顔をした。

「それが二つ目の条件なのか？」

「そうです」

「さっきはちょっとでも埋蔵文化財が出たら届け出て欲しいと言っただろう」

「あれは仕事を語る上での建前です」

僕が吉岡さんの顔を覗き込むように言うと、吉岡さんは一瞬ぎょっとした顔をしたが、直ぐに大きな笑い声を上げた。

「北畠、お前って本当に面白い奴だなあ」

僕の話をじっと聞いていた米山さんが自分に言い聞かせるように何度も頷いた。

「なるほどな、そういうことだったのか。梶山専務から台本を渡され直ぐに読んでみたんだが、実を言うと何度読んでも吉岡の意図するものが摑めなかった。表面上は埋蔵文化財を中心に据えたいわゆる教養番組になっている。ところが不思議なことに学者が一人も出てこない。出演者は日本橋や京都の古美術商ばかりだ。ナレーション稿にしても出羽三山の歴史的意義は何も語られない。那智山や男体山にしてもそうなんだ。ごく常識的に考えてもこれらの山を紹介する時は山岳信仰と修験道は欠かせないのに、観光パンフレット程度にしか語られず、主題は埋蔵文化財一点に絞られている。おまけに俺は吉岡が今までに撮った絵も視ていないし、古美術商達がどんなコメントを述べているのかも判らない。これでは雲を摑むような話だから最初は断った。そうしたら村瀬社長に『何がなんでもお前が引き継げ』って凄い剣幕で怒鳴られ……、結局、北畠に協力してもらうことで引き継ぐことになったんだが、あの時ふと北畠のことを思い出さなかったら、きっと今の俺はノイローゼ状態になってるよ」

「吉岡さんの撮った絵を何も視ていないんですか？」

「ディレクターはどんなことがあっても制作過程の絵をチーム外の者には視せない。チーム外の者もまた他人の作品には干渉しない。これはディレクター間の暗黙の了解事項だ。そんなわけだから俺の手元にはこの台本一冊しかない。とにかく北畠、当てにしているから頼むよな」

「判りました。現地へ行けば今までの絵は全部視ることができますし、坂井さんを交えて台本を突き合わせれば、吉岡さんの番組の全貌は直ぐに分析できると思います」

「そうだな。俺も何だか安心したよ。そう言えば北畠、朝飯は食べたのか？」

「食べてるわけないですよ」

「よし、ちょうど車内販売が来たから弁当でも買うか」

米山さんは販売員を呼び止めると早速弁当やお茶を買い求めたが、車内弁当一つ買うにもリズムがあって如何にも旅慣れた感じだ。新幹線の風を切る音が変わった。窓の外を視ると郡山《こおりやま》駅を通過中だ。米山さんは口では安心したと言いながら、やっぱり気になるのか、弁当を片手にまた台本を読み始めた。時折耳に挟んだ鉛筆で台本に書き込みをしているのを右目の端で視ると、思いのほか几帳面《きちょうめん》で綺麗な文字だ。米山さんと仕事をしたことはないが、上手《うま》くいきそうな気がした。

何となくといった感じで睡魔が襲ってくる。そう言えば一睡《いっすい》もしていない、と思った時にはもうすっかり意識はなく、米山さんに体を揺すられ、はっと気が付いたときにはもう山形駅に着いていた。米山さんと並んで駅の洗面所で首筋へじゃあじゃあ水をかけ、思いっきり顔を洗った。

「中国人と日本人は顔の洗い方で視分けることができる、北畠知ってたか？」

ふーと大きく息を吐き洗面所の鏡へ自分の顔を映した時、鏡の中で米山さんが唐突《とうとつ》に問い掛けてきた。

「知りません」

「日本人は掌《てのひら》を動かすが、中国人って顔の方を動かすんだ」

「えっそうなんですか？」

「大東亜戦争の頃、日本の特務機関はこの方法で中国人と日本人を視分けたそうだ。中国の工作員は日本語は完璧だし、日本の伝統文化やしきたり等にも精通しているから表面上は全く日本人と区別がつかない。最初中国側は、何故特別な訓練を受けた優秀な工作員がいとも簡単に視破られるのか全く判らなかったそうだ。これって何かを観察する時に教訓になる話だろう。物事の観察はアナログ的な方が功を奏する場合もある。最近の世の中は理屈が多すぎて何か難しく考えすぎだよ。対象を難しく考えず、ごく単純に身近なものを判断の基準として用いる、この一番単純なことが実は一番大切なんだ」

妙に頷いてしまった。確かにそう思えたからだ。英国と日本は、緯度、島国、王室・皇室、騎士・武士、紋章・家紋、車の左側通行など数多くの類似性が認められるのに、何故こんなに類似性があるのか誰も答えられない。日本と欧米は生活風習の中でドアの開け方、蛇口の捻り方、鋸《のこぎり》の使い方など逆なのに、これも何故だか判らない。日本人の血液型はほかの黄色人種と比べて何故圧倒的にA型が多いか？　日本人は古代から乗馬文化を持っていて、大八車もあったのに、何故馬車という発想がなかったのか？　これも判らない。人の作ったロケットは惑星間をワープしながら太陽系の外側まで旅をしているのに、僅か一万メートルの海底のことはトリエステ号で有名なピカール親子しか知らない。当然、地球の内核を覗いた人は誰もいない。O157：H7、エイズ、癌《がん》、これらの病気に対して未だに完璧な治療方法がないのに、一方で人のクローン化は実現間近である。蒸気、石炭、石油、と来たのだから次世代のエネルギーは液化石炭、サンドオイル、と繋ぐ方が自然なのに、人類は一足飛びにウランを選択した。何もかも急ぎすぎで順番が違うような気がする。背中で米山さんの大声がした。

「おーい北畠、もう行くぞ。いつまで鏡を視てるんだ」

駅の外へ出ると、まだ午前中だというのにうだるような暑さだ。駅前の温度計は三十五度を表示しているから、午後になれば三十八度を越えるかもしれない。米山さんはそんなことは意にも介さないのかレンタカー屋の方へ小走りだ。何をするにも無駄のない人だとほとほと感心するが、これって……、米山さんから視れば僕は何をするにもメリハリがなく愚図《ぐず》だということに直結している。米山さんは既に運転席だ。レンタカー屋の方へ全力で走った。左側のドアの方へ回り込むと、米山さんは左手を伸ばして中からドアを押すように開け、それと同時にもうエンジンをかけている。

山形北インターチェンジから東北自動車道へ入ると車は猛烈なスピードで走り始めた。米山さんは前方をしっかり視据え、一定の間隔で車内と車外のバックミラーへ瞬間的に視線を送り、一言も口をきかない。

西川とかいうインターチェンジで降りた。今度は国道一一二号線を直走《ひたはし》りである。右側は山、左側に大きな湖が視えたと思ったら車は右へ曲がり、しばらく走ると周りの風景が一変した。町並みは消え視渡す限り山である。湯殿山道路を示す標識を右へ曲がると、湯殿山ホテルという旅館だかホテルだか判然としない宿泊施設があった。右手に視ながら通り過ぎ、手持ち無沙汰そうな親父さんのいる料金所を通過すると、道路は更《さら》に曲がりくねった急坂で、えっと思うような秘境である。

突然雨が降り出した。それも常軌を逸したような激しい雨だ。米山さんはワイパーを最速にするが、それでも視界が良く利《き》かない。車を止めた方が良いなと思った時、前方に巨大な鳥居が視えた。鳥居の前の広い駐車場には観光バスが数台駐まっている。ずぶ濡れになりながら正面の土産物屋へ飛び込んだ。中は雨宿りの客でごった返している。米山さんがタオルで頭を拭いながら話し掛けてきた。

「北畠、湯殿山は始めてか？」

「羽黒山には鏡の調査で何度も来てますし、月山は羽黒山側から有料道路で八合目まで行けますから山頂の神社へも行ったことがあるんですが、出羽三山のうちこの湯殿山だけは来たことがありません。こんな形で突然湯殿山へ来ることになって……、ちょっと興奮しています。ここは出羽三山の総奥院《おくのいん》と言われる所ですし、あの鳥居の大きさからも一体どんな社殿なのか楽しみです。ひょっとすると米山さん、羽黒山の三神合祭殿より凄いんですか？」

「新幹線の中で羽黒山の鏡の話を聞いた時には、北畠は出羽三山のことを何でも知ってると思ったが、意外と知らないんだな。この湯殿山に社殿はないよ」

「えっ社殿がない！」

「本当に知らなかったのか？」

「未見のものに対して文献的知識は常に最小限に止めるようにしていますから、上っ面しか知らないものが多いんです。なまじ知っていると視た時の驚きや感激が薄れるし……、興味のあるものって初《うぶ》な気分で視たいじゃないですか。ものの視方って幾つもあると思うんです。例えば写真や映像で知り、それをどうしても自分の目で視たいと思う気分、また、活字で読んだり人の話を聞いたりするだけで映像的なものは何もなく、どんな形をしているのか判然としないものを頭の中で空想し、実際はどんなだろうと視に行きたくなる気分、それから……、何の情報もなく突然それを視る気分だってあるじゃないですか。ピラミッドを知っていて視る人と知らないで視る人は、その感激や刺激って全く異質なものだと思うんですね。密林の中のアンコールワットを祇園《ぎおん》精舎《しょうじゃ》に結び付けた日本武士がいましたけど、その勘違いの気分って僕にはとっても良く判るんです」

「なまじ情報を持っていると空想力の妨げになると言うんだな」

「そうですね。対象を予め知っていると他人の臨床に影響され、自分自身のオリジナルな発想が束縛されちゃうんですよ」

「そうか、じゃあ俺はこの湯殿山の御神体については何も言わないことにしよう。御神体を視た後の北畠のコメントが今から楽しみだよ。とにかく吃驚《びっくり》するぞ」

「奇怪だということですか?」

「だから何も言わないと言っただろう」

「そう言われると、ちょっと聞きたくなりますよ」

米山さんは意味深な感じで笑った。

「あのな北畠、本当のことを言うと、言わないんじゃなくて言えないんだ。古来から湯殿山の御神体は『語るなかれ、聞くなかれ』と言われ、人と人が語ることを禁じている。無論、写真撮影も駄目だから御神体を紹介した文献は一点も存在しない。つまり自分の目で直接視ない限り、この湯殿山の御神体は判らないってわけだ。じゃあ北畠、そろそろ行くか。バスの出発時間が近い」

「表は土砂降りですよ」

「どうせ晴れてたって濡れる」

米山さんがぱっと表へ駆け出した。僕も付いて行くしかない。米山さんに続いて本宮参拝専用バスと表示されたバスに乗り込むと……、客は僕と米山さんの二人だけだ。どうやら土産物屋にいた団体客は突然の大雨に参拝バスに乗るのをためらっているらしい。

「僕達だけみたいですね」

「雨が上がるのを待っているんだろうが、この雨はすぐには止まないよ」

「判るんですか？」

「雲の厚さと風の向きで簡単に判る。恐らく三十分は土砂降りが続く。ディレクターにとって気象の知識は必須のアイテムだ。それに、神域は狭いから団体客がいない方がかえって都合が良い」

バスの運転手がずぶ濡れになりながら乗り込んできた。客が二人でも走るのかなと思ったが、運転手はごくあっさりとエンジンをスタートさせると直ぐに走り出した。道は右カーブ左カーブが連続する急坂で右側は白く泡立つ流れの激しい川だ。運転手は慣れているのだろうが、初めてこのバスに乗る僕には怖いような道である。雨の音も凄いが、バスのエンジンの音もそれに劣らず凄い。

「そういえば米山さん、さっきどうせ濡れると言いましたけど、御神体は何か水に関係があるんですか?」

「だから北畠、何も言えないと言っただろう。『語られぬ湯殿に濡らす袂《たもと》かな』ってことだ」

「それ、何です?」

「かの松尾芭蕉が湯殿山の御神体を参拝した後に詠んだ句だ」

「ここへは芭蕉も来ているんですか」

米山さんが頷くと同時にバスが止まった。表の雨は相変わらず凄い音を立て一向に止む気配はない。覚悟を決めた。バスを降りるといきなり急勾配の石段である。登り詰めると今度は下に視える渓流に向かっての下りだ。流れが近づくにつれ、玉石の石垣が視え、その向こう側に小屋のような小さな建物の屋根が視え隠れし、あちこちに撮影厳禁の立て札が立っている。建物は幾つもあるようだ。急勾配の石段を下りきり仮設のような橋を渡ると、小さな小屋と言ってしまえばそれまでだが、それだけで片付けるには余りに雰囲気のある建物があり、中に白装束の神官が二人いた。米山さんと並んで小さく頭を下げた。人の形をした白い紙を渡され、足元の流れに流すようにと言う。言われるままに流すと、今度は神官の一人が手前の小屋で履き物を脱いで裸足《はだし》になれと言う。緊張と興奮で何だかおかしな気分だ。裸足で奥へ進んで行くと、正面の建物に五、六人の神官がずらりと座っている。一番手前の神官が右斜め前を指しながら口を開いた。

「御神体にお参りください」

神官の指差したのは人間の作った建物でも像でもなかった。仰天《ぎょうてん》の余りその場に立ち尽くしていると、傍らの米山さんに促された。

「北畠、登るぞ」

「えっ、御神体へですか？」

「そうだ」

僕の緊張と興奮は頂点に達した。突然、スピルバーグの「未知との遭遇」を思い出した。御神体はあの映画に登場するデビルズタワーに瓜二つなのだ。デビルズタワーはワイオミングのヒューロット近くにある奇怪な形をした実在の山である。ロケハン担当のジョー・アルブスはスピルバーグがスクリプトに描いたイメージ通りの山を探し出したが……、僕が問題にするのはジョー・アルブスの苦労話ではない。何故スピルバーグがデビルズタワーそっくりの山をイメージしたのかということである。あの映画に登場する選ばれた人達は皆デビルズタワーに吸い寄せられていく。そしてデビルズタワーに登り、未知の世界と遭遇する。今僕の目の前にある御神体とデビルズタワーを重ね合わせれば、あの映画は湯殿山信仰そのものと言っても過言ではない。スピルバーグは湯殿山の御神体を視たことがあるのだ！

空から降り注ぐ雨。足元は赤褐色の霊岩上部から滝のように流れ落ちてくる温い神水。御神体を這いつくばって登る僕はもう全身ずぶ濡れである。

男鹿雄山閣

「日本国王之印」(吉川弘文館)

湯殿山の御神体を視た後、米山さんは雨の中フルスピードで羽黒山の坂井さんの宿舎へ向かうと、休憩もせずに吉岡さんの撮った六時間もの尺の確認作業を始めた。無論、僕も一緒だ。米山さんは台本を片手に時々早回しで絵を飛ばしていくが、それでもたっぷり三時間である。米山さんが背中を反《そ》らして大きく息をついた。やれやれ休憩《きゅうけい》かなと思ったら、今度は坂井さんを呼び寄せ、また頭から尺の確認作業が始まった。

「坂井、基本フォーマットをもう一度確認するが、本編ロールは第六ロールまでで六十秒のＣＭが五本だな」

「そうです」

「第一ロールの前がメインタイトルを含めて全くないが、これはスタジオってことか」

「多分そうです。それから、吉岡さんは第一ロールの前にダイジェストシーンを入れたいと言ってましたが、僕にはどんな風に尺をコラージュするつもりだったのか判りません」

「で、このナレーション稿だけどな、湯殿山のことが全く触れられていないが、これはどういうことなんだ」

「吉岡さんはこの番組を純然たる財宝探し番組にするつもりでしたから、出羽三山の信仰に関わることは敢えて外すと言ってました」

「そうか。ひょっとして尺が足りないんじゃないかと思って湯殿山のロケハンもしてきたんだが、取り敢えず尺の方は足りてるみたいだな。よし、大体判った。タレントはどうしてる？」

米山さんと坂井さんは絵を視ながらああだこうだとやり取りを続けているが、僕には一向に声がかからない。もっとも番組制作の専門的なことになれば僕には判らないからやむをえないのかもしれないが。

襖《ふすま》の向こうの廊下から女の人の声がした。僕が襖を開けると、中年の仲居さんが早く夕食を済ませて欲しいと不機嫌そうな顔だ。思わず後ろを振り返ると、米山さんは「判った」という素振りで立ち上がり、それに釣られて坂井さんも立ち上がっている。宿舎の田中坊は黄金堂近くという立地条件の良さからか、三神合祭殿への参拝客でどの部屋も大忙しの様子だ。以前、事務所のスタッフと京都のペンションに泊まった時、そこの主人から「うちは視知らぬ旅人同士が交流したりその日限りの出会いを楽しむ場所でもあるんです。それなのにあなた達は他の客と親しく交わろうとしないし、リビングルームに長い時間留まって仕事の話ばかりしている。他のお客さんから苦情がくるんです」と言われたことがある。きっとこの宿坊にとっても僕達のような時間にルーズで自分勝手な客は迷惑に違いない。

食事の部屋の襖を開けるともうカメラや音声のスタッフの人達は誰もいない。僕達三人の食事だけが何だか寒々しい感じで並んでいる。坂井さんが僕と米山さんの茶碗にご飯をよそってくれた。ちょっと恐縮したが、坂井さんはこういうことに慣れているのか物凄く手際が良い。

「北畠、吉岡の尺を全部視たがほぼ出来てるし……、あんまり問題はないな」

「じゃあ僕が来る必要はありませんでしたね」

「そんなことはない。北畠の説明を聞いていたからこそ全体が摑めたんだ。新幹線の中の話がなかったら俺の頭の中はどうなっていたか判らない。助かったよ。途中湯殿山に寄ったのが無駄と言えば無駄になったが、これも予想以上に吉岡の仕事が進んでいたってことだから良しということだ」

「あの米山さん、僕はどうも判らないんですが、結局湯殿山って何のために寄ったんですか」

「吉岡はあれで合理主義者だから、あいつの仕事は判りやすくて無駄がない。でも、それはあいつの頭の中でのみ成立する簡潔さなんだ。当然、他人が吉岡の仕事を引き継ぐことになれば、無駄がない分、尺は足りなくなる。それで万が一と思って湯殿山に寄ったんだ。吉岡の台本に湯殿山はないだろう。尺が足りない時、羽黒山、月山と湯殿山を接続し埋蔵文化財の背景として出羽三山の山岳信仰をアレンジしようと思ったんだ。でも北畠、尺を視る限り湯殿山は必要ない。既に尺は充分だ。明日羽黒山の合祭殿の前にタレントを立たせ、その絵さえ撮れば後はスタジオ編集で何とかなる。湯殿山のロケハンは無駄になったが、とかく物事ってのは不必要な時に得たもの、つまり無駄だと思ったことが実は将来役に立つ。だから北畠、あの御神体を視たことは……、きっといつか北畠の何かに接続するよ」

僕と坂井さんがご飯を口に頰張りながら大きく頷いた時、部屋の隅にある電話が突然鳴った。坂井さんが直ぐに立ち上がって電話に出たが、何だか怪訝そうな顔だ。

「おい北畠、どうもお前のことらしい。ちょっと代わってくれるか」

誰の電話か直ぐに判った。マキだ！　受話器を取ると直ぐにマキの不機嫌そうな声が聞えた。

「あなた壺中堂文庫へ予約を入れておきながら行かなかったでしょう。私の方へ連絡があったんだから」

しまったと思った。すっかり忘れていたのだ。途中何度かキャンセルの連絡をしようと思っていたのだが、しようしようと思っているうちに結局忘れてしまった。

「ついうっかりしたんだ。でもマキ、何故そっちへ連絡が行ったのかな」

「あなたが連絡先を私の所にしたからよ」

マキの口調が一層ぶっきらぼうになった。言葉のセンテンスもいつもと比べて極端に短い。怒っている証拠だ。無論、僕が壺中堂文庫へ行かなかったからじゃない。羽黒山へ行くことを言わなかったからだ。

「明日の午前中、壺中堂文庫へお詫《わ》びの電話を入れるから……」

「あなたの代わりに謝っておいたからその件はもう解決しているわよ」

「そうか、すまない。じゃあ電話を切るよ。明日には帰るつもりだから」

「帰るってどこへ帰るのよ」

「東京じゃないか」

「あのね、私がどこにいると思っているわけ？　私は東京になんかいないわよ」

「どういうこと？」

「いちいちあなたに説明する必要ないでしょう」

話の雰囲気がどんどん悪化していく。それとなく米山さんの方を窺うと、何となく電話のやりとりの様子が判るのか、ちょっと冷やかすように笑っている。

「とにかくマキ、今仕事中なんだ。後で必ず携帯に電話をかける。だから切っても良いかな」

「自分の都合で勝手に出掛けて、今度は一方的に電話を切るっていうの？」

「番組ディレクターの人達と打ち合わせ中なんだ」

「それがどうしたのよ。どうせあなたの役割なんか大したことないんだから、居たって居なくたって同じでしょう。あのね！　私が何を言いたいのか本当は判っているんでしょう」

「マキに何も言わずに出掛けたっていうことだろう」

「判っているんなら何とか言いなさいよ」

最悪である。よりによって米山さんと坂井さんが同席している所でマキのヒステリーが始まりそうだ。電話を切ろうと思ったが、またここへかけてくることは目に視えている。機嫌の良い時のマキは佇《たたず》まいも凛《りん》としてとても理知的だが、一旦曲がると全ての性格が逆転したとしか思えないほど変わってしまう。感情的で攻撃的なのだ。こうなると始末が悪い。マキは絶対に自分の気分を優先させ、自分の気分が良くなるまでごね続ける。何か言うと更に状況が悪くなるので取り敢えずの手段として沈黙を決め込んだ。耳を澄ました。マキの切れる寸前の息遣いが聞えてくる。

「直ぐにここまで来なさいよ」

「えっ、近くなの？」

「私は秋田にいるの。最終の飛行機に乗ったんだから。一人でいるの嫌だから直ぐに来て、判った！」

「でもマキ、明朝ならともかく、まだ仕事も片付いていないし……」

「仕事仕事って言うけど、それがどうしたのよ。そこにあなたの上司みたいな人がいるって言ったわね」

「それはいるけど……」

「じゃあ電話に出しなさいよ。あなたが言えないんなら、私が直接話して了解取るから」

思わず米山さんの方を視た。マキなら本当に言いかねない。僕の視線の気配に気づいたのか、視線が重なると、米山さんがどうしたんだという顔をしながら立ち上がった。

「何かあったのか？」

米山さんの声はマキに聞えるように敢えて大きな声である。きっと困惑の表情でぼそぼそと言い訳じみたことを言い続けている僕を見兼ねたのだ。米山さんが僕の傍らに立った。と同時に、電話の向こうからマキの叫ぶような声が聞えてくる。僕は訳も判らず電話を切った。

「すみません、ちょっと個人的なことなんです」

「彼女と揉め事ってわけか」

「突然、羽黒山へ来ることになって、そのことを連絡しなかったんで何だか怒っちゃって……」

「そうか、それでどうしたんだ」

「秋田にいるから直ぐに来いと言うんですが、幾ら何でも無理ですから……」

「秋田にいる？」

「最終の飛行機に乗ったって言ってましたから」

「北畠を追いかけてか？　それはまた随分情熱的な女性だな」

「いずれにしても……、米山さんの了解なくして現場を離れることはできないですし、それにまだ吉岡さんの入院している病院へお見舞いにも行ってません」

米山さんが坂井さんの方へ振り返った。

「おい坂井、吉岡の入院先だが、確か運び込んだ病院は酒田だったな。面会はできるのか？」

「何しろ大腿骨の複雑骨折ですから、当分は絶対安静の面会謝絶です。見舞いはまだ無理だと思いますが」

「北畠、そういうわけだ。吉岡のことは俺も心配だがどうしようもない。ここはもう良いから俺達が乗ってきたレンタカーを使って自由行動しろ。車は後日適当に返しておけば良い。但し、事故を起こした時には自己責任だからな。不案内な夜道だから気を付けて行けよ」

米山さんは最初の方だけ僕を視ながら言ったが、後半部分は僕に背を向け、自分の席へ戻りながら言った。優しい人である。他人から視れば個人的な痴話喧嘩《ちわげんか》というか子供っぽいじゃれ合いなのに、まともに受け止め、しかも僕の気分にまで配慮している。米山さんと行動したのは今日が初めてだが……、学ぶことが沢山あると思った。米山さんは黙々と食事を続けている。傍らの電話へ視線を落とすと、僕の視線を待っていたかのように電話が鳴った。

「電話を切ったでしょう」

予測していたとはいえ、さすがに頭に血が上った。

「マキ、いい加減にして欲しい。どうしていつまでもぐちゃぐちゃ言うんだ」

僕はマキと知り合って以来、彼女に対して一度も声を荒げたことがない。電話の向こうのマキは僕の強い調子に一瞬怯《ひる》んだ様子だったが、直ぐに倍の金切り声が返ってきた。

「わざわざ秋田まで来たのに私を一人にしたまま放っておくと言うの？　あなたって平気なのね。そういう人だったんだ。もう判ったわよ！」

電話は一方的に切れた。米山さんと坂井さんへの挨拶《あいさつ》もそこそこに、僕は食事の部屋を足早に出ると急いで駐車場へ向かった。駐車場の前の道路は少し坂になっていて、三十メートルほど下った通りの向こう側は羽黒山正善院黄金堂である。黄金堂は源頼朝が奥州藤原氏との戦いの後、その戦捷報謝《せんしょうほうしゃ》のため建久四（一一九三）年に建立《こんりゅう》した。門の両側には草鞋《わらじ》が所狭しとぶら下がっていて、門をくぐり抜けると左側に閻魔大王の石像がある。この閻魔大王はさほど古いものとは思えないが、前に来た時の僕は妙に惹《ひ》かれて……、明日の朝久しぶりに対面するのを楽しみにしていた。それと、黄金堂は四方が回縁になっているから……、そこもぐるりと一周したかった。残念だけど仕方がない。

駐車場から通りへ出て左へ坂を下り始めた。黄金堂の前を通り過ぎるまで、極力スピードを落として走った。夜目にも黄金堂の屋根の上の宝珠がくっきりと浮かび上がっている。アクセルを踏んだ。一分もしないうちに国道三四五号線へ繋がる県道羽黒・立川線の交差点である。ここを右折してしばらく走り、最上川を渡れば、あとは国道七号線へぶつかるまでひたすら走れば良い。七号線へ出たら秋田まで一本道だ。象潟《きさかた》辺りでマキの携帯へ電話を掛け……、すっ飛んで近くまで来たことをアピールするつもりだ。きっと驚く。さっきは腹も立ったが、今は無性に会いたいと思った。

交通量が思いのほか少なく、随分早く七号線へ出ることができた。時計を視ると未《ま》だ九時半だ。一刻も早くマキの顔を視たい。順調にいけば十一時前には秋田へ着く。右側に芭蕉のねむの花の句で有名な蚶満寺《かんまんじ》の看板が視えた。象潟である。ドライブインみたいな所があれば、そこからマキに電話をかけるつもりだが……、さっきまでは何軒も目にしたドライブインが一向に視つからない。国道七号線の先の方はどこまでも真っ暗闇だ。

　もう少し秋田に近くなってからでも良いかと思いながら車を走らせていると、左側前方にやけに明るい建物が視えた。大きな旅館のようだ。近づいてみると手前が広い駐車場になっている。ハンドルを左へ切り駐車場へ車を入れた。ガラス張りのロビーを通してコーヒーラウンジが視えた。外から視た雰囲気では宿泊客以外も利用しているみたいだ。車を降りて建物の中へ入ると、真っ暗な道をずっと走ってきたせいか、明るいロビーが眩くて奇妙な浮遊感さえ覚えてしまう。物凄く豪華だ。少し気分が落ち着いてからロビー内を視渡した。天井は高く、三方の壁面は全てガラス張りでインテリア等もシティホテルそのものである。でもこの空間はどこか変なのだ。

　原因は直ぐに判った。ロビー内の設計が極端な和洋折衷《せっちゅう》だからだ。宿泊施設へ続く通路の入り口は本瓦で葺《ふ》かれた庇《ひさし》が前方に張り出し、その上に欄干《らんかん》付きの日本間があって、欄干の右側に広がるしっくいもどきの白い壁には扇形をした明かり取りがデザインされている。ちょっと視は九《く》山八海石《せんはっかいせき》の方向から視た金閣寺第一層の法水院と第二層潮音洞に視えなくもない。フロントにも庇が設《しつら》えてあるし、カウンターの前面も日本調の模様である。

　もう一度ぐるりとロビー内を視渡した。最初に覚えた感触と少し違うものを感じた。和洋折衷と言ってしまえば簡単だが、実はそうでもなくて、何と表現したら良いのか、つまり大きなスタジオの中に撮影用に作られた日本家屋のセットみたいな感じなのだ。ただ、全体の趣味が悪いかと言うとそれがそうでもなく、このアンバランスさが何だか演劇的な空間を醸《かも》し出していて……、結構居心地が良いから面白い。ふと、マキならこの空間を何と表現するのかなと思った。

ロビーの隅の電話からマキの携帯に弾んだ気分で電話をかけた。呼び出し音を十回以上繰り返したが応答しない。電話を切り、もう一度かけ直した。やっぱり出ない。僕の気負った気分はすっかりはぐらかされてちょっとブルーである。秋田とは聞いたが……、僕にはマキがどこにいるのか判らない。だとすれば、居場所を確認してからここを出発しても遅くはない。いずれにしても秋田市へは小一時間もあれば着く。自分の気分を自分で宥《なだ》めてコーヒーラウンジへ向かった時、背中で聞き覚えのある声が聞えた。マキだ！　何でここに、と思いつつ振り返ると、浴衣《ゆかた》にどてら姿のマキが支配人と思《おぼ》しき中年の男に食って掛かっている。

「まだ十時前でしょう。それなのに食事を片付けたいと言うの？　あと三十分以内に必ず着くし、後は私がやると言っているのにどうして駄目なのよ」

「ですから……、一旦お下げすると申し上げたので、お食事を仕舞うと言ったのではございません。お着きになってからもう一度出し直させていただくつもりで……」

「そうは取れなかったわ。いかにも迷惑だから勘弁して欲しいみたいな顔をしていたわよ。板前さんが帰るとか何とか言ったんだから」

「恐らく説明が足りなかったのだと思います。当旅館はお客様と一期一会《いちごいちえ》の心、これがモットーでございます。無論、板前も立板以下、煮方、焼方に至るまで一期一会の心構えでございます。お客様には温かいお料理を召し上がっていただきたいと思っておりますので、お連れ様がみえましたら、直ぐにもう一度お出しさせていただきたいと……」

「あなたはここの支配人だったわね。その支配人が責任を持って出すというのね」

マキの声が良く通ることもあって、ロビーのあちこちに散っている客が遠巻きにしながら二人のやり取りに聞き耳を立てている。マキの背中へ少し大きな声で呼びかけた。

「何か揉《も》め事なの？」

マキが一瞬背中をびくんとさせた。もう一度呼んだ。振り向いたマキと視線が重なった。マキが凄い勢いで飛び付いてくる。

「私達の食事を片付けると言うから文句を言っていたの」

マキが僕の耳元で小さく言った。マキのことだから部屋の電話であぁだこうだと捲《ま》くし立て、それでも収まらなくて、きっと支配人の所へ直接文句を言いに来たに違いない。

「お腹空《す》いているでしょう」

そう言えば、田中坊での僕は満足に食事を摂《と》っていない。

「すぐにお料理の手配をいたします」

マキが僕から離れるのを待っていたかのように、支配人は僕に笑みを浮かべて会釈をし、フロントカウンターの方へ足早に立ち去った。

「まさかここにいるなんて思いもしなかった」

僕がほっとした気分で問いかけると、マキは怪訝な顔をした。

「どうして？　あなたは羽黒山だし私は秋田空港からでしょう。二人が待ち合わせるなら、ここの旅館はそのちょうど中間点にあたるし、それに国道七号線に面しているからとても判りやすいじゃない」

「それはそうだけど、でもマキ、僕が来なかったらどうするつもりだったんだ」

「来ないわけないもん。事実、あなたはちゃんとここに居るわ。私は何だって判るんだから。とにかくお部屋へ行こう！　ここのお料理はとても美味しいと聞いているの。あなたと一緒に食事をしたかったから、私はまだ何も食べていないのよ」

マキは僕の左手を引っ張るように宿泊施設の通路の方へ歩き始めた。本瓦で葺かれた庇の下を通り抜ける時何となく振り返ると、どう視ても庇の向こうの空間は東京そのものである。やっぱり良く判らない。

「マキ、ここは旅館なのにガラス張りの広いロビーがあるだろう。あのロビーの設計をどう思った？」

「どうって、別にあれで良いと思うけど。ここの旅館にはコンベンションホールがあるのよ。当然、結婚式や大きな会議で使用するお客さんへのアプローチが必要でしょう。大きな結婚式だと一度に四百人以上もお客さんが来るし、その人達の出入りを館内で捌《さば》くには広いロビーが必要なのよ。だからロビーが広く設計されているの。純然とした日本式の設計であれ程広いスペースを造作したら物凄くお金が掛かるじゃない。でもガラスとパイプの温室みたいなロビーにすれば低予算で済むでしょう。私は上手な設計だと思うけどね」

マキの答えに唖然《あぜん》とした。同じ物を視ているのに、その視点が丸っきり違う。僕はあのロビーで感じたことをマキに言うのを止めた。返って来るマキの台詞が判るからだ。あなたは何事も上っ面を視るばかりでその奥底を視ない、こう言うに決まっている。僕の知らないマキを視たような気がした。


前方の道が二股になっている。直進は能代《のしろ》市、左は男鹿市だ。

「左の方へ入るのよ。後は真っ直ぐ行けば自然に一〇一号線にぶつかるわ」

「まだ朝の八時四十五分じゃないか。後一時間ほどで雄山閣に着いてしまう。いくらなんでも早すぎるよ。旅館にしてみれば、ちょうどお客がチェックアウトをする時間と重なるし、迷惑だと思うけど……」

マキがどうしてという顔をした。

「昨夜電話して確認したけど、お客は三組しかいなくて部屋はガラガラだから午前中に来ても大丈夫だと言っていたわ。あなたは何事も考えすぎなのよ」

マキは朝からハイテンションではしゃぎっぱなしだ。携帯電話で勤め先の同僚へ電話をかけたかと思うと、男鹿半島の大きな地図を取り出し、僕に聞えるようにここも行くあそこも視に行くと言いながら地図のあっちこっちにしるしを付け、そうかと思うと、防府市の毛利報公会博物館所蔵の大内氏の「日本国王之印」の写真を眺めて一人頷いている。

「旅館の社長に金印をケースから出して観察する許可を貰ったの？」

「それがあの社長さん、東京から来たお客さんと夜釣りに出掛けていて昨夜はいなかったのよ。でも娘さんには今日から二、三日宿泊することは伝えたし、金印のこともその時に言付《ことづ》けておいたわ」

「そうなの」

「あっ寒風山《かんぷうざん》だわ！」

ちらっと右側へ視線を送ると、樹木が一本も無い丸い形をした小さな火山のような山だ。何となく伊豆の大室山《おおむろやま》に似ている。山頂に向かってうねうねと登る道路が視えた。

「あの山の頂上には展望台があるのよ。それから左側の方に高い山が三つ視えるでしょう。一番高いのが男鹿半島の最高峰の本山《ほんざん》。その向こうのちょっと低いのが真山《しんざん》。あの真山にはナマハゲの実演を視せてくれるところがあって、これがなかなか迫力があって面白いのよ」

マキは喋りっぱなしだ。雄山閣金印を目の前にして興奮するのは判るが、ずっとこのテンションが続くのかと思うと先が思い遣られる。

「あと十分ほどで雄山閣に着くわ。私は一刻も早く金印を視たいの。あの金印は絶対に本物よ」

「マキが持って来た大内氏木印の印面写真は原寸なの？」

「もちろん一ミリの誤差もないわ。着いたら直ぐに雄山閣金印と比べてみるつもりよ。私は大内氏の木印が金印の印影から正確に写されたと考えているから、雄山閣金印と大内氏木印の印面が一致すれば、雄山閣金印は限りなく真印に近づくわ」

マキの弾んだ声に僕の気分も自然と高揚してしまう。右側に日本海が大きく広がった。アクセルを踏み込んだ。海が視えなくなりまた海が視えて、また視えなくなってまた海が視えて、車が山道に入りまた海が視えなくなったとき、助手席のマキが唐突に叫ぶような大声を上げた。

「着いたわ！」

右手斜め前方に雄山閣入り口と黒一色で書かれた小さな看板が視えた。旅館の前は敷地に沿うように花壇が設えられている。車をその花壇に沿って走らせると、ごく自然に駐車場へ導かれた。マキの話から想像していたのは木造で相当古い鄙《ひな》びた宿だったから、思いの外綺麗で大きな旅館だったことに意外な気がした。玄関の真上に左から「雄山閣」とシンプルに書かれている。マキに促されるように運転席から外へ出ると、また海が視えた。

「絶妙な設計だと思わない？　この旅館は山道の中腹にあって三方が山に囲まれているけど、海側の視界を妨げるものは何も無いから、どこの部屋も日本海が一望できるの。それからね、男鹿半島は温泉でも有名だけど、その最初の温泉ってここの旅館の敷地内から噴き出したそうよ」

マキは自分の持ち物みたいに胸を張っている。旅館の中から若い女性が一人姿を現した。

「この旅館の娘さんの重子《しげこ》さんよ」

旅館の娘さんもマキの姿を認めたのか、僕達の方へ小走りで駆け寄ってくる。

「ようこそいらっしゃいました。お荷物をお持ち致します。トランクの方ですか？」

思わずマキと顔を視合わせた。二人とも荷物は何も持っていない。僕の所持品といったら、財布の他は羽黒山田中坊でもらったタオルくらいだし、マキにしてもバッグ一つである。

「荷物は何もないの。それより重子さん、社長さんの夜釣りの成果はどうでした？」

旅館の娘さんはちょっと大袈裟《おおげさ》な身振で両手を広げた。

「大きな鯛《たい》を三枚も！」

三人並んで玄関の方へ歩き始めたが、重子さんの素振りに気になることがあった。マキが社長さんと言った瞬間、何となく困ったような表情がよぎったからだ。背中に車の気配を感じた。

「あっ父が帰ってきたようです」

振り返ると、古武士然とした風貌の五十がらみの男の人が大股で近づいて来る。傍らのマキがぴょこんと頭を下げながら声をかけた。

「しばらくです。またお邪魔しに来ました」

旅館の社長は僕達に深々と頭を下げると、僕へ丁重《ていちょう》に名刺を差し出し、さっどうぞと屈託《くったく》の無い笑顔を視せた。

「これはまた急なお越しで、昨晩娘から聞いた時はびっくりしました」

「どこかへお出かけだったんですか？」

「東京からのお客様が一番の飛行機で帰るとおっしゃるものですから、空港までお送りして参りました」

「じゃあそのお客さんと夜釣りに」

「はい。五日ほど前にふらりとやってきたお客様なのですが、お一人でしたから退屈凌ぎにでもなればと私がお相手しておったのですが、これがまた大変な物知りのお客様で……、却《かえ》ってこちらの方が勉強になったくらいでした」

旅館のロビーでスリッパに履き替えると、マキがそわそわしだした。それとなく窺うと、マキの視線はロビーの左奥の方へ集中している。僕達の靴を揃えていた重子さんが、何故か少しきつい調子で社長へ声をかけた。

「お父さん！」

その声に押し出されるように、マキが一直線にロビーの左奥の方へと歩き始めた。僕もその後を追った。マキは突き当たりの白い壁の所で立ち止まったが……、振り返った顔は呆然としている。

「どうかしたの？」

「無いわ」

マキが高さ八十センチくらいの平台を指差しながら言った。僕の後ろに居た旅館の社長がすまなそうに口を開いた。

「実は……、さっきお話ししたお客様がどうしても欲しいとおっしゃられて……、東京へ持ち帰りました」

　マキが素っ頓狂な声を上げた。

「えっ、あの金印を売っちゃったんですか？」

「昨晩、夜釣りから帰ると、お嬢様から電話があったことを娘から聞きました。その時にお嬢様があの金印を視たいとおっしゃったことも聞きました。東京のお客様は今週いっぱいご滞在の予定でしたから、今朝になるまでお嬢様にお視せできると思っておりましたが、今朝になってそのお客様が突然東京へ帰るとおっしゃいまして……、ただ、こちらにも色々と事情が……」

　マキはほんの一瞬責める顔をした。

「あれを手放す程の事情があったのでしたら、一言連絡して下されば、私が父に事情を説明しましたのに」

　旅館の社長が顔の前で大きく手を振った。

「まさか、そんな！　それは確かに私共とお嬢様は仕事を通じて知り合いましたが、お嬢様の父上は私共旅館業から視れば雲の上のお人です。それに秋田出身の村上財務大臣は父上のお従兄《いとこ》様でもありますし……、いくらなんでもお嬢様に頼みごとはできません」

「マキ、金印はここの所有物なんだから、その処分に干渉すべきじゃないよ。残念だけど金印のことは諦めよう」

　僕はマキを宥めるように言った。

「そうね」

　マキが力なく言った。

「重子、お嬢様を三階の水軍の間へご案内しなさい」

「マキさん、ここでは何ですから、とにかくお部屋の方へご案内します」

　社長と重子さんがマキを促すように言った。マキは何だか夢遊病みたいな感じでこっくりと頷いている。

　重子さんの先導でエレベーターに乗ったが、マキは余程ショックを受けたのか黙りこくって一言も発しない。重子さんも口を開かない。何とも重苦しい雰囲気のまま部屋へ入った。重子さんが直ぐにお茶の支度を始めた。

「マキ、こっちから話し掛けないと……、重子さん何だか困っているみたいじゃないか」

　僕がマキの耳元へ小さな声で言うと、マキはガラリと雰囲気を変え、何とも明るい調子で問い掛けた。

「ねえ重子さん、その東京のお客さんってどういう人なの？」

「私も良く判りません。五日ほど前のことですが……、あのお客様は直接フロントにお視えになったんです。うちは料理のことがありますから、そういった急なお客様はお受けしないのですが、たまたま父が応対したらしく、何故かその日から御宿泊ということになりました。お客様とよほど気が合ったのか、父は部屋へ入り浸りでしたし、それこそ二人で男鹿半島中に出掛けていました」

「そのお客さんって面白い人なんだ」

「私は殆ど話をしませんでしたし、本当に良く判らないんです。ただ、とてもお金持ちのようでした。何しろあの金印を現金で買ったんですよ。私には信じられません」

重子さんはマキが一番聞きたいであろう金印の話をそれとなく振ってくれた。

「でもあの金印はお父様のおじい様にあたる人が買い求めたもので、本物贋物に拘らずこの旅館にとって言わばモニュメントみたいなものでしょう。それを手放したんだからお父様にもきっとそれなりの事情があったのね」

「マキさんだから言いますが、実は先月の末に家族会議があって、この旅館は今月一杯でやめることになっていたんです」

「やめる？　どういうことなの」

マキは座り直すと柔らかい感じで言った。

「経営不振です」

重子さんが伏し目がちに言った。

「それで金印を売ったの？」

「私にもなぜ東京から来たお客様が買うことになったのか、その経緯は判りません。あのお客様と父は妙に馬が合ったんです。親しくなるに連れ……、父がこの旅館の内情を言ったんだと思います。でも今朝になるまで私や母は父が金印を売ったことを知らなくて……、お金の方は昨日全額支払ってくれたと聞きました。父はあのお客様に物凄く感謝しているんです。この不景気に贋物の金印にぽんと六千万円も出す人なんて信じられませんから」

　僕は思わず声を上げてしまった。

「六千万円！」

「そうです。父の話では六千万円あれば担保に入れている源泉権も綺麗になるし、今月末に回ってくる手形も全て決済できると大喜びなんです。母も祖父以来のこの旅館を手放さなくてすんだことをとても喜んでいるんです。ただ、父や母はマキさんがあの金印をもう一度視たくてここへ来ることを知っていましたから、東京のお客様が今朝早くに突然帰るとおっしゃった時にはとても慌てちゃって、私もせめてもう一日居て欲しいとお引き止めしたんですが、急用ができたのでどうしても帰るとおっしゃられて、結局お引き止めできませんでした。父は空港までお視送りに行ったんですが、その出掛けに、マキさんへ何とお詫びをしたら良いのか判らない、顔を合わせられないと零《こぼ》しておりました。マキさん、本当に申し訳ありません」

　重子さんはここまで一気に言うと両手を突いて深々と頭を下げた。

「そうだったの。私の方こそごめんなさいね。皆さんに余計な心労をかけちゃって。重子さん、頭を下げるのはあなたじゃなくて私の方だわ。後でお父様にもお詫《わ》びに行くわね」

　マキがしみじみした口調で言った。マキと重子さんのやりとりが何となく一段落したので、今度は僕が重子さんに問いかけた。

「余計なことですが……、マキから金印の重量はおよそ二十キロと聞きました。現在金の地金価格は一グラム千円くらいですから、もしここにあった金印が単なるレプリカであれば、それは純金であったとしても二千万円くらいにしかなりません。たとえ工芸品としての付加価値を最大級に見込んだとしても三千万円には届かないと思います。ひょっとするとその東京から来たお客さんはここの金印を本物と思ったのではありませんか」

重子さんは戸惑いの表情を視せた。

「父はあの金印を説明する時、純金とは言いますが本物とは決して言いません。ですから、その東京のお客様にもいつもと同じ説明をしたと思いますが」

マキが口を挟んだ。

「でも重子さん、こっちの説明に相手が必ずしも頷くとは限らないわ。今度のことってそういうことなのよ」

マキのちょっと捻《ひね》った言い方に重子さんは怪訝な顔だ。

「どういうことでしょうか」

「そのお客さんは自分の目筋を信じたのよ。実を言うと重子さん、私もあの金印を本物だと思っているの。もし本物なら国宝になる事は間違いないし、六千万円は逆に無茶苦茶安いわ」

重子さんはマキの口振りに興味を引かれたようだ。一呼吸置くとマキに恐る恐るといった感じで問いかけた。

「うちにあった金印が本物なら幾らくらいしますか？」

「そうね、足利義満の自筆署名と花押まであるから三億円なら買う人は沢山いると思うわ。五億円でもいるはずよ」

重子さんがふいに立ち上がった。

「父を呼んできます」

重子さんは少し興奮した様子で出て行った。

「マキ、あんなことを言うのはまずいよ。信じちゃったみたいじゃないか」

「あなただってそれっぽいこと言ったでしょう」

「僕は金印を買った人の心の奥底を推測しただけで、真贋《しんがん》の問題や値付けのことは一言も言ってないよ。でもマキはここの金印を本物という前提で語ったじゃないか」

「だって私は本物と考えているんだから」

マキは全く取り合おうとしない。

「ねえ、さっきここの社長さんがそのお客さんのことを大変な物知りと言ったでしょう。そんな人が贋物の金印に六千万円も出すかしら。あの金印を贋物と承知しているなら、金印は二十キロの金塊みたいなものだし、いくら何でも二千万円の金塊に六千万円も払う筈がないわ。そのお客さんは……、雄山閣金印を本物と思ったのよ」

「でもマキ、それなら六千万円という金額はいかにも妙な値付けじゃないか。双方が贋物を前提に値付けをしたのなら六千万円はいかにも高いだろう。また、社長が贋物と言っているのに買い手の方が六千万円もの値付けをすれば、ここの社長だってひょっとしたらと思うだろうし、無論、何故六千万円も出すのか問いかけるよ。ここの社長を視る限り、雰囲気こそ古武士然としているけれど、その実無防備で根っからのお人好しみたいじゃないか。その社長が贋物の金印で六千万円も貰うわけがないよ。重子さんが両親はそのお客に物凄く感謝していると言っていたけど……、六千万円はこの旅館の窮状を聞いたそのお客の純粋な善意のような気がする。本当のお金持ちって浪費は嫌うけど、無駄遣いは大好きだからね」

「東京から来たお客さんは全くの善意で三倍の六千万円で買ったというの？　あなたって本当に空想力がないのね。私の推理はあなたと全く違うわ。そのお客さんは……、一目視ただけで本物と視抜き、雄山閣金印を何としても手に入れようとした。幸いなことにここの社長は贋物と思っている。そのお客さんも贋物として話を合わせ、そして……、金印を手に入れるためにゆっくりと時間をかけた」

「二人は気が合ったんじゃなくて、そのお客が意図的に社長の気分に合わせていたというわけ？」

「勿論そうよ。そしてこの旅館の裏事情を聞き出すと……、いかにも親切めかして絶妙の金額を提示したのね、それが六千万円なのよ。それなのに、社長さんは自分の窮状を知ったそのお客さんが敢えて高く買ってくれたと感謝感激なのよ。六千万円で売ったなんて騙《だま》し取られたみたいなものじゃない。重子さんがそのお客さんはふらりとこの旅館に現れたって言ってたけど、それだって怪しいものだわ。偶然を装いながらターゲットは最初から雄山閣金印だった可能性は……、充分あると思うけどね」

マキは最後の方の言葉を警戒を怠らない表情で言った。思わず笑ってしまった。この僕相手にいかにも芝居掛かっているからだ。でもその一方で、マキの裏読みの迫力に何だか圧倒され、訳もなく溜め息を吐いた時、入り口の引き戸を開ける音が聞えて社長と重子さんが神妙な面持ちで部屋へ入って来た。

「社長さん、その東京から来たお客さんのこと詳しく聞かせて下さい」

マキは社長がまだ座らないうちからストレートに言った。少し前まで意気消沈し、がっくり肩を落としていたのに、あっという間に探偵めいた気分が充満したらしい。当たり前のように社長へ問い質《ただ》している。謎が謎を呼ぶというのは聞くが、マキのは自分で謎を創作し、その創作の謎が次々と新たな謎を呼び込んでいくのが特徴なのだ。

「娘から話の経緯を聞きましたが、あの金印は間違いなく贋物です。私の父が祖父からはっきり聞いたそうです。東京の明石様は私の窮状を知ると『あなたのために私が力を貸すのは構わないが、担保を取って金を貸せば私の痕跡が残ってしまう。あなたとは一期一会の縁にしたい。ここは旅館だから何か古美術品でもあればそれを私が六千万で買いましょう』と言って下さったんです。しかし、この旅館に大層な美術品はありませんし……、あるのは祖父が東京で買い求めた金印の複製くらいのものです。で、私があの金印のことを冗談交じりに申し上げました。するとあの方は暫《しばら》く考えていましたが……、その場から東京へ電話をかけ、どなた様かに振り込みの指示をなさいました。これには私の方が慌てました。あの方はうちの金印をガラスケースの外側から一度視たきりで、その後は全く興味を示すこともなかったですから、まさか私の冗談交じりの話を真面目に受け取るとは思いもしませんでした。その電話の後も金印を視ようともしないので、私はあの金印がどういう経緯でこの旅館に来たのかこと細かくご説明いたしました。無論、明治初期の複製ということも申し上げました。ところが、あの方は私のしどろもどろの説明を笑いながら打ち切ると『良い思い出ができた』、こう一言だけおっしゃってもう二度と金印のことを口にせず……、恐らく私を慮《おもんぱか》って下さったんだと思います。翌日、一番でお金が振り込まれました。少し変わった方でしたが、私は生涯のご恩と感謝しております」

「そうでしたか。金印を視ることはできませんでしたが……、良いお話ですね。私も感激しました。今時そんな人がいるんですね」

マキは珍しく言葉を選びながら言った。

「それではお嬢様、私はこれから町の観光課と懇親会がありますので、これで失礼致します。あっそれから、金印をお視せできなかったお詫びと言っては何ですが、あの金印の印影をここにお持ちしました。お嬢様に差し上げますのでお持ち帰りになって下さい」

社長が内ポケットから四つ折りにした白い紙を取り出した。

「十年ほど前にロビーを改装した折、あの金印のガラスケースを動かしました。その時にここにいる重子が押してみたいとダダをこねまして押したものです」

「これはガラスケースの中で金印の横に展示されていた印影ですね」

マキは確認するように言った。社長と重子さんが出て行った後、テーブルの上に四つ折りの白い紙がぽつんと取り残された。しばらく黙っていたマキが突然ばね仕掛けの人形のように立ち上がった。

「やっぱり本物だわ。騙し取られたのよ！」

マキの目元に赤みが差している。実を言うと、社長の話を聞いているうちに、あるキーワードから僕もマキと同じようなことを思い描いていた。ただ、マキが何も反応しなかったので、というより、いつもと違うマキの演劇的な受け答えに意図的なものを感じ、敢えて二人のやりとりに口を挟むことを差し控えていたのだ。

「僕もそれに近いものを感じる」

「でしょう！」

「もしそのお客が、僕とマキの頭の中に浮かんだ人物と同一人物だとすれば、この雄山閣へ姿を視せたのは偶然ではなく、極めて確信的な行為かも……」

「そのお客さんは間違いなく金印を目当てにこの旅館にやって来たのよ」

「これはマキ、もの凄く奥が深いのかもしれないぞ」

マキがテーブルの上の四つ折りの白い紙にそっと指先を伸ばした。

「この紙に押されている印影は大内氏木印と全く同じ二字三行の九畳篆風陽刻印《くじようてんぷうようこくいん》なの。これから比べてみるけど、きっとこの二つは寸分も違わないと思うわよ」

マキが言った九畳篆風とは、例えば日本の日を書く場合、真ん中の棒を左側上部から右側下部にかけて日光のいろは坂のように何度もくねらせながら引く、非常に複雑な書体である。マキの指先が白い紙をゆっくりと開いていく。中央に朱で日本国王之印とあった。マキの言った通り九畳篆風で刻まれた二字三行の陽刻印である。マキがバッグから大内氏木印の写真とノギスを取り出した。

「大内氏木印は十センチ四方の単廓《たんかく》陽刻印とされているけど、実際は縦百一ミリ横百一ミリで、廓の幅は九ミリなのよ。これから測ってみるけど……、ここにある雄山閣金印も同じ寸法だと思うわ」

マキは僕の目の前で慎重に計測を始めた。しばらくして……、マキが僕にノギスを渡しながら口を開いた。

「あなたにも確認して欲しいわ。この二点の書体と寸法は全く同じよ」

僕も直ぐに確認したが、確かに寸分違わず同じである。

「マキの推察した通り、大内氏木印と雄山閣金印の印影はピッタリ重なり合う。ただマキ、この二点がどこかで接続していることは認めるけど、だからと言って雄山閣金印を真印とするにはまだ弱いような気がするんだ」

「どうして？」

「やっぱり僕は大内氏木印に影響されて雄山閣金印が模刻された可能性を捨てきれない」

「あなたって自分の考えが本当にコロコロ変わるのね。さっきは私に全面的に賛成していたじゃない」

「それは東京のお客の怪しげな部分に関してだろう。東京のお客が雄山閣金印を手に入れるためにこの旅館へやってきたことは間違いないけど、真贋の問題はまた別だと思うからね」

「じゃあどうして苗字が一緒なのよ。あなただって明石という苗字の一致から色々と閃いたんでしょう。後でこの旅館の宿泊者名簿を調べてみるけど、東京から来たお客さんは絶対に明石源左衛門の孫か曾孫よ。だったら雄山閣金印は本物じゃない。明石源左衛門はフォールズに真印と断定しているんだから」

「それは明石源左衛門の個人的な鑑定にすぎないよ。雄山閣金印は大内氏木印と義満金印に関する文献を組み合わせて模刻された可能性は充分にあると思う」

「あなたは三日前にも今と同じ疑問を私に投げかけたわ。また話を蒸し返すの？　あの時は私の説明に納得していたじゃない」

「雄山閣金印と大内氏木印は側面の墨書きが異なると言うんだろう。あの時は金印に関して僕の情報ストックが余りにも足りなかった。でも今はもっと明確な憑拠を提示してくれなければ、マキの説に二つ返事で納得することはできないな」

「猛烈に勉強したらしいけど、あまり効果はなかったみたいね。あの時の私はあなたが義満金印に関して殆ど何も知らないと判っていたから、文献的な憑拠ではなく、一番判りやすい墨書きというビジュアルな憑拠を提示したのよ。あのね、大内氏木印はその来歴がとてもはっきりしていて、この写真にある木印を模刻させたのは大内義隆《よしたか》なの。大内義隆が大内家を継承し当主になるのは享禄元（一五二八）年一二月の二十一歳の時だわ。大内義隆が大明貿易をいつ始めたのか定かではないけど、いずれにしてもその最初の大明貿易は、彼が大内家当主となった享禄元年一二月以後であることは確かでしょう。だったらもうこれだけで義満金印から大内氏木印が模刻された可能性はないわ。義満金印は大永七（一五二七）年には既に失われていたんだから。でも現実に、大内義隆は『日本国王之印』を模刻しているわ。これって大内義隆が真印の印影から木印を作ったとしか考えられないじゃない。私は三日前に大内氏木印は足利幕府の勘合符に捺された印影から模刻されたと言ったけど、今私が言った説明でこの件は納得してくれるわね。次に、あなたが指摘した大内氏木印から雄山閣金印が模刻された可能性だけど、これも時系列的に成り立たないわ。大内氏木印が一般的に知れ渡ったのは昭和になってからなの。それまではこの木印の存在を知る人はなく、無論印影が公開されたこともないわ。つまり、大内氏木印から雄山閣金印が模刻されたとするなら、明治期に雄山閣金印は存在しないことになるの。でも雄山閣金印を明治期のフォールズが所有していたことは間違いないでしょう。サンプルがないのにどうやって模刻したというのよ」

　マキが決めつけるように言った。

「その説明では雄山閣金印が大内氏木印と金印文献から模刻された可能性がないとは言えないだろう。例えば、大内義隆の死後、義隆の模刻した木印と金印文献を使って大内家に関連する誰かが雄山閣金印を模刻しようとすれば、それは可能だからね」

　マキは僕の反論に答えようとせず、逆に問いかけてきた。

「あなた何故大内氏木印が他家の毛利家へ伝世したのか知っているの？」

「いきなりそんなこと言われたって、判るわけないよ」

　マキがくすっと笑った。まるで僕の頭の中がみんな判るような表情だ。

「木印の所有者大内義隆は陶晴賢《すえはるかた》のクーデターで天文二〇（一五五一）年九月に切腹してこの世を去ったの。陶晴賢の謀反は毛利元就《もとなり》が加担しなければ絶対に成功しなかったわ。だから陶晴賢は大内義隆の遺品を献上品として毛利元就へ贈ったのよ。義隆の遺品は全て毛利家の宝蔵へ厳重に保管され、二百年後の延享五（一七四八）年七月、当時の当主毛利宗廣《むねひろ》が点検するまで一度も櫃《ひつ》の蓋が開けられたことはなかったの。大内義隆の木印は……、この毛利宗廣の点検の時初めてその存在が知られ、そしてこの折りに改めて目録に記されると、また二百年後の昭和になるまで誰の目にも触れることはなかったわ。毛利家関連の文献を確認する限り、大内氏木印から雄山閣金印が模刻されたとは考えられないのね。あなたが指摘したことは私だってちゃんと理解しているけど、でも今の段階でそこまで可能性を広げる必要はないと思うの。過去のことを疑りだせば、それはきりがないことだわ。今はあくまでも雄山閣金印を真印と考えて仮説を組み立てることの方が先決じゃないかしら。雄山閣金印が真印である可能性は充分にあるの。例えば、縦横百一ミリという寸法のことだけど、これは当時の明の寸法でちょうど三寸五分だし、明の印制ともぴったり合致するわ」

「ちょっと迂闊《うかつ》だった。大内氏木印の来歴を全く調べていなかった」

「あなたの悪い癖だわ。いつだって単なる思い付きを言うんだから。反論するなら独自的先行に基づく自分自身の仮説を憑拠にして言いなさいよ。私は雄山閣金印を足利義満が応永一〇（一四〇三）年に明の成祖から贈られた本物の金印と考えた方が面白いと思うわ。物事って面白くするのもつまらなくするのも自分自身の思い次第なんだから」

マキの勝ち誇った言い草がこの後二、三分も続いた。もう僕は圧倒されてコテンパンである。

「宿泊者名簿のことを重子さんに頼んでこようか？」

流れを変えたくて立ち上がりながら言うと、マキがちょっと待ってという顔をした。

「宿泊者名簿を視せるのは守秘義務に抵触するから、私が頼んだ方が良いわ」

マキはパッと立ち上がった。

「あなたはここにいてね。私は身内みたいなものだけど、あなたは全くの他人だから二人で行くと重子さんも表向きのルールを言わざるを得ないわ。明石という人の住所を確認したら直ぐに戻って来るから」

マキの後ろ姿を視ながら……、ったくと思った。マキの魂胆は視え視えである。宿泊者名簿を自分だけが視ることによって東京のお客に関する全ての主導権を握ってしまう、これが狙いなのだ。戻って来た時のマキの台詞は聞かなくても判る。きっと「ねっ、私の推理した通りでしょう。この東京から来たお客さんはあの明石源左衛門の孫か曾孫と考えて間違いないわ」、こう得々として言うに違いない。窓を開けた。対馬《つしま》海流の潮目が視えた。深縹《こきはなだ》の黒潮と明らかに違う。ひとしきりぼーっとした気分で窓の外を眺めていると、遠くの方からぱたぱたとスリッパの音が聞えてくる。弾んだ音だ。引き戸の音と同時にマキのご機嫌な声がした。

「思った通りだわ！　東京の明石というお客は明石源左衛門の孫か曾孫よ。そんな所に立っていないで早くここへ座って」

一瞬やれやれと思ったが、やはりこの場は好奇心の方が勝ってしまう。引き込まれるようにマキの隣へ座った。マキが差し出したメモを覗き込むと……、いつもの読み辛い字が更に躍っている。ちょっと視には判読不能だ。

「ねっ、私の推理って凄いと思わない？　東京のお客さんの住所は築地六丁目よ。もう間違いないでしょう。しかもね、あなたのアパートのすぐ近所だわ。こんな偶然ってあるかしら！　私のひとつの主観はひとつのセグメントと化し、このセグメントが法則的に接続して今や概念の領域にまで成長しているわ。やっぱり私達は導かれているのよ」

「でもマキ、明石源左衛門は確か南小田原町に住んでいたんじゃないのかな」

マキがすっかり興奮しているので、僕は敢えて冷静な口調で言った。

「あなたは知らないでしょうけど、昭和四〇年前後に東京の至る所で地名変更があったのね。その時に小田原町一帯は築地六〜七丁目に町名変更しているのよ。この小田原町は、フォールズが滞日していた頃は南小田原町と呼ばれていたから、築地六〜七丁目の明石なら、フォールズの滞日記録『Japan Day by Day』に登場する明石源左衛門と確実に接続するじゃない。ひょっとすると、フォールズの滞日記録に赤い文字で補筆したのは明石源左衛門かもしれないわ。だとすれば、明石源左衛門の家にその写本があったとしても不思議ではないでしょう」

マキの言う通りだと思った。東京から来た明石という人は「Japan Day by Day」を手掛かりに足利義満の「日本国王之印」を捜し求めていたに違いない。きっとこの人はマキや僕など問題にならないほど義満の金印を研究し、揺るぎようのない憑拠を持っているのだろう。でなければ、わざわざ男鹿半島まで出向いて来るわけがないし、増してや金印を手に入れるために六千万円もの大金を積むはずがない。本当は僕の方がマキよりずっと興奮している。直ぐにでも東京へ帰りたいと思った。

「明日東京へ戻ろう。一刻も早く明石という人に会って雄山閣金印を視せてもらいたいからね」

マキから意外な答えが返ってきた。

「どうして？　せっかく男鹿半島まで来たんだからゆっくり過ごしたいわ。視たい所も沢山あるし、それにここの料理はとても美味しいのよ。温泉だって最高なんだから。もう相手の正体は判っているし、そんなに急がなくても逃げやしないわよ」

「だって……」

「あのね、その明石という人はここの社長を騙してまんまと金印を手に入れるような遣り手なのよ。私達はその人の情報を何一つ持っていないし、もしかしたら危険な人物かもしれないじゃない。この不況に六千万円もの大金を右から左に動かせるというのは、どんな形にせよ何らかの力を持っているからよ。相手が何者か判らないのに、のこのこと出掛けていって視せて下さいなんて、どうしたらそんな単純な発想ができるのかしら。とにかく、ここは静養を兼ねてゆっくりと時間をかけて作戦を練るのよ。私達の目的は雄山閣金印を視ることではなく、取り返すことなんだから」

マキは目を輝かせて言うが、危ないのはむしろマキの方だ。雄山閣金印は盗まれたのではなく正当な手段で商取引され、ここの社長も売り渡し金額に満足している。確かに東京の明石という人のやり方は少し問題があるかもしれないが、それはあくまでも雄山閣金印が本物であった時に問題になるのであって、もし雄山閣金印が模刻印であれば六千万円という金額は法外に高い買い物になってしまう。視方を変えれば明石という人は自分の目筋を信じ、その目筋を信じたからこそ六千万円もの大金を敢えて払ったとも言える。僕にはマキが言うほど危険な人物とは思えない。マキのエキセントリックな考え方の方がよっぽど危ないと思う。マキには雄山閣金印の所有権は一切ないし、増してやその帰属を巡って干渉できる立場にもない。一体どこから雄山閣金印を取り返すなどという発想が出てくるのだろうか。どう考えても……、一言注意しておいた方が良い。

「マキ」

「なーに」

マキは立ち上がりながら答えたが、やにわに衣服を脱ぎ始めると、あっという間に全裸になって浴衣に袖を通している。

「あなたも浴衣に着替えたら」

マキが浴衣の紐をキュッと結びながら言った。

「明石という人のことなんだけど……、本当に悪い人なのかな」

「私は狡《ずる》い人だと思うけどね」

「そうかな。本当に狡い人なら六千万円も払わないよ。ここの社長の贋物噺《ばなし》に合わせて、複製品として買えば三千万円でも高いくらいだ。僕は物凄くプライドの高い人のような気がする」

「プライドってどういうことよ」

「何事に対しても自分の目筋に自信がある人で……、辞典主義で価値観を求めないというか……、全てのことを自分固有の目筋で推し量る人だと思う。敢えて三千万円以上高く買ったのは、他人の無知につけ込んで騙したくないという、その人のプライドなんじゃないのかな。きっとこの人は、たとえ雄山閣金印が贋物と判明しても、それは自分の目筋の至らなさだと笑って済ませてしまうような気がする」

「あなたは本当に世間を知らないからね。今時そんな人がいるわけないでしょう。考えてもみなさいよ、フォールズと明石源左衛門の交流があったのは今から百二、三十年も前のことなの。ということは、これから私達が追いかける人はそんな昔のことを今でも追いかける、そうね、ある種のストーカーみたいな人なのよ。恐らくこの人は、足利義満の金印を何十年も追いかけていたのだと思う。これって全く変質者の神経と同じでしょう。私はとても怖い人のように思うけどね」

マキが否定すればするほど、僕のその人に対する興味は増大していく。その人が物凄く贅沢《ぜいたく》な遊びを試みているように思えてならないからだ。ふと、マキにもその人と共通なものを感じた。ひょっとすると……、この二人は雄山閣金印を巡って面白がっているのかもしれない。面白いと面白がるは明確に違う。面白いは自分に対する刺激と自分の情報ストック量は同量にあり、面白いから面白いのである。しかし、面白がるためには自分自身に刺激を上回る情報ストック量が要求され、その情報ストック量に裏付けされた自分自身の強い意志をも働かさなければならない。つまり、面白がるとは空想と同義語なのだ。空想は際限なく成長するが思い付きは決して成長しない。空想家は次から次へと自分自身の主観をセグメントに置き換え、このセグメントを繋ぐことによって見えない世界を手繰り寄せてしまう。僕にはマキほどこの能力が無いような気がする。

引き戸の方で人の気配がした。重子さんである。

「マキさん、一応宿泊者名簿にお名前をいただきたいのですが」

重子さんがマキの目の前に記入用紙と鉛筆を置いた。マキはハイっという感じで僕の方へ回してくる。自分の名前と住所を書き、マキの方へ用紙を戻すと、マキは僕の名前の横に妻マキと書き、くっと笑った。それとなく重子さんの方を窺《うかが》うと、重子さんは別段何とも思わないのか、ごく当たり前に用紙に向かって頭を下げている。

「ねえ重子さん、これから温泉に入りたいんだけど、今の時間だと私達以外にお客さんはいないわよね？」

重子さんが小さく頷いた。

「だったら男湯の方に入りたいの」

「はい判りました。男湯の方がずっと広いですから、どうぞゆっくりお入りになって下さい。それからマキさん、お昼食の方はどうしますか？」

「お風呂の後は少しお昼寝をして、それから入道崎灯台の方へ行くつもりだからお昼食は良いわ」

「あのマキさん……、東京の明石さんにお譲りした金印のことですが、父は複製品と思っていますが、本当にそうなんでしょうか」

重子さんはさっきまでと声の調子を少し変えて言った。

「これは私の直感だけど、あの金印は絶対に本物だと思うわよ。もし単なるコピーだとしても、あの金印には何か裏があると思うのね」

重子さんが「裏？」と独り言のように呟いた。

「マキ、そんな風に言うと重子さんが困惑するじゃないか」

「私は事実を言ったのよ。あなただって、さっきは『物凄く奥が深いかもしれない』と言ってたじゃない。とにかく今回のことは、単なる真贋のことだけではなく、何か突拍子もないことが潜んでいるのよ」

重子さんの無防備で優しい顔が強張った。

「怖いことですか？」

「まだ判らないわ。でも何かあるのよ。重子さん、今日の夕食の後、その明石という人のこと、どんなことでも良いから話を聞かせて欲しいの。私の方は何も情報を持っていないから小さなことでも役に立つわ」

重子さんの姿が消えるとマキの表情に一段と輝きが増した。自分の空想が更なる空想を呼び込み、それがエネルギーとなってエンドルフィンの分泌が増大し、頭の中が奇妙な興奮でいっぱいなのである。マキは立ち上がると部屋の中をぐるぐると歩き出した。

「マキ、少し冷静になった方が良いよ。当初の目的から大きく外れているような気がする」

「どこが？」

「雄山閣金印を僕自身も確認したいと思ったことは事実だけど、もうここには無いんだし……、無いということは僕達に諦めろというサインかも知れないだろう」

マキが歩きながら答えた。

「あなたさっきは直ぐに東京へ帰って明石という人から雄山閣金印を視せてもらうと言ったのに、もう気分が変わったわけ？　あなたの好奇心ってそんな程度なの」

「そういう意味で言ったんじゃない。確かに視たいけど、それはあくまで現在の持ち主が決める事だろう。持ち主が拒否するならそれはそれで仕方がないよ。ここは正攻法で視せてもらった方が良いと思う。マキと僕は探偵じゃないし、それに今回のことはそういう問題ではないよ」

「物事に対する自分の気分ってね、そこにいかがわしさや後ろめたさがないと本質的なものは何も視えてこないの。それは相手には失礼なことかも知れないけど、こういう気分で観察すると、真理に対する自分自身の想像力は飛躍的に増して、奥底に潜むものを捉えることができるのよ。あなたみたいに何事も当たり前に接していたら、いつになっても表面的なものしか視えないわ」

　マキの冒険心は膨れ上がるばかりで、僕の忠告を全く取り合おうとしない。

「ほどほどってこともあるじゃないか」

「ないわ。あのね、私は興味を持ったことに対してその最後の結末まで視ないと気が済まないの。私は何としても雄山閣金印をこの手で取り戻すつもりだからね」

「でもマキ、元々金印はマキのものじゃないんだから取り戻すというのは変だよ」

「どうして？　あの金印は絶対に本物なのよ。明石という人より私の方が先にその事実に気が付いていたんだから。私は正義のためにやるの。金印を取り返したら父から文化庁に話を通し、まず雄山閣金印を国宝に指定させ、その段階で国に買い上げてもらうつもりよ。少なくとも三億円以上になるから、ここの社長だって喜ぶわ」

僕は飛び上がりそうになった。マキの発想が思いがけない方へ広がっていたからだ。

「そこまで考えていたの？」

「当たり前でしょう。私は冷やかし気分で物事を考えないわ。雄山閣金印が騙し取られたことは間違いないの。明石とかいう人が親切めかしてやったことは全て意図的に行ったカモフラージュなのよ。私はこの人をとっちめてやるわ。とにかく東京へ帰ったらあなたは全力でこの人の情報を集めてよ」

「判った」

「じゃ、温泉に行こうか。ここの温泉は若返りに効能があるから、あなたの固まった頭が少しは柔らかくなるかもよ」


大浴場の中は一種不思議な芳香が立ち込めている。今までに一度も経験したことのない匂いだ。突然、ゴーッ、ビシューッという凄い音が連続した。マキが嬌声を上げた。広い浴槽の正面に赤い顔の大きなナマハゲの仮面があり、このナマハゲの口から温泉が吹き出したのだ。マキが浴槽の中を歩いて吹き出し続ける湯に右手を差し出した。

「熱い！　百度近いわ」

僕も近づいて触ろうとしたが、その瞬間、湯の吹き出しが止まった。どうやら間歇泉《かんけっせん》みたいな感じで吹き出すらしい。足の裏がぬるぬるする。しゃくってみると……、木目《きめ》の細かい黄蘗《きはだ》色の泥だ。常識的に考えれば湯の色も黄色っぽくなるはずだが……、何故か温泉自体の色は青味が掛かった何とも不思議な色をしている。目の前のマキが立ち上がった。浴室の正面が全てガラス張りで東を向いていることから、午前中の太陽の光が体全体に当たって輝き、マキはとてもエロティックだ。何だか自分の奥底の気分に押されて目のやり場に困り、ぐるっと視線を回すと、壁面のタイルにちょっと古文めいた調子で面白いことが書かれている。

浴法／ゆあみの仕方

第一日は朝夕二度。熱きと温《ぬる》きとは心次第なれど、始めはあまり熱きに入るべからず。入らんとする時、まず顔をそそぎ、体をしめし、さて湯に入りて、痛む所ある人はその所をもみなどして、総身あたたまりたる時、湯を出で、体をさまし、再びざっと入りて上がるべし。これを一度の入湯とするなり。

第二日は食前三度。

第三日は食前三度、臥《ふ》すとき一度。

第四日同じ。

第五日は夜昼六度。

第七日同じ。

雄山閣金印

これを一廻りという。

一廻りにて病動くもあり、湯の利たるなり。次の一廻りにて病を療治し、またの一廻りにて病を補い、気血を整い、肢体を健《すこ》やかにす。

なるほどと思いながら独り頷いていると、マキがじゃぶじゃぶ近付いて来てしたり顔の講釈を始めた。

「温泉って奥が深いでしょう。この文を視れば判ると思うけど、最低でも一週間逗留しなければ、その温泉の効能や本当の良さは判らないのよ。一泊旅行の温泉なんて、夏の軽井沢へ日帰りするのと同じだわ」

「それは判るけど、そんなに贅沢に休める人は少ないよ」

「日本最古のリゾート地ってどこだか知っている？」

「いきなり言われても……」

「有馬温泉と道後温泉なのね。日本書紀舒明《じょめい》天皇三（六三一）年の条に『津の国の有馬の温湯《ゆ》に幸《いでま》す。』とあってね、舒明天皇が有馬温泉に行幸したことが伝えられているわ。それから日本書紀舒明天皇十一年の条には『伊予の温湯宮《ゆのみや》に幸《いでま》す。』とあるの。この伊予の温湯というのは道後温泉のことなのよ。斉明《さいめい》天皇や文武天皇も温泉好きだったみたいね。日本人にとって温泉に出掛けることは、本来何よりも贅沢なイベントだったの。今の人は国内のリゾート地というと軽井沢や那須みたいな高原や沖縄のような海辺を思い浮かべるけど、昔の人達のリゾート地って、そこに温泉があることが必須の条件だったのよ。現在日本には宿泊施設のある温泉がおよそ二千百ヵ所もあって、源泉数は二万を越えるけど、そもそも温泉は権力者や大金持が始めたんだから贅沢な雰囲気に浸ることが何よりも大切なの。だから……、最低でも一週間の一廻りは譲れないわね」

「えっ、一週間ここにいるつもりなの？」

「そうよ。この壁にも書いてあるじゃない。初日の今日は朝夕二度。だから午前中に入りに来たんでしょう」

雄山閣金印

四つの金印

「親魏倭王印」

壺中堂文庫へフォールズの自筆本調査に行く前に、フォールズに関する辞典主義的な知識を採取しなければと思った。僕の知っているフォールズといえば、日本の縄文式土器に付いていた古代人の指紋と日本人の指印の習慣をヒントに指紋の科学的研究を行い、その論文「手の皮膚条溝について」を英国の科学雑誌「ネイチャー」に投稿し、この論文が発端となって日本の警察が犯罪者の個人識別に指紋を採用することになった、とこのくらいである。

論文はその人の思考パターンを探るのに最も適したサンプルだ。どのような刺激から独自的先行による空想が導かれたのか瞬時に判るし、また、その人がどのような臨床と環境を持ち得ていたのかも知ることができる。そこで、僕はこのフォールズの論文「手の皮膚条溝について」を読む作業から始めた。

手の皮膚条溝について

① 日本において発見されたある先史時代の陶器を見ていると、粘土がまだ柔らかであったと

きに付けられたある指紋の特徴に注意を誘われた。不幸にも私の所有に帰したものは、あまりにもぼんやりとして不明瞭であったが、それとは別のもう少し時代の下った陶器に付けられた指紋の特徴は、私に人間の皮膚条溝の特徴を全般的に観察させたのである。

② 日本人の指から多数の自然の印象を採取し分類した。この分類結果が人類学者の手助けとなることを望んでいる。日本人の多くは両方の親指の指紋が良く似た螺旋形渦状紋を形成する。左の示指の指紋は特異な楕円渦状紋を形成し、右の示指は全く反対の方向を持つ開放型蹄状紋を形成する。そして均整の取れた逆の渦状紋の代わりに類似した渦状紋が両方の中指に発見され、右環指は再びひとつの楕円渦状紋を持つが、対応する左環指は開放型蹄状紋を示す。

③ 指紋の観察方法は、最初指を良く検査して、全般的傾向をできるだけ正確に記載し、国籍、性別、眼や髪の色を併せて記録し、毛髪の見本を採取しておく。普通のスレートまたは平滑な板か錫板に印刷用のインクを非常に薄く、平均に塗布すれば充分である。印象の採取はしっかりと、しかも柔らかに押し付け、それから僅かに湿った紙に転写する。ガラス板の上に非常にデリケートな印象を作ることに成功した。実際は微かにしか見えないが、微細な気口が見えるほど詳細な印象で、識別証明のために役立った。異なる色のインクを用い、それを幻燈によって重ねて投影することによって紋様の有用な比較がされた。指紋押捺の用紙に空白を作り、必要ならば特徴を記入できるようにした。指は各々一本ずつ押捺することが一番

良いと思われる。

④　指紋におけるこれらの無限の差異を通じて遺伝の優越性は驚くべき物がある。両親に発現する独特の紋様が驚くほどの正確さで子供に発現することを発見した。しかし親子の指紋が似ていなくても、親子関係に関して立証するものではないから、そのことに注意しなければならない。

⑤　粘土、ガラス等の上に血液等による指紋があるとき、それらは犯人の科学的鑑識を導くことができる。指紋痕跡からの指紋鑑識によって有用な証拠を発見した事例を二例紹介したい。油の付いた指紋から個人の識別を決定した。その指紋は独特なもので、しかも以前、その指紋を採取したことがあった。対照した結果顕微鏡的正確さで一致した。他の事件では白壁をよじ登った人間の指紋が、煤によって印象された例である。この指紋も証拠として大変役立った。

これが「ネイチャー」一八八〇年一〇月二八日号に掲載されたフォールズの論文の凡その骨子だが、指紋の採取方法は言うまでもなく、指紋照合に異なるインクを用い、それを幻燈で重ねて投影し個人を識別するアイデアなど、現在の指紋識別方法と基本的には全く変わらない。最先端の個人識別カードは指紋識別方式が加速度的に増えているが、これなどもフォールズの光を用いた識別方法にその基本的アイデアがあると思った。

また、この論文を読んでいてちょっと閃くことがあった。それは第一項目に書かれた先史時代の陶器という部分である。先史時代の陶器といえば、当然縄文式土器のことを指す。縄文式土器といえばエドワード・モースである。このモースが大森貝塚で採取した土器をcord marked potteryと命名したことから縄文式土器という言葉が誕生した。モースとフォールズは同時期に日本に滞在していたから、ひょっとしたら二人は接触していた可能性が？　この僕の直感は直ぐに確信へと変わった。五分もしないうちに、ある資料にフォールズとモースの交流を示唆する一文があったのだ。

——帝大教授のエドワード・モース氏が大森貝塚を発掘した際、古代人の指紋を発見したという話を聞き、それがヘンリー・フォールズの指紋研究の動機となった——

また、他の資料にモースはダーウィンの進化論を日本へ紹介するが、フォールズはこの進化論を断固認めず、二人の間で進化論を巡って激しいやり取りが繰り広げられたとの記述もあった。

机の上の資料が吹き抜ける風でパタパタと音をたてた。振り返ると入り口のドアからマキが顔を覗かせている。

「マキ、ドアを閉めなきゃ駄目だ。こっちの窓を開けているから風が吹き抜けて机の上の資料が飛んじゃうんだ」

マキの体がドアの内側へ滑り込むと風が止んだ。

「どうしてクーラーをつけないの？」

「冬は寒さを感じた方が良いし、夏は夏の暑さを感じたい。クーラーは極力つけないようにしている」

「ふーん、そうなの。あなたって何事も我慢強いからね。ところで何か調べもの？」

マキは机の上の資料をパラパラと捲り始めた。

「見れば判るだろう。ちょっとフォールズのことを調べてみようと思ってね。一つ判ったことがあった」

「何か面白いことでも見つけたようね」

マキが傍らの椅子を引き寄せながら言った。

「どうやらフォールズは、あの大森貝塚で有名なモースと交流があったらしい」

僕がマキの顔を見ながら言うと、今まで興味を引かれた様子を見せていたマキの表情に微笑がうかんだ。

「二人に交流があったことなんて誰だって知っているわよ。まだそんなレベルのことを調べていたの？　ちょっとがっかりだわ」

マキは決め付けるように言うが、僕は知らなかったから調べている。知らないものは知らない。マキは小馬鹿にするが、知らないことは必要な時に知れば良い。知らないことを知るのは何よりの快楽である。だから、知らないことは大切に保存すべきだし、更に大切なことは自分の知らないことをどうしたら知ることができるか、この実務的な作業なのだ。知り過ぎた賢者は知ることの悦びを知らない。知らない愚者は知ることの悦びを知る。マキは賢者、僕は愚者。思わず笑ってしまった。早速マキが絡んでくる。

「何がおかしいのよ？　気持ち悪い笑い方をしないで欲しいわ。本当に下品なんだから」

「ちょっと思い出し笑いなんだ」

「どうせ陸《ろく》でもないことを思い出したんでしょうけど、そんな風だから良質なインスピレーションが湧かないのよ」

「僕はマキと違って空想家じゃないからね」

「それって皮肉なの？」

「皮肉じゃないよ。マキの空想はいつも凄いと思っている」

マキはふんといった調子で肩を聳《そび》やかした。

「まあ良いわ。そんなことより、明石とかいう人について何か判った？」

「雄山閣から一昨日帰って来たばかりじゃないか。昨日は昨日で制作事務所の米山さんから呼び出しがあって、一日中番組の編集作業の手伝いだったからまだ何も調べていない。マキの方はどうなの？」

「私もまだ何も摑んでいないわ。住所が判っているから昨日一人で様子を探りに行っても良かったんだけど、やっぱり二人で行った方が良いと思って。ねえ、ここから近いし、今から行ってみましょうよ」

「じゃあ三十分ほど待って欲しい。もう少しでフォールズの資料を読み終わるから」

「そう言えばさっきモースのことに触れていたけど、私はこのモースが大嫌いなのよ」

「どうして?」

「だって酷いんだから。モースは東大の動物学生理学教授に迎えられ、その立場にあったからこそ大森貝塚の発掘に際して日本側の最大限の協力を得ることができたのよ。今でも日本人は大森貝塚の発見者として顕彰碑まで建ててモースのことを賞賛しているけど、そんなのとんでもない話だわ。彼は日本政府から給与を貰っておきながら、アメリカへ帰ると直ぐに日本人食人説を展開したんだから」

「食人説? モースは日本人の祖先を食人種と言ったわけ」

「そうよ。酷いでしょう。だから嫌いなの。彼が日本人の祖先を食人種と決め付けて野蛮な人種だと軽蔑《けいべつ》していたことは確かだわ。食人説の論文まで発表しているのよ。あなたも酷いと思うでしょう」

「全く知らなかった。でも本当なの?」

「モースは大森貝塚の発掘調査をまとめると、その論文を『ネイチャー』に送るけど、ここでは食人説に関して一言も触れていないわ。ところが、発掘が進み大森貝塚から人骨が出土すると、何の根拠もないのに、突然、大森貝塚人は食人種だと言い出したのよ。彼の調査を手伝っていた日本人スタッフは人種差別を背景にした極論に猛烈に反発したらしいんだけど、何せ相手はお抱え外国人だし、東大教授でもあるわけだから、誰もこの暴論を止めることはできなくて……、モースは日本側の困惑なんかお構いなしに、この大森貝塚人食人説を明治一二（一八七九）年一月に生物学会で発表すると、更にこの内容を英字新聞に掲載させたの。その後、モースは日本人食人説を実証するために、近畿、九州地方にまで調査の足を延ばし、熊本県当尾貝塚で再び人骨を入手すると、これぞ日本人に食人の風習があった証拠だと主張したのよ。彼を貝塚学者と認識するのは誤りだわ。モースの貝塚調査は人骨収集の方がメインなんだから。モースはこの年の九月にアメリカへ帰るけど、アメリカへ帰ってから本格的に日本人食人説を展開し出すのね。このモースの論が以後の欧米人に日本人は野蛮との誤った観念を植え付けたことは間違いないわ。それに食人説だけじゃないの。まだあるんだから。明治初期に貴重な日本美術が国外に大量に流出したのはあなたも知っているでしょう」

「そうだね。廃仏棄釈の嵐が吹き荒れる明治五年、日本美術のあまりの大量流出に、日本側は文部大丞《だいじょう》の町田久成《ひさなり》や蜷川式胤《にながわのりたね》を中心に全国の社寺宝物調査を行い、仏教美術の海外流出を食い止めようと全力を尽くした。あの運動がなければ仏教美術や神道美術、琳《りん》派や狩野《かのう》派の屏風は根こそぎ海外へ流出したかもしれないな」

「町田久成は後に内務省博物館の初代館長を務め、帝国図書館の創立に尽力した立派な人だわ。でも、蜷川式胤は町田とは逆で、表向きには日本美術を広く海外に紹介するとの名目で、明治政府と関わりのあった外国人に日本美術を大量に斡旋《あっせん》していたの。モースはこの蜷川と特に親しく、蜷川を通じて大量の日本美術を破格の安値でアメリカに持ち出したわ。そして帰国すると直ぐに自分の収集した日本陶磁器のコレクションをボストン美術館に売り込んだのよ。一八九二年にボストン美術館はこのモースのコレクションを、驚くことに七万五千ドルもの大金で購入したわ。モースという人は学者の顔の裏側で日本側の無知に付け込んで、日本へひと財産作りに来た人なのよ。何故このモースを日本人が偉大な考古学者として今だに賞賛するのか理解に苦しむわ」

マキの顔が珍しく紅潮している。マキは直ぐに癇癪《かんしゃく》を起こして喚《わめ》きたてるが、大概は演劇的なもので擬似的なヒステリーだから、言葉は激しくとも心底怒っているわけではない。ところが今のマキは本気で怒っているらしい。机の上にあるペットボトルの水をコップにも注がずにごくごくと飲み出し、どんと乱暴に机に戻すとまた喋り始めた。

「一方のフォールズは、真に日本のために尽くしたわ。腰掛けみたいに滞在したモースと違って、フォールズは十二年間も滞在したの。築地病院を開き……、当時流行したコレラの防疫や盲人保護とその治療に力を尽くし、日本へ腸チフスの牛乳治療法や外科の防腐処置を紹介したのもフォールズよ。日本人の医者だって数多く育てたわ。点字を日本へ広めたのもフォールズなんだから」

「フォールズが偉いのは判ったけど、僕はモースとフォールズの進化論を巡っての論争に興味があるんだ。この資料にちょこっとそのことが書いてあるんだけど……」

マキは取っておきみたいな意地悪な顔をすると、僕の言葉を皮肉たっぷりに遮った。

「それを今から言おうとしていたのに、あなたって妙なところで話の腰を折るのよね。悪い癖だわ。何か言う時は人の話をちゃんと最後まで聞いてからにしなさいよ」

　ここで何か言うと、また有らぬ方へ話が行くことは間違いない。僕は短く頷いた。

「判った」

「モースが日本へ紹介した進化論は、日本で布教拡大に努める宣教師達に危険極まりない思想と映ったのね。それはそうでしょう。人類は創造主が創り給うたのに、人類の祖先は猿、この猿が進化したのが人類、こんなこと言われたんじゃ宣教師の布教活動に重大な影響を与えるわ。フォールズが心の奥底からキリスト教の神話を信じていたか否かは判らないけど、とにかく彼は日本滞在の宣教師達を代表する形でモースに反論を試みたのよ。例えば、大森貝塚発掘の土器に付いていた人の指紋の形状は、現在の日本人の指紋形状と全く変わっていない。先史時代の日本人が人間より下等の前の時代の動物から進化したのなら、日本人の指紋はこの数千年の歴史の流れの中で必ず変化があったはずである。しかし、日本人の指紋形状は何も変わっていない。私が採取した日本人の指紋形状を観察する限り、モースが主張する進化論は肯定できない。どう？　一理あるでしょう」

　マキの目が同意を求めてくるが、ここは曖昧に答えない方が良いと思った。

「でもマキ、それってレベルが低すぎて反論にならないよ」

「今の私達が考えれば確かにそうだけど、ダーウィンの『種の起源』の刊行は一八五九年でしょう。進化論を巡るモースとフォールズの論争は、この僅か二十年後なのよ。それを考慮すれば、フォールズは良い視点で攻撃していると思うけどね。現在だって人類の始まりは諸説あるし、どの論も定説にはなっていないわ。今から百五十年後の人達から視れば、現在地球上で交わされている論争なんて、歴史、物理、化学、医学、どれもこれも陳腐に映るわよ。あのね、古い時代を推察する時、その最も大切な条件は、現在の常識で観察せず、その観察する時代を正確に復元し、その復元した世界に自分自身の視点を置くことだわ」

マキはすっと立ち上がると、台所の流しの前にある小さなテーブルの方に視線を送っている。何かを視つけたのか、マキは大股で歩き始めた。もっとも僕の部屋の間取りは1DKだから、玄関というか入り口のドアを開ければもうそこは部屋の内だし、ダイニングキッチンといっても流しの前に小さなテーブルと椅子を二脚置くだけのスペースしかない。入り口から七、八歩も歩けば、今度は窓の外へ出てしまう。というわけで、マキはあっという間にキッチンから戻って来た。両手にグラスを持っている。

「あなたね、何かを飲む時はグラスを使いなさいよ。本当に下品なんだから」

マキはさっきの自分の振る舞いをすっかり忘れたかのように、澄ました顔で二つのグラスに水を注ぐと、僕の目の前に片方のグラスをたんっと置いた。

「そう言えば、モースのことで一つ言い忘れていたことがあったわ。モースは一九一七年に滞日記録を出版しているのよ。そのタイトルなんだけど……、何だと思う？　ちょっと驚くわよ」

「そんなこと突然言われたって判るわけないだろう」

「空想力がないのね。私がわざわざ言うんだから、そこには必ず何か意味があるに決まっているでしょう。少しは考えたらどうなのよ」

マキの口振りはもどかしげだが、僕にはどうでもよい問い掛けとしか思えない。なぞなぞでも振ってくれた方がまだ気が利いている。全くまどろっこしい。にも拘《かかわ》らず、マキは僕のことをいつもまどろっこしいと非難する。きっとまどろっこしさの定義が僕とマキでは違うのだ。

「もしかして……、フォールズの滞日記録と同じタイトル？」

マキがちょっと吃驚《びっくり》した顔をした。図星のようだ。当たれば当たったで機嫌が悪くなるから、僕は大概マキの問い掛けを受け流すことにしている。それをマキは知らない。案の定、マキの表情は気色《けしき》ばんでいる。

「知っていたんでしょう。だったらぱっと言えば良いじゃない。性格が悪いんだから」

「知らなかったってば。マキが僕に判るようにヒントをくれたからだ。でも、二人の滞日記録のタイトルが何《いず》れも『Japan Day by Day』というのは……、妙だよね。何かあるのかな」

「どこが妙なの？　博物学的に発展途上国を視る外国人の滞在記録なんて、みんな同じようなタイトルよ。きっと、フォールズやモースがインドネシアやタイへ行ったら、インドネシアデイバイデイとかタイデイバイデイと付けるのよ。要は日記なんだから」

「やけに勿体《もったい》ぶって言うから意味があると思ったんだ」

「私がいつ勿体ぶったわけ？　私は単にフォールズとモースの滞日記録が同一のタイトルという

ことを知っているのかなと思っただけじゃない」

「だから知らなかったと言っただろう。それにマキ、マキはフォールズ贔屓《びいき》かと思っていたけど、そのフォールズを滞日記録のタイトルだけで、博物学的に日本を観察した外国人と決め付けるのはおかしいよ」

「私がフォールズをいつ非難したの？　あなたは私の言った長いセンテンスの中から一行だけを抜き出して揚げ足を取るのね。私はサンプルとしてフォールズの名前を挙げただけで別に他意はないわ。とにかくね、フォールズは評価しているけどモースは嫌いなの。それだけの話がどうしてこうなっちゃうのかしら。あなたの捻《ね》じ曲がっている性格のせいだわ。全く盆栽みたいなんだから。このまま話していると喧嘩になるからもう表へ行きましょうよ」

　マキは有無を言わせずといった感じで僕の机の上をバタバタと片付け始めた。マキの視線がさっと机の上を掃いた。ちょっと頷くと、僕の右手の袖を引っ張るようにしながら入り口へ直進し、下駄箱の上に置いてあった白い帽子を両手でがばっと被せてくる。今日のマキはまるでハイキングにでも行くような装いだ。麦藁《むぎわら》帽子、機能的な真っ白いコットンの上下、薄い萌葱《もえぎ》色のTシャツに合わせたカラフルな運動靴、そして左手にはイタリア製の何とかという有名ブランドのピンクの布製バッグを提げている。

　三階から下までエレベーターを使わず階段で降りた。何となくそんな気分になったからだ。マキも別に何も言わずに僕の後ろから降りてくる。晴海通りへ出た。角の交番の地味な顔をした巡査がマキをちらっと視た後、僕の爪先から頭の先までじろっと視線を送ってくる。マキが絶妙のタイミングで手を繋いでくれた。右目の端で捉えた巡査に何だか申し訳なく思った。僕自身、何故マキが僕に執着するのか理解に苦しむのである。左手に小さな本屋を視て、その先の河豚《ふぐ》屋を視て、その先の薬局の所を左へ曲がった。曲がって直ぐに小奇麗な花屋があり、マキはその花屋の店先で立ち止まった。

「気を付けなさいよ。姿を視られたくないから」

マキが警戒を怠《おこた》らない雰囲気で言った。思わず吹き出してしまった。

「何がおかしいのよ」

「何だか探偵みたいだからね」

「こういうことは気分が大切なのよ」

「でも、誰に姿を視られたらまずいんだ」

「誰って……、明石とか言う人よ。宿帳にあった住所はこの直ぐ先なんだから」

「向こうはこっちのことを知らないじゃないか。それに、マキは目立ちすぎるよ。この辺りは典型的な下町なんだ。マキは誰が視たって浮いてるよ。さっきから行き交う人がみんなマキを視るし、振り返る人だっていたじゃないか」

マキはちょっと嬉しそうな顔をすると再び歩き始め、次の角の三階建ての古い家の前で辺りを窺いながら立ち止まり、さり気なく家の様子を覗き込んでいる。

「ここよ。何も商売をしていないみたいね。でも、ずいぶん古い様式の家だわ。恐らく関東大震災より前だと思う」

「そうなの？」

「こんな風に木造の三階建てで表面に銅板を張り付けてある家は、震災前の家の特徴よ。もしかしたら明石源左衛門が建てた家がそのままの状態で残っているのかもしれないわ」

「それにしてもマキ、この家には気配が感じられない。空き家なんじゃないか？」

「そんなことないわ。鉢の草木は手入れされているし、引き戸のガラスも綺麗に磨かれているじゃない。誰か住んでいることは間違いないわ。ねえ、この先に八百屋さんがあるじゃない。あそこでそれとなく聞いてみようか」

僕の返事を待つまでもなく、マキはすたすたと歩き出した。慌てて小走りで追い掛けマキに並びかけると、マキは真っ直ぐ前を視ながら独り言のように呟いた。

「あなた聞いてきなさいよ」

「どうして」

「レジにいるのはおばさんだから男の人が聞いた方が良いでしょう」

何だかよく判らない理屈だが、しようがないので八百屋の中へ入り、下町そのものの雰囲気を漂わせた仏頂面のおばさんに声を掛けた。

「あの、すみません。このお店の並びに、ちょうど角の所ですが、三階建ての古い家がありますよね。あの家のことでちょっとお伺いしたいんですが」

　おばさんは上目遣いに僕を視たが、その目は何故か僕の後ろへ逸れている。もう一度おばさんへ同じことを繰り返した。おばさんの目が何となく笑っている、と思った瞬間、頭のすぐ後ろからくぐもった声がした。

「そりゃ俺んちだが、何か用か？」

　奇妙なイントネーションの声にぎょっとして振り返ると、僕と殆ど同じくらいの背丈の四十前後の目つきの鋭い男が買い物籠《かご》を下げて立っている。余りに急で声が出ない。

「何か用か」

　男がさっきよりも短く言った。

「あなたの家ですか？」

　しどろもどろになってこれだけをやっと言ったが、僕を視る男の目つきは相変わらず鋭い。僕はまた言葉に詰まった。

「だから何の用だと聞いている」

「ですから……、明石さんですか？」

　男は無表情のままだ。マキの姿を探したが、マキは僕のまずい状況を察しているのか、店の外側から様子を窺うだけでこっちへ来ようとしない。

「店先にいる景色の良い女は連れだな」

血の気が引いた。ひょっとすると、僕達の一連の行動をどこかで視ていたのだろうか。男がおばさんの前へ買い物籠をドンと置いた。

「いつも通りで頼む」

おばさんが頷くと、男は僕の方へ振り返った。

「一緒に来い」

男は八百屋の店先でマキをちらっと視ると、付いて来いという風に顎をしゃくった。まずいことになったと思いながらマキの方を視た時、予期せぬことが起きた。マキが男の背中へ責めるような調子で声をかけたのだ。

「雄山閣の社長さんを騙したでしょう」

男が振り返った。

「まあ良いからとにかく黙って付いて来い」

マキの方を視ると、マキは脅《おび》える風でもなくさっさと男の後ろを歩き始めた。

「大丈夫かな?」

マキの袖をちょっと引っ張りながら小さな声で言うと、マキは男に聞えてしまいそうな声で答えた。

「全く意気地がないんだから」

「物騒な人かもしれないじゃないか」

「あの人は金印を騙し取ったのよ。私は絶対に取り返すんだから」

「でもマキ、さっき八百屋で明石さんですかと聞いたけど返事をしなかったし……、人違いだったらどうする？」

「人違いなら私が雄山閣のことを言った時に違うリアクションをするわ。否定しなかったのは図星だったからよ」

男が木造三階建ての家の古風なガラス引き戸を開けた。引き戸の内側に分厚いカーテンが掛かっている。男はそのカーテンを下からしゃくるようにたくし上げると、ちょっと腰を屈め、するっとカーテンの奥へ姿を消した。逃げるなら今しかない。

「どうする？」

「どうするって……、私達は招待されたんだから入ってみましょうよ」

カーテンの向こう側から男の声が飛んだ。

「何やってんだ。早く入ってこい。引き戸もきちんと閉めるんだぞ」

マキと頷き合ってカーテンを潜った。そこは土の地面の広い三和土《たたき》みたいになっていて、少し先は黒光りした板の間である。板の間の高さは床から六十センチほどで、上がり易いように那智黒の長方体の石がぽつんと置かれている。男に促されて板の間に上がると、板の間は思いのほか広い。

男が板の間のど真ん中に胡座《あぐら》をかいたので、僕とマキも畏《かしこ》まった感じで正座した。気分が落ち着かない。何となくといった感じで部屋の中を視渡した。家具や調度品が何もない。板壁にも額一枚掛かっていない。天井からは随分時代がかった電球使用のシャンデリアともつかない、とにかく何と説明して良いのか判らない変てこりんな照明器具が一つだけぶら下がり、殺風景というか、極めて何もない空間である。男の向こう側の突き当たりに大きな金庫の扉のようなものが視えた。その右側に二階へ続くと思われる階段が視える。男は視据えるような視線を送ってくるが、何故か何も話そうとしない。

「男鹿の雄山閣に行った明石さんですよね」

マキが堪《たま》り兼ねたように言うと、男は不機嫌そうに抑揚《よくよう》のないイントネーションで答えた。

「そうだ」

やはり男は明石さん本人だった。顔を初めてちゃんと視たが、雄山閣の社長や重子さんから聞いていた印象とまるで異なっている。もっと年配の人かと思っていたのに……、目の前の明石さんはどう視ても四十歳前後にしか視えない。体型にしても、もっと恰幅《かっぷく》の良い人を想像していたのに、細身で華奢《きゃしゃ》な体型である。オールバックにした広い額、形の良い鼻と耳と口、切れ長の少し大きな目は釣り上がっていて、怖いと言えば怖い顔だが、理知的と言えば理知的な顔だ。麻のだぶだぶのズボン、白い半袖のシャツにカラフルなニットのチョッキ、凄くお洒落《しゃれ》な人のようにも思われた。

「だから用向きは何なんだ」

明石さんは相変わらず抑揚のないくぐもった声で言った。

「これから話します。でもその前に、足が痛いので姿勢を崩しても良いでしょうか」

「武者小路《むしゃのこうじ》のお茶をやるそうだが、それにしてはお行儀が悪いな」

マキの顔色が変わった。無論、僕も驚いた。

「どうしてそんなことまで知っているんです」

マキがきっとした視線を送りながら言った。

「俺に興味があるようだから、俺の方もお嬢ちゃん達を調べてみた。まっ、そっちの北畠克史《かつふみ》君は何てことのない普通の男の子だったが……、君の方は本当のお嬢ちゃんだった」

「お嬢ちゃん？　そういう小馬鹿にした言い方は失礼じゃないですか」

「お嬢ちゃんだからお嬢ちゃんと言った。このどこが失礼なんだ。俺をコソコソ嗅ぎまわる君達二人の方が余程失礼じゃないか。しかしな、最明寺《さいみょうじ》外務事務次官の一人娘と判った時は正直言って吃驚したよ。戦前の最明寺家は侯爵家だし、現在でもその係累は政財界に深く根を下ろしている。君は立派なお嬢様じゃないか」

「私はお嬢様ではありませんし、それにコソコソなんかしていません。明石さんの行動にいかがわしいものを感じたから、その確認作業をしていただけです」

「持ち主でさえ贋物と言いきる工芸品を三倍の値段で買い取り、旅館の窮状に救いの手を差し伸べた行為のどこがいかがわしい。俺がいかがわしい人物なら旅館の宿泊者名簿には偽名を使う。

しかし俺は自分の本名とここの住所を正しく記入した。だからこそお嬢ちゃん達はこの俺と今ここで会っている。違うか？　俺は承知で複製品の金印を買い求め、人助けをしただけだ」

「私達が知らないとでも思っているんですか。あれは正真正銘、本物の金印です。間違いありません」

明石さんは声を上げて笑い始めた。

「あれが本物？　じゃあお嬢ちゃん、俺はあの金印を六千万円で買ったから、二千万円付けて八千万円で引き取ってくれるなら譲ってやっても良いぞ。十日足らずで二千万円の儲けならこの俺にも異存はない」

マキが言葉に詰まった。それはそうだ。明石さんの出方は余りに予想と反している。マキが僕の方へ視線を送ってくる。珍しく困惑の目だ。僕は恐る恐る明石さんへ尋ねた。

「あのう、あれは贋物なんでしょうか」

「足利義満の金印はとっくの昔に鋳潰されてこの世から消えている。あれは明治期の複製品だ」

マキがさっきより甲高い声を上げた。

「雄山閣金印は本物です。お金は用意しますから二、三日待って下さい。明石さん、必ず引取りに来ます」

明石さんはやれやれという表情をした。

「お嬢ちゃん、やっぱり譲れない。そんなことをすればこの俺は詐欺《さぎ》師になってしまう。いくらなんでも明治期の工芸品で二千万円も儲けるわけにはいかないからな」

「売ると言ったり売らないと言ったり、明石さんのお言葉にはばらつきがあります。私達を女子供と侮《あなど》って適当にあしらうつもりのようですが、私達にはあの金印が本物だという確証があるんです」

「ほう、どんな確証がある」

「義満金印に関わる文献的な考証からです。私は義満の金印が伝世する可能性、そして雄山閣金印こそそれであるという推理を裏付ける史料を持っているんです。雄山閣金印は間違いなく本物です」

「文献からの考証など何の憑拠にもならない。俺は複製品と思っている」

「それは嘘です。明石さんは雄山閣金印を本物と考えているはずです」

「単なる工芸品を六千万円で買うわけがないからか？　でもな、世の中には奇特な人間はいくらでもいる。俺もその一人だ。現にあの社長は心から俺に感謝している」

今度はマキが笑みを浮かべた。

「明石さんが奇特な人とは思えません。社長さんが金印を手放したのは本物と思っていないからです。幾らで売ろうと幾らで買おうと、それはお二人の問題ですから他人が口を挟む問題ではありません。でも、無知な人を笑うような取り引きは間違っていると思います」

「もう一度言うが、俺は人助けのために買った。それだけのことだ」

「違います。明石さんは本物と確信していたからこそ買ったんです」

「俺は古美術の鑑定家ではない。鑑識眼はゼロだ」

「では何故、説明の付かない行動をとるんですか」

「説明の付かない行動？」

「そうです。私が言いたいのは……、明石さんが私達を調べたことなんです。恐らく、雄山閣の社長さんが明石さんへ私達のことを連絡したのだと思いますが、後ろめたいことがなければ、私達の正体など気にも掛けない筈です。でも明石さんは、私と北畠君の身上調査を素早く行い、私達が来ることとさえ予期していました。尋常《じんじょう》じゃないと思います」

マキがどうですかという感じで明石さんの目を覗き込んだ。明石さんは再び可笑《おか》しそうに笑った。

「お嬢ちゃんは面白いことを言う。その先も聞かせてくれ」

「明石さんは足利義満の金印の存在を信じ、ずっと探していたんだと思います。信じた理由はヘンリー・フォールズの滞日記録なんです。私もフォールズ自筆本を読みました。そこに南小田原町の明石源左衛門の名前が出てきますが、ここで言う南小田原町は現在のこの辺りです。今、目の前にいる明石さんと明石源左衛門は間違いなく血が繋がっています。つまり明石さんは、祖先に関わりのあるフォールズを手掛かりに金印を探し続け、ついに男鹿の雄山閣に現存することを突き止めたんです。私達は偶然視つけた雄山閣金印からフォールズを手繰《たぐ》り寄せましたが、明石さんは逆のコースでした。明石さん……、明石さんはフォールズが書いた『Japan Day by Day』の写本をお持ちですね」

マキは決め付けるような口調で言った。

「ヘンリー・フォールズの顧問をしていた明石源左衛門はこの俺明石塔介《とうすけ》の曾祖父に当たる。足利義満の金印は、元々この源左衛門が所有していたものだ。雄山閣の社長はフォールズ旧蔵と思っているらしいが、事実は全く違う。ある事情から源左衛門がフォールズへ金印を預けたのだが……、ある日何者かに盗まれた」

マキと僕は同時に声を上げた。

「盗まれた！」

「盗まれたのは明治一八（一八八五）年の一二月一五日だ。源左衛門とフォールズは手を尽くして探したが、金印は闇の中へ消えてしまった」

「でもフォールズの滞日記録を読む限り、そんな記述はどこにもありませんでした」

「お嬢ちゃんが読んだのは、現在壺中堂文庫に収蔵されている滞日記録だろう。お嬢ちゃんは俺の所有する『Japan Day by Day』を壺中堂所蔵本の写本と考えているようだが、それは全く逆だ。壺中堂本はあくまでも表向きに書かれたものに過ぎない。フォールズの本当の滞日記録は今でも俺の手元にある」

明石さんの話の展開が思いもかけぬ方向へ進み始めた。マキの表情に戸惑いが浮かんでいる。

僕の頭の中もそうだ。少しの間をおいて、マキが矢継ぎ早に質問を繰り出した。

「ある事情で金印をフォールズへ預けたとおっしゃいましたが、ある事情とはどんな事情なんです」

「話が長くなるからある事情と言った」

「聞かせて下さい」

「明治一八年というのは、太政官制《だじょうかんせい》を廃止し内閣制が設置され……、初代総理に伊藤博文がなった年だ。無論、伊藤博文を中心に大日本帝国憲法を公布するための作業も粛々《しゅくしゅく》と行われていた。この大日本帝国憲法の基本理念は万世一系の天皇を現人神《あらひとがみ》とする神国思想だ。つまり、我が大日本帝国は神の国ってわけだ。ところが……、この国には神国日本と相容れない歴史的事実がある。それが足利義満の国辱行為だ。お嬢ちゃんも知っての通り、足利義満は明の皇帝成祖へ日本国王と冊封《さくほう》されることを懇願し、明の皇帝成祖はその証《あかし》として『日本国王之印』の金印を下賜した。この国辱のシンボルとも言える金印が、明治の世に現実に伝世していると判れば、これを鋳潰しこの世から消してしまおうとする人物が現れたとしても何ら不思議はない。俺の曾祖父はこれを怖れた。確かに足利義満の金印は国辱のシンボルだ。しかし、都合の悪い歴史を抹殺し、誇り高い歴史だけで自国の歴史を綴《つづ》ろうとする行為は所詮まやかしにすぎない。歴史とは過去のありのままの風景を綴ることだ。歴史の改竄《かいざん》は断じて許されない。それで曾祖父は金印を後世に残すためにフォールズへ預けた。英国人のフォールズは治外法権の枠組みにあり、岩倉達の手も及ばないと考えたのだ」

「岩倉って、岩倉具視のことですか？」

「岩倉具視は明治一六（一八八三）年に死んでいる。曾祖父へ圧力を掛けたのは、岩倉具視の息子で親父以上の神国思想の持ち主、公爵岩倉具定《ともさだ》だ。この岩倉具定が曾祖父へ義満の金印を供出しろと強く迫った」

それとなくマキの方を視ると、いつのまにかマキの表情はガラリと変わっている。さっきまでは明石さんのことをいかがわしい人物と決め付けていたのに、今の二人は旧知の間柄みたいな雰囲気だ。僕はすっかり蚊帳《かや》の外である。

「壺中堂文庫のフォールズ滞日記録には、フォールズと岩倉具視の交流を示唆する記述が何ヵ所かあるんです。そのどこかでフォールズは明石源左衛門が足利義満の金印を持っていることを岩倉に漏らし、その情報が息子の岩倉具定に伝わったんですね。実は、壺中堂文庫の滞日記録を読んでいて不思議に思ったことが三つありました。一つ目は、フォールズが金印を誰から入手したのか全く触れていないことです。二つ目は、本物にしろ贋物にしろ、純金であることは確かですから、それほど裕福とは思えないフォールズが何故買い求めることができたのか。この資金のことは何も書かれていません。三つ目は、フォールズが室町時代の歴史に物凄く詳しく、自分が所有する金印がなぜ本物かという問題を、ありとあらゆる金印文献を網羅しながら証明していることでした。明石源左衛門はこのフォールズの金印論を支持し、金印を本物だと鑑定していますが、恐らく、その考証におけるロジックの全ては元々明石源左衛門の論なんですね」

マキは自分の推理に酔うかのように目を輝かせて言った。

「曾祖父は身の危険すら感じたのだ。それで本物を証明するロジックの全てをフォールズへ伝えると、岩倉側へ金印はフォールズへ売ってしまったと言い逃れをした。フォールズも自分自身の軽率な発言が曾祖父へ災難を振り掛けたことに責任を感じ、岩倉具定の執拗な買い取りの申し出を頑として拒否し続けた。帰国後のフォールズが『Japan Day by Day』を出版しなかったのは……、真実の滞日記録は出版できないと判断したからだ。ただ、一度は滞日記録の出版を考えていた形跡はある。それが壺中堂本滞日記録の存在だ。壺中堂本を読んだのなら判ると思うが、金印を巡る岩倉具定とのやりとり、金印が盗まれた事実、これらに関して何一つ書かれていない。壺中堂本は俺の曾祖父が入念に筆を入れ、危ないことは全て取り除いて奇麗に整理されている。金印のことは明治政府の中枢人物が数多く関わり、本当のことを書けば日英間の外交問題にまで発展し兼ねないからな。しかし、結局フォールズは『Japan Day by Day』を出版しなかった」

マキが大きく頷いた。

「フォールズはとても正義感の強い人でしたから、歪んだ形の滞日記録を出版することには抵抗があったんですね。それで明石さん、岩倉側は金印のことを諦めたんですか」

「苦労して守っていたにも拘らず……、明治一八年一二月一五日、フォールズの住居の三軒隣のパン屋で火事が起き、その大騒ぎの中で金印は盗まれた」

「盗んだのは岩倉側ですね」

マキが間髪を容れずに言った。

「曾祖父とフォールズも最初はそう思ったようだ。英国大使館を通じて徹底的に調査をしたが、予想に反して岩倉側の関与は全くなかった」

「単なる火事場泥棒だったと……」

マキはちょっと拍子抜けしたような顔で言った。

「このおよそ三十年後……、足利義満の金印が忽然《こつぜん》と現れた」

「どこからですか」

「大正六（一九一七）年一一月五日、東京美術倶楽部に藤原信実《ふじわらののぶざね》筆の『佐竹本三十六歌仙』が出品され、この超一級の美術品が一体幾らで落札されるかを巡って話題は沸騰した。『佐竹本三十六歌仙』は秋田の大名佐竹家が将軍の所望でも視せなかった伝説の超名品として知られ、明治大正期を代表する大財閥で美術コレクターとしても有名な益田鈍翁《ますだどんのう》をしても一人では買い切れないという代物だ。落札値は三十五万円。当時と今では物価がまるで違うから正確な数字とは言えないが、五十億、いやもっと凄い金額になるかもしれないな。いずれにしても米が十キロで一円二十銭、銀座の地価が一平方メートルで五百円の時代の三十五万円だ。『佐竹本三十六歌仙』の落札値が天文学的金額であることは間違いない。実は、この東京美術倶楽部の売立て下見会に足利義満の金印を出品した人物がいた。でもな、この『佐竹本三十六歌仙』で大騒ぎの最中、義満の金印は贋物と鑑定され下見会の段階で下げられてしまった。この時、源左衛門は既に死亡していて明石家は清右衛門の代だ。俺の祖父ってわけだが、この清右衛門が噂を聞きつけ駆けつけた時には、もう金印は下げられていて誰が出品したのかさえ判らなくなっていた。次に金印が現れたのは昭和一五（一九四〇）年四月二七日に行われた東京古物商組合主催の売立てだ。この時は俺の親父の清一郎が会場の品川へ飛んでいったが、何故か金印は出品されず、その理由も不明だった。親父は売立て幹事の美術商に金を摑ませ出品者を突き止めようとしたが、判ったことは金印はここでも贋物と鑑定され、美術商が立ち会わぬまま会場外で山本という人物に買われていったということだけだった。しかも、ただ山本というだけでどこの山本かも判らない。立ち会い幹事の美術商は贋物と思っているから関わり合いになることを怖れ、売り主の身元さえ把握していなかった」

マキが素っ頓狂な声を上げた。

「山本！　それって雄山閣の社長さんと同じ苗字です。その山本という人は雄山閣の社長さんのおじいさんなんですね」

「あの金印は明石家代々のライフワークだ。俺の親父は雄山閣へ辿り着くことなく先年亡くなったが、この俺はついに雄山閣へ辿り着いた」

「でも明石さんはどうやって雄山閣にあることを知ったんです」

「昨今の温泉ブームのお陰だ。ある俳優が週刊誌で自分の好きな温泉について語っていた。三、四枚掲載されていた写真を何の気なしに視ていたんだが、ふと、経営者として紹介されている社長の背景に妙なものがあることに気がついた。温泉の所在地は秋田の男鹿半島、旅館名は雄山閣、社長の名前は山本だ。すぐに雑誌社に電話を入れた。この社長の知人だと言って掲載写真の拡大写真を入手し、それを具《つぶさ》に観察してみた。間違いないと思った。ここから先のことは概《おおむ》ねお嬢ちゃんの推測通りだ」

「やっぱり雄山閣金印は本物なんですね」

明石さんは屈託のない笑顔を視せると短く答えた。

「真印だ」

「そういう理由があったのなら、雄山閣の社長さんに本当のことを伝えても良かったのではないでしょうか。社長さんもその方が喜んだと思います」

マキがちょっとしみじみした口調で言った。

「人の家にはそれぞれの歴史がある。当然、物事に対する思い入れもそれぞれ違う。あの社長とこの俺では金印に対する思い入れが余りにも異なっている。俺がどんなに説明してもあの社長には俺の心内を正確には計れない。恐らく、あの社長は法外な金額を要求しただろう。無論、それは悪いことではない。ごく当たり前のことだ。でもな、この俺は金印の正当な所有者であるから、お嬢ちゃんが一般的な話し合いの枠組みで今回のことを考えるのは誤っている。俺の立場を充分に考慮すべきだ」

マキは判ったのか判らないのか、無言のまま溜め息交じりに頷いている。明石さんは更に続けた。

「結果として俺は……、あの社長が充分満足する方法で金印を手に入れることに成功した。このことに対して、誰のどんな言い分も聞く必要はない。俺は自分の行為に百パーセント満足している。但し、お嬢ちゃんが以後この件に関してどんな介入もしないという条件付きでな。俺はお嬢ちゃんのこれからの行動を信じている。だからこそ全てを話した。それに、俺にはまだやることが残っている。金印をもう一つ手に入れなければならない」

マキは相変わらず黙りこくっているが、僕には明石さんが重要なことを言ったような気がした。マキの横顔を視ながら、思い切って明石さんへ問いかけた。

「あの、もう一つの金印って何のことですか」

「日本歴史に中国側から下賜された金印が四つあることは知っているな」

「はい。国宝として現在福岡市博物館に収蔵されている『漢委奴国王』の金印、卑弥呼が貰ったとされる『親魏倭王』の金印、それと足利義満、豊臣秀吉が明の皇帝成祖と神宗から下賜された『日本国王之印』です」

明石さんは小さく頷いた。

「その四つのうち、豊臣秀吉が神宗から下賜された金印はこの世に存在しない。秀吉が鋳潰したからだ」

「秀吉は何故そんなことを？」

「第一回目の大明征伐、文禄の役のことだが、秀吉は文禄二（一五九三）年六月二八日、この戦争の講和条件として神宗の姫君を日本へ差し出すこと、朝鮮の南部四道を割譲すること、この他五ヵ条の要求を突き付けた。ところが、慶長元（一五九六）年九月二日、明の使者楊方亨《ようほうこう》と沈惟敬《ちんいけい》がもたらしたのは、『茲《ここ》に特に爾《なんじ》を封じて日本国王となし、これに誥命《こうめい》を錫う』という返事だった。秀吉は大明への国書冒頭に『大日本は神国なり、神すなわち天帝、天帝すなわち神なり』と書くほどの朝廷崇拝者だ。当然、この大明からの返事に激怒すると、即座に再出兵する決定を下し、二度目の大明征伐が始まった。秀吉はこの金印を前年の五月に定めた判金小判座に鋳潰すことを命じ、金印を大判金百五十枚にすると、『この黄金百五十枚は神宗からの貢ぎ物』との名目を立て、時の天皇後陽成帝へ献上してしまった」

「秀吉は余程腹が立ったんですね」

「足利義満や足利義晴と豊臣秀吉では、この国に対する基本的なスタンスが違う。義満、義晴は幕府の継続をその第一としたが、秀吉はこの国全体のあり方を大切にした。誥命を読めば一目瞭然だが……、神宗はこの日本を『鎮国』したと宣言している。秀吉にはこの二文字がどうしても許せなかった」

「鎮国？　どういう意味なんでしょう」

「大明の属領地の意だ。慶長元年の誥命は単に秀吉を日本国王に封じたのではない。この日本は大明の属領地、これが主文であり、明の神宗は秀吉を属領地の王に任命すると伝えてきたわけだ。神宗が日本国王の金印を下賜したのは、秀吉を日本国の王として認知したからではない。この日本を明の属領地にしたからだ」

「義満の時も誥命に鎮国の二文字はあったのですか？」

「当然書かれていた。ただ、義満はこの二文字にそれほど大きな意味があるとは考えなかったようだ。大明と日本を比べれば、大明の方が豊かで大国だから、単純に大きな国の王が自分を認めてくれたくらいの認識しか持たなかった。多くの日本人は大東亜戦争に敗れるまで、この国が一度も敗れたことはないと思っているが、正確に言えばそうではない。義満は戦わずして明の成祖に敗れ、日本が明の属領地となった過去がある。これが正しい歴史だ。足利四代将軍義持は、義満が没するとこの鎮国の二文字を重大に感じ、明側へ『先君（義満）、暦（大明暦）を受け印（日本国王之印）を受け、敢えてこれを返さず。我国の明神これを罰し、先君に病を下して一命を奪う。我国、古より外邦に向かいて臣と称せしことなし。されど兵力（大明軍）を用いて来たり伐たば、我（義持）は城を高くし、池を深くし、路を除《はら》ってこれを迎（合戦）えん』と通告した。明側は足利義持へ何も答えを返さなかった。義持は答えのないのはこちらの言い分を認めたからだと解釈し、この国が鎮国された事実はないとして矛先を収めている。豊臣秀吉はこの過去の歴史を知っていたし、いわんや日本歴史屈指の神国思想の持ち主だ」

「無礼な明へ誅罰を与える、この決意の表われとして金印を鋳潰したんですね。それで明石さん……、金印の形状についてですが、例えば、蛇鈕《だちゆう》であるとか、亀鈕であるとか、これは判っているんでしょうか」

「明使がもたらした誥命に神宗が秀吉へ下賜した金印の形状を示唆する『亀鈕龍章』の文がある」

「亀鈕龍章？　豊臣秀吉の金印と足利義満の金印は同形ということですか」

「恐らくな」

「神宗の金印が鋳潰されたことは判りました。すると明石さんが探し求めているもう一つの金印とは……、卑弥呼が貰った『親魏倭王』の金印ということですね」

「どうしてそう思う？」

「成祖が足利義満へ下賜した雄山閣金印は明石さんの手元にありますし、国宝の『漢委奴国王』の金印は福岡市博物館に収蔵されています。となれば残りは『親魏倭王』の金印しかありません」

明石さんがふっと意味ありげに笑った。

「北畠君の答えは、答えとしては正しいが、答えに至る経過は誤りだ。俺は確かに『親魏倭王』の金印を探している。何故かといえば……、俺は『漢委奴国王』の金印を持っているからだ」

一瞬明石さんが何を言っているのか判らなかった。思わずマキの方を視ると、マキも同じことを感じたのか訝《いぶか》しげな表情で僕の方を視ている。マキが戸惑いの声で問いかけた。

「明石さんのおっしゃる意味が」

「今言った通りだ。三つの金印のうち二つは持っている。だから残りの一つが欲しいだけだ」

明石さんはもう帰れと言わんばかりに立ち上がった。

「ちょっと待って下さい」

マキが明石さんを視上げながら言った。

「話は全て終った。俺の真意は君達にも充分伝わったはずだ。まだ何かあるのか」

「本当なんですか？」

「何がだ」

「国宝の『漢委奴国王』の金印を持っているとおっしゃったことです」

「それがどうした」

「だって、あの金印は黒田家代々の所蔵品で、今は福岡市博物館に展示されています。それなのにどうして明石さんが持っていると言えるんです。ひょっとして……、福岡市博物館の金印は明石さんの寄託なんですか」

「そんなわけないだろう。博物館の金印は江戸期の模刻印というだけの話だ。さっ帰れ」

僕とマキは言葉を失って顔を視合わせた。ここまでの話から明石さんが嘘をつくような人とは思えないが、それにしても今の話は荒唐無稽というか、誰が聞いても俄かに信じられる話ではない。僕達の困惑をよそに、明石さんはまた僕達を追い立てた。

「早く帰れ」

マキが明石さんを押し止めるように立ち上がった。

「一つお願いがあります。ここにいる北畠君に雄山閣金印を視せてあげて下さい。彼はまだ一度も視たことがないんです」

マキの時間稼ぎに僕もすぐさま頭を下げた。

「お願いします」

明石さんから意外な答えが返ってきた。

「あの金印はここにはない。俺の友人の研究所で蛍光X線分析を行っている」

「では研究所から戻ってきたら視せてくれますか」

マキが食い下がるように言った。明石さんは一瞬根負けしたという顔をした。

「十日後の夕方五時に来い。但し条件がある。金印は視せてやるが、以後、二度とここへ顔を出すな。それが条件だ」

マキはどうしてという顔だ。僕もそう思った。明石さんの話は一々が刺激的だし、突拍子もないことをさらりと口に出すから僕とマキの好奇心は否応なしに増幅させられてしまう。今の国宝金印の話にしてもそうだ。有り得ない話だとは思うが、ひょっとしたらという気にもさせられる。

「国宝の『漢委奴国王』の金印はここにあるんですね。だったらそれを視せて下さい」

「信じない奴に視せたところで意味はない」

「視てから決めます」

マキのストレートな物言いに明石さんがちょっと笑った。

「金印の実物を視たところで君達に真贋が判るとは思えない。熱意に免じて印影を一枚やるから、それで帰れ」

「ものを視る目はあるつもりです」

「ほう」

「私は雄山閣金印を一目視ただけで真印と思いました。明石さんの話を聞く限り、雄山閣金印を真印と考えたのはこの百年間で私一人です」

明石さんは無言のまま僕達に背を向けると、突き当たりの大きな黒い扉へ近づき、その扉を両手で開けた。

「ねえ、扉の向こうにも部屋があるみたいよ」

「防火扉のようだから、向こう側は庫《くら》になっているのかもしれないな」

「行ってみようか」

マキが好奇心一杯の顔で言った。

「まずいよ。とにかくここで待とう」
二、三分もした頃、明石さんが扉の向こうから姿を現した。左手に紫色の袱紗《ふくさ》のようなものを持っている。明石さんは立ったままのマキへ座るよう促すと、どっかりと床に胡座をかき、僕達の目の前で手際良く袱紗を広げた。マキはすぐに両手を床につき、上半身を折り曲げると、小さな黄金の印の四方を注意深く観察し始めた。マキが顔を上げた。僕もマキと同じ動作を繰り返した。目測で視る限り……、一辺の長さは三センチもない正方形の印で、鈕《ちゅう》は蛇、蛇の表情は目が丸く大きいことから、奇怪な筈の蛇が何だか愛らしく視える。ただ、印全体が放つ鈍い光に圧倒的な古色を感じた。僕とマキは無言のまま目を視合わせた。

「印面の方も視たらどうだ」

マキは小さく頷くと、黄金印の鈕を右手の人差し指と親指でつまみ、僕にも良く視えるように左手の掌に載せた。漢隷《かんれい》で右から「国王、委奴、漢」の三行五文字が逆字で刻まれているのがはっきりと確認できた。なおも注意深く視ると、国の字の外側の部分に一ミリほどの欠損がある。

マキがちょっと興奮した口調で問いかけた。

「本物とする憑拠を教えて下さい」

明石さんは切り返すように答えた。

「お嬢ちゃんの見立てを聞かせてくれ」

「何とも言えぬ品を感じますが……、私にはこの金印の真贋は判りません。明石さんが本物と言うなら、私は明石さんの目筋を信じます。ものが視えない時は持ち主を視ろと父に教えられました」

明石さんは満足そうに小さく頷き、金印の鈕をつまむと印面を朱泥につけ、金印を白い和紙に押した。漢委奴国王の五文字がくっきりと浮かび上がった。

「純金ですか？」

マキの頬が上気している。きっと僕もそうだ。奇妙な興奮で脈拍が耳の奥にまで昇ってくる。

「蛍光X線分析の数値は、金八十六・一パーセント、銀十三・九パーセントの合金だ。恐らく純金では柔らかすぎ、白文《はくぶん》を刻むのが難しくなるからだろう」

「福岡市博物館の金印と同じ数値なのでしょうか」

マキがくぐもった声で言った。

「あの金印は、金九十五パーセント、銀四・五パーセント、銅〇・五パーセントだ。この数値は自然金、あるいは砂金と一致する。俺の金印をモデルに熔融成形したものだ」

「すると国宝金印の方が少し重いわけですね」

「国宝金印は百八・七二九グラム、俺のは百六・六八グラムだ。但し、その他は何もかも寸分も変わらない」

マキは微かな溜め息をつくと、紫色の袱紗の上で鈍く光る小さな黄金印をじっと視続けている。

国宝金印の謎

「漢委奴国王印」

明石さんは江戸期の模刻印と断言したが、志賀島《しかのしま》出土の金印は沢山の学者が吟味に吟味を重ね、アカデミズムに異論がなかったからこそ、現在福岡市博物館に国宝として展示されている。僕とマキは一週間がかりで国宝金印に関するありとあらゆる資料を収集した。今やテーブルの上は文献類やコピーの山だ。僕の狭い部屋は一層狭く感じられ、夏の暑さの匂いに埃とカビが入り混じって、部屋の空気は最悪である。

入り口の方でマキの声がした。振り返ると、両手に妙な形の電気製品みたいなものを抱えている。マキはそれを入り口に降ろすと、今度は上半身を捻って廊下の方へ声をかけた。マキの後ろにも誰かいるようだ。五分後、部屋の中に扇風機が二台と最新式の空気清浄器が配置され、部屋は更に狭くなった。

「どう？　これで少し良くなったでしょう。この部屋の空気は酷いんだから。私なんかすっかり喉《のど》をやられちゃって、今日は来るのを止めようかと思ったのよ」

「会社の方は大丈夫なの？　かれこれ二週間以上も休んでいるじゃないか」

「雄山閣にいたとき、うちの社長に三週間休むと伝えてあるわ」

「社長は了承したの？」

「了承するもしないも、休みをくれないなら辞めるって言ったから」

マキが僕の首に両手を回して絡み付いてくる。

「ねえ、空気も良くなったし、ちょっとくっつこうか？」

「今日から二人で資料分析の摺り合わせをする予定じゃないか」

マキの腕をやんわり解《ほど》きながら言うと、マキは取りあおうともせずまた両腕を絡めてくる。

「ずいぶん冷たいのね。私よりお勉強の方が好きなんだ」

「昨夜マキが帰ってから、金印の資料をきちんと順序立てて読んでみた」

「私だって家に帰ってから資料を朝まで読んだわよ。お陰で三時間しか寝ていないんだから。今日は今日で空気清浄器と扇風機を買って……、私はもうくたくたなの」

「じゃあ一時間だけ金印のことをやって、後はずっと休憩にしよう。それなら良いだろう」

「本当にそうするわね？」

マキはやっと離れて傍らの椅子へ腰を下ろした。

「あの国宝金印は、光武帝が建武中元二（五七）年に倭奴国王に下賜した金印なんだろう？　でもマキ、文献を読む限り、光武帝が倭奴国王へ下賜した印が金印とはどこにも書かれていない」

僕が疑問を投げかけながらマキの目の前に文献のコピーを置くと、マキはちらっとコピーを視ただけで、どうしてという顔をした。

★建武中元二年、倭奴国、貢を奉じて朝賀す。使人自ら大夫と称す。倭国の極南界なり。光武賜うに印綬をもってす。

後漢書《ごかんじょ》東夷列伝

「確かに『後漢書』の記述だけでは光武帝の下賜した印が金印とは確定できないわ。でも、『翰苑《かんえん》』の記述と合わせて考えれば、倭奴国王の印は金印でも良いと思うけど」

「『翰苑』？」

「『翰苑』は唐の張楚金が顕慶五（六六〇）年に撰した三十巻にも及ぶ事典なんだけど、中国では全て散逸し、今日一巻も伝世していないのね。だから、『翰苑』の全貌は不明なの。ただ、日本には何らかの形で伝わっていたらしく、平安初期に書写されたものが僅かに一巻だけ太宰府《だざいふ》天満宮に伝世しているわ。現在国宝になっているけど、その巻き物は最終巻の蕃夷《ばんい》の部で……、ここに倭国の記述があるのよ。本文は『後漢書』と同じなんだけど、『後漢書』を補って『中元之際、紫綬之栄』と記述があるの。紫綬は金印と同義だから、この『翰苑』の記述によって、光武帝の下賜した印は金印とされたのよ。あなた『翰苑』に当たらなかったの？」

マキが軽くあしらうように言った。しまったと思ったが、もう遅い。のっけからやり込められてしまった。とにかくテーマを変えようと思った。

「志賀島から金印が出土した時の経緯にテーマを移そう」

「そうね」

僕の頭の中が判るのか、マキはくすっと笑いながら短く言った。

「有名な甚兵衛口上書だけど、あれをどう思う?」

マキは自分のファイルをぱらぱら捲ると、僕とマキの間に甚兵衛口上書が全文コピーされたページを両開きにした。

★那珂郡志賀嶋村百姓甚兵衛申上る口上之覚

一、私抱田地叶《かな》の崎《さき》と申所、田境之中、溝水行悪敷御座候に付、先月廿三日右之溝形を仕直し可申迚、岸を切落し居申候処、小き石段々出候内、二人持程の石有之、かな手子にて掘り除け申候処、石の間に光り候物有之に付取上、水にてすゝき上見申候処、金の印刻の様成物にて御座候。私共見申たる儀も無御座品に御座候間。私兄喜兵衛、以前奉公仕居申候福岡町家衆の方へ持参り、喜兵衛より見せ申候へば大切成品の由被申候に付、其儘直し置候処、昨十五日庄屋殿より、右の品早速御役所え差出候様被申付候間、則差出申上候。何れ宜様被仰付可被為下候。奉願候以上。
志賀島村百生　甚兵衛(印)

天明四年三月十六日

津田源次郎様御役所

右甚兵衛申上候通、少相違無御座候。右体の品掘出候はゝ不差置速に可申出儀に御座候処、うかと奉存市中風説も御座候迄指出不申上候段、不念千万、可申上様も無御座奉恐れ候。何分共宜様被仰付可被為下候。奉願上候以上。

同村庄屋

武蔵（印）

組頭　吉三（印）

同　勘蔵（印）

同年同月同日

津田源次郎様御役所

国宝金印は天明四（一七八四）年二月二三日、筑前国那珂郡志賀島（現在の福岡市）から出土した。この金印の出土状況を今に伝える史料として最も有名なのが、志賀島の百姓甚兵衛が那珂郡役所に発見の経緯を報告した口上書である。

口上書の内容を簡単に説明すると、前半は「天明四年二月二三日、叶の崎にある自分の所有する田（畑）の、水の流れが良くないので、これを直していたところ、小さな石が出はじめた。そのうち二人で持ち上げる程の石が出てきたので、やむを得ずカナテコを使ってどけたところ、石の間に光るものがあった。水で洗うと金の印刻のようなものであり、私が今まで見たことのないものだった。そこで私の兄の喜兵衛が以前奉公していた福岡町家衆の人へ見せたところ、大切にしたほうが良いと言われ、大事に持っていた。ところが、昨日庄屋殿から急ぎ御役所へ差し出すようにいわれましたので、この通り差し出しました」との文で、後半は志賀島村の庄屋武蔵が「甚兵衛の口上書に何らの偽りもございません」と申し添え、さらに言い訳として「金印が発見されたときすぐに申し出るべきでしたが、結果として届け出が二十日も遅れ、市中に噂がたってしまったことは、誠に申し訳ありません」と補足したものである。

マキは目の前に置いた甚兵衛口上書のコピーを目で追うばかりで一言も口を開かない。催促気味にもう一度問い掛けた。

「この口上書に関するマキの意見を聞かせてくれる？」

「あなたの論を先に言いなさいよ」

マキの口振りが高飛車だ。こういう雰囲気の時は要注意である。マキの頭の中は既に戦闘モードなのだ。曖昧《あいまい》なことを言えば、たちまち揚げ足を取られて、僕はこてんぱんにされてしまう。

「当初考えていたより金印には妙なことが沢山あるような気がする。この口上書を提出した甚兵衛さんという人は、後にも先にも登場するのはこれ一回きりで、金印の第一発見者にして最大の証人は、村の庄屋を後見に仕立て『自分は天明四年二月二三日に金印を視つけました』と郡《こおり》奉行に届け出たっきり、以後消息不明なんだ。実は、この人の実在すら確認されていない。これって不思議だと思わない？」

僕は注意深く言葉を選んで言った。

「そうね、金印を巡って当時の福岡藩の二つの藩校、甘棠《かんとう》館と修猷《しゅうゆう》館は大論争になるし、その直後から京都や江戸を巻き込んでの大騒動まで引き起こしたのに、百姓甚兵衛が一体どんな人だったのか誰一人として語らないわ」

「とにかくマキ、金印を巡るゲームは亀井南冥《なんめい》（甘棠館）、竹田定良《ていりょう》（修猷館）、本居宣長、上田秋成、藤原貞幹《ふじわらていかん》、大田蜀山人《しょくさんじん》、伴信友《ばんのぶとも》、井田敬之《けいし》、青柳種信《あおやぎたねのぶ》、書で有名な仙厓《せんがい》和尚など、当時の日本を代表する学者、文人がオールスターキャストで参加している。金印は調べれば調べるほど不思議な話が連続して……、何だか真実は闇の中って感じなんだ。例えば、発見者にしても、博多聖福寺《しょうふくじ》第百二十三世仙厓は『志賀島小幅』という自筆の考文の中で、金印の発見者を甚兵衛ではなく、志賀島農民秀治、喜平の二人とするし、志賀海《しかうみ》神社宮司の阿雲《あずみ》家に伝世する『万暦家内年鑑』は、『志賀島小路町秀治、大石の下より金印を掘出す』と、ここでは秀治一人を発見者としている。つまり、金印の発見者は甚兵衛、秀治と喜平、秀治、この三説があって、更にこれを発展させた形で、『甚兵衛と秀治、喜平は地主と小作人の関係にあり、金印を視つけたのは秀治と喜平だが、二人は金印を地主の甚兵衛に届け、郡奉行へは甚兵衛の名前で提出した』という説や、『甚兵衛の実在が確認されないのは金印発見の後に秀治と改名したからだ』なんて説もある」

マキが間髪を容れずに口を開いた。

「それでは何だってありじゃない。あのね、『万暦家内年鑑』のことだけど、これは原本が行方不明なんでしょう」

「行方不明？」

「昭和初期までは伝世していたらしいけど、現在は失われているそうよ。『万暦家内年鑑』からの引用文は、昭和四年に地元の校長先生が便箋《びんせん》に写したものなの。だから、極端なことを言えば原本を正確に写したか否か誰にも証明できないでしょう。それから、仙厓が金印について書いたという小幅の写真も確認したけど、あの小幅に信憑性《しんぴょうせい》があるとは思えないわ」

「えっどうして？」

「あの小幅は金印の出土を天明四（一七八四）年丙辰《ひのえたつ》と書いているけど、天明四年の干支《えと》は丙辰ではなく甲辰《きのえたつ》なのね。仙厓は寛延三（一七五〇）年生まれだから、天明四年は三十四歳でしょう。でも、小幅の仙厓の書体は明らかに晩年のものだから、あの小幅は金印発見直後のものではなく……、ずっと後世に書かれたものだわ。きっと仙厓は後年誰かに金印に関する一筆を求められ、その時にこれもまた同席していた誰かが発見者は秀治、喜平の二人とでも言ったのよ。後年の書だからこそ干支を取り違えたんだわ」

「それなら秀治と喜平の名前が出た根拠は何なのかな」

「さっきあなたが言った『万暦家内年鑑』の原本に秀治の名前があったとすれば、仙厓の小幅にある秀治、喜平の名前はそこから影響されていると思うけどね。いずれにしても……、金印発見の経緯を伝える史料は甚兵衛口上書だけだと思うわ。甚兵衛口上書は正式な公文書だし、名寄帳《なよせちょう》や過去帳に名前がなくても実在した人は沢山いるわよ」

マキはすっかり僕を視下ろす感じで気持ち良さそうに自説を展開している。どこかで逆転したいのだが、出だしの躓《つまず》きが尾を引いてどうにも切っ掛けが掴めない。

「確かにマキの言う通りだと思う。発見の事実を伝える最も上位の証拠品は、発見当時その関係者によって作成された公文書であることは確かだ」

「それなら何故、『万暦家内年鑑』や仙厓の小幅を甚兵衛口上書と同列に論じたのよ」

「その他の可能性についても、マキと摺り合わせをしておきたかったんだ。僕も甚兵衛口上書が金印発見の経緯を伝える唯一の史料だと認識している」

「そうなの、それなら良いわ。私は甚兵衛口上書に記載されている事柄の信憑性はとても高いと認識しているの。天明四年といえば封建時代の真っ盛りでしょう。郡奉行へ庄屋共々連名で提出した書面が出鱈目とは思えないわ。嘘を書いて後でばれたら大変じゃない。それに、口上書を受け取った津田源次郎は埋蔵文化財に造詣《ぞうけい》が深かったと伝えられているわ。嘘だったら直ぐに視抜くし……、私は口上書の文をそのまま信じて良いと思うけどね」

「じゃあマキ、次は口上書の重要部分について摺り合わせをしよう。昨夜、一応抜き出しておいたから視てくれる？」

・金印発見　天明四（一七八四）年二月二三日
・口上書日付　同年三月一六日
・発見場所　筑前国那珂郡志賀島　叶の崎
・発見者　土地所有者の甚兵衛
・登場人物
一、志賀島村百生　甚兵衛
実在不明。
二、甚兵衛の兄　喜兵衛
口上書に登場する福岡町家衆へかつて奉公していたと書かれるが、実在は不明。
三、福岡町家衆
亀井昭陽《しょうよう》の「甲申窓稿」に商人才蔵とあり、福岡藩士梶原景熙《かげひろ》の「金印考文」は才蔵の商いを米屋としている。
四、郡奉行　津田源次郎
金印発見当時、那珂・席田・夜須・御笠の郡奉行を務めていたことは確認されている。
五、庄屋の武蔵
志賀島、勝間両村の庄屋、長谷川武蔵。

六、組頭の吉三
志賀島村に実在。
七、組頭の勘蔵
志賀島村に実在。


マキは僕の書いた口上書の抜書きを取上げると、読むのももどかしそうに口を開いた。

「そうね、口上書に登場するのはこの七人で全てだわ」

「この七人のうち、甚兵衛兄弟以外の五人全てが実在を確認されている。口上書が重要な史料ということは判るけど、何とも不思議な内容だよね。兄弟以外の全員の正体が判っているのに、肝心の発見者兄弟だけが正体不明なんだ。これってアガサ・クリスティの推理小説みたいじゃないか」

「くだらないこと言ってないでさっさと話を進めなさいよ。本当にまどろっこしいんだから」

こういう時のマキは遊びがない。自分のテンポで進まないと直ぐに苛々して怒りっぽくなる。

「口上書のポイントを七つに纏《まと》めてみた。これがそうだ」
一、金印を発見した時、現場には甚兵衛一人しか居なかった。
二、金印は二人で持ち上げる程の石の下（カナテコで持ち上げた石の隙間）から発見された。

三、出土物は金印以外一点も存在しない。
四、最初に見せたのは兄喜兵衛。
五、これを貴重なものと鑑定したのが、米屋才蔵。
六、発見から二十日もたたないうちに、福岡市内で評判になっていた（どんな評判か不明）。
七、甚兵衛は自分の意志で金印を役所へ届け出たのではなく、三週間後、庄屋の武蔵に命じられて金印を差し出している。

マキは僕の手渡したコピーを一瞥《いちべつ》しただけで、直ぐにテーブルの上に置いた。

「こんなこと一々書き出さなくっても、原文で判るわよ。書き出すんなら、ここに書かれたことのもっと奥の方を推理して書いたらどうなの。例えば、金印が郡奉行へ提出されたのは三週間も経ってからでしょう。これっておかしいじゃない」

「口上書の文面を読む限り、庄屋の武蔵が金印が掘り出されたことを知らなかったか、知っていたとしても甚兵衛へ命じるのが遅れたからだろう」

「そうね、そのどちらかだと私も思うわ。そうすると、ここで一つ疑問が生ずるでしょう。つまり……、口上書に登場しない誰かが、庄屋の武蔵に対して甚兵衛が手に入れた金印は郡奉行へ提出した方が良いと言ったのよ」

「口上書に登場しない人物？　確かにそうだな。実は僕も、この口上書には何か登場人物が欠けているような物足りなさを感じたんだ」

「私は福岡藩校甘棠館の祭酒《さいしゅ》（大学頭《だいがくのかみ》の唐名）を務めていた亀井南冥だと思う」

マキがドキッとするような人物名を言った。実を言うと、僕もこの亀井南冥を頭に思い浮かべていたからだ。ただ僕は、敢えて口に出さず空っ惚《とぼ》けてマキに話を合わせた。

「亀井南冥といえば、志賀島近くの姪浜《めいのはま》生まれの江戸中期の儒者で、国宝金印を語る上で第一の功績者だよね。金印が発見された直後、福岡藩士の間に『金印には漢及び奴の二文字がある。我朝の祖は漢の属国ではない。即刻、鋳潰すか武具の飾りにでもしてしまえ』との論が起きるけど、亀井南冥が金印の歴史的価値を力説し、これによって以後金印は福岡藩で大切に保存されたわけだから。この南冥が甚兵衛口上書に関わっていたと言うわけ？」

「空白の三週間を埋めるには、南冥ぐらいのボリュームが必要だわ。今あなたは、口上書には何か登場人物が欠けているような物足りなさを感じると言ったけど、あなたは誰を思い浮かべているの？」

「直感というか、漠然とそう感じただけで誰というわけではないよ。でも南冥が関与していたとするなら、何となく辻褄《つじつま》が合うような気がする」

「ふーん」

マキが僕を探るように短く言った。

「もしかすると、マキの推理と重なるかもしれないけど……」

僕は意識して言葉を途中で切った。

「あなたの推理を聞かせてよ」

「甚兵衛兄弟を外すと、口上書に登場する重要人物は米屋の才蔵、庄屋の武蔵、郡奉行の津田、この三人だろう。亀井南冥はこの全員とチャンネルがある」

ここまで言ってマキの方を窺うと、思った通り警戒した表情だ。今まで僕をすっかり嘗めていたのだろうが、ここからの論には自信がある。マキは僕の気配から何となく察知したのだ。マキが何か言いかけたが構わず話を先に進めた。

「僕は亀井南冥に関するありとあらゆる文献をかき集め、その際、南冥一族の家系図も作成してみた。すると驚くことに、甚兵衛の兄喜兵衛が金印を持ち込んだ米屋才蔵の孫娘が南冥の孫で亀井家嫡統《ちゃくとう》の蓬洲《ほうじゅう》へ嫁いでいるんだ。当然、金印が発見された頃だって両家は密接な繋がりがあったと思う。じゃなければ、いくら金持ちだといっても、商家の娘が武家で甘棠館祭酒の亀井本家へ嫁げるわけがないよ。また、津田源次郎にしてもそうなんだ。南冥が祭酒の甘棠館の名簿を調べると、津田源次郎の子息が門下生として名を連ねている。津田は学者としての亀井南冥を高く評価していたらしく、二人の交友を物語る文献はいくつもあった。そして、郡奉行の津田と庄屋の武蔵は役目柄言わずもがなの関係であることは明白だろう。武蔵と才蔵も密接な繋がりがある。二人は福岡の米相場に絡んで旧知の仲なんだ」

マキが少し顔色を変えた。心内でくっと笑ってしまった。きっとマキの推論も同じなのだ。でもここまで言ったんだから、ここは何としても全部言わせてもらう。僕を侮《あなど》って油断するからだ。

「口上書には出てこないけど、南冥は口上書以前に金印に関する簡単な鑑定書を二枚書いているよね。一枚は『方七歩八厘　高三歩　鈕蛇高四歩　重二十九匁』といった金印の方量と形状に関するもの、もう一枚の方は『唐土之書ニ　本朝を倭奴国と有之候　委字ハ倭字を略したる者と相見申候』と印文漢委奴国王について簡単に解釈したものだ。この鑑定書にさっき説明した人間関係を組合せ、口上書に至る経緯を推理してみると……」

「どんな経緯だと言うのよ。一々話を止めないでさっさと言ったらどう！」

マキの機嫌が段々悪くなる。いつもならここらで譲るのだが、今日は絶対に譲るつもりがない。

僕はしれっとして続けた。

「金印が出土すると……、甚兵衛の兄喜兵衛は自分が奉公していた福岡の米屋才蔵へ金印を持ち込んだ。才蔵には金印の真贋鑑定はできないし、無論、確かな価値も判らない。当然、才蔵はこの金印を亀井南冥の所へ持って行く。南冥は鑑定書を米屋才蔵の求めに応じて書くけど、ことが重大であるとして、南冥はこの鑑定書と金印を持って郡奉行の津田の所へ行ったんだ。津田は福岡藩では知らない者がいないほどの考古物収集家だから、この金印に興味を持たないわけがない。南冥と津田の意見は一致した。甚兵衛から金印を巻き上げようとね。ところが、この辺りで藩の風向きがおかしなことになり始めた」

「さっきの金印を鋳潰すという話に戻るわけね」

「うん、そういうこと。そして正式なフォーマットに則《のっと》って口上書が作られることになった。この口上書さえあれば、取り敢えず金印に誰も勝手なことはできないからね。こうして金印は無事、郡奉行の管理下に置かれた。でもここで南冥に誤算が生じたんだ。津田が金印を自分の所有物として扱い、公開しようとしない。でもマキ、これでは金印の価値に誰よりも早く気づいた南冥の学者としての出番がないよね。そこで南冥は……、津田に対して策を講じた」

「あなたの推論通りだと私も思う。亀井家の系図までは知らなかったけど、私もその辺りのことは全部調べたの。その後の私の推論を聞いてくれる？」

珍しくマキが頭を下げた。僕もここまで言えば一応の気は済んだから、続きはマキに譲ることにした。ゲームはコテンパンに勝つ必要はない。何事も八割勝ちがベストなのだ。僕が頷くのを視てからマキが口を開いた。

「南冥の息子の昭陽の論文『題金印紙後』によると、この時南冥は津田に対して金印を売って欲しいと何度も懇願しているでしょう。最初は十五両で、津田が難色を示すと一気に百両とまで言って津田を驚かせているわ。これが世間的にも知れて、金印は福岡中の評判を集めるのね。結局、津田は往生して、藩へ金印買い上げを申請したわ。南冥の目的は金印を世間に広くアピールすることにあり、別段金印が欲しかったわけではないから、この南冥の策は見事に功を奏したってわけね」

「そうだね。この時の藩の買い上げ金がまた謎で、色んな説がある。唯一の公文書というべき福岡藩主記録には『掘出し者には銀若干贈りて、印は公所に収めらる』としかないのに、米一俵とか、白銀五十両とか、白銀五枚とか、まだ他にもあったと思うけど、後世の文献には勝手な説が色々残されている。この謝礼金一つを取っても、甚兵衛に関わる部分はやっぱりあやふやなんだ」

「甚兵衛兄弟のことだけではないわ。金印は何から何まであやふやなのよ。発見場所の叶の崎にしても未だに確定できていないし、金印が出土した状況にしても、そこは古代遺跡だったのか、それとも単なる石の間に隠されていたのか、これも判らないわ」

「一番肝心な漢委奴国王の読み方にしてもそうだ。現在は三宅米吉《みやけよねきち》が明治二五（一八九二）年一二月に『漢委奴国王印考』という論文で提唱した『漢委奴国王ノ五字ハ宜シク漢ノ委ノ奴ノ国ノ王ト読ムベシ』が主流になっているけど、これだって、委奴を『ワのナ』と二つに切って読まずにイト、イド、イナ、イヌ、イネ、イワ、ワタ、ワナ等と読む諸説もあって確定したわけじゃない。考古学者の八幡一郎は、『発見された事物がその場から外され、その原状が跡形もなくなり、事実だけが残った場合、その事物すなわち考古史料は第三級のものになる』と言ったけど、僕もこれは正しい論だと思う。金印は正にこれに該当していて……、天明四年に志賀島から視つかった、これ以外は全て憶測と未確定の世界なんだ。金印を確実な条件だけで論じたとすれば、現在国宝に指定されているけど、国宝にするには証拠不足という気がするよ。それに……、あの明石さんは現在の国宝金印を模刻印と断定して言った。明石さんは僕やマキ以上の調べを絶対にしているはずだから、今の僕達には判らない何か憑拠を持っているのだと思う。でも、それが何か摑めない」

「私は……、亀井南冥という人が金印に纏わる不自然な出来事の全てを解き明かす鍵のような気がする。口上書のことは最初の謎だけど、口上書に纏わる視えない背景はあなたの推理で大方間違いないと思う。でもあなたの推理は不充分、と言うか私はもっと奥があると思っているの」

「どういうこと？」

「金印は口上書に書かれる天明四年二月二三日よりずっと前からあったのよ」

マキがさり気ない調子で思いもかけぬことを言った。

「ずっと前？」

「そう、もっと前だと思う。金印の背景には何か途方もないことが隠されているような気がするの」

マキは何か摑んでいるようだ。僕にはそれが何であるか判らない。ここはマキの推論を聞こうと素直に頷いた。

「マキの論を聞かせて欲しい」

「天明四年の二月、金印発見と同じ月に福岡藩に二つの藩校が殆ど同時に開校しているわ」

「確か、甘棠館は二月一日、修猷館は二月六日だったよね」

マキの話の展開がどの方向へ進むのか全く判らない。取り敢えず、僕は相槌を打つような感じで言った。

「宝暦年間（一七五一〜一七六四）以降、日本中の大名は急激に疲弊し始め、これを打開する手段の一つとして、全国の大名達は続々と藩校を開校させるわ。目的は成績優秀者を抜擢《ばってき》して藩の要職に就け、硬直した藩政に新風を送り込むためよ。九州の大藩は熊本藩と福岡藩でしょう。熊本藩は細川重賢《しげかた》の元、宝暦五（一七五五）年に時習館を開校させるけど、福岡藩はこの熊本藩に後れをとってしまうのね」

「何か理由があったわけ？」

「福岡藩に不幸が続いたからよ。福岡藩では貝原益軒《かいばらえきけん》が黒田重政に藩校の必要性を熱心に説き、これを父親の藩主継高も受け入れ、重政主導で熊本藩と同じ頃に藩校を開校させる段取りになっていたの。ところが、旗を振った重政が急逝し、藩校開設の計画は暗礁に乗り上げてしまうのよ。継高の後の藩主を黒田治之が継ぐんだけど、この治之に『只今まで開校なきは御大国の大闕典』と建学の議を建白し、藩校開設を強く訴えたのが亀井南冥なのね。でも、黒田治之は天明二（一七八二）年に三十歳で早世し、後を継いだ黒田治高も継承後僅か一年で死亡してしまうの。そして、まだ六歳の斉隆《なりたか》が養子となって後を継ぎ、結果として福岡藩は熊本藩に遅れること三十年にしてようやく藩校を開設させるわけね。これが天明四年の甘棠館と修猷館の開校なのよ。私はこの二つの藩校開設と金印は視えない所で密接に繋がっていると思うわ」

「福岡藩は全国にも例を視ない二つの藩校の同時開校を行うけど、金印の辻褄の合わなさはそこに鍵があると言うの？　でも金印の出土は藩校開設より後じゃないか」

「だからさっき金印はずっと前からあったと言ったのよ。福岡藩に何故二つも藩校が同時にできたのか……、私はこのプロセスを考えてみたわ。本来なら福岡藩には代々藩儒筆頭を務める竹田家があるし、当時の竹田家当主の竹田定良は藩の重役達の信頼も厚かったから、彼を館長にした藩校を一つ設ければ良いことでしょう。でも、福岡藩は竹田定良の修猷館の他に、亀井南冥にも甘棠館を開設させたわ。竹田定良は官学朱子学に拠《よ》って立つ貝原益軒の門流、亀井南冥は政治的実践を重んずる荻生徂徠《おぎゅうそらい》の門流、二人の出自もまた対照的だわ。竹田定良は藩儒筆頭三百石、その五代前は二代藩主黒田忠之正室の従兄妹という名門、一方の亀井南冥は三十五歳にしてようやく十五人扶持儒医になった叩き上げよ。藩が甘棠館の祭酒に任命した時の南冥は四十一歳だったけど、これは破格の大抜擢なのね」

「お坊ちゃんと叩き上げ、貝原益軒の門流と荻生徂徠の門流、二人は何から何まで全く異質の世界にいたってわけだ」

「当然ながら竹田の修猷館の方が規模も大きく、また藩の姿勢も、竹田側に大きな比重をもっていたわ。開校当時の両学館に学ぶ書生の数は、修猷館が六百人余り、甘棠館はその三分の一ほどであったというからね」

「二人の違いは良く判ったけど、そんな亀井南冥に何故藩は藩校を開かせたんだ」

「黒田重政が急逝し藩校開設の計画が暗礁に乗り上げた時、福岡藩を継いだ治之に建学の議を建白したのが亀井南冥だったと今説明したでしょう。藩校開設は言わば南冥のアイデアなんだから、竹田定良と南冥が思想的に協力できない以上、二つ作るしかないじゃない」

「つまりマキ、南冥は藩校が開設されるなら館長は自分だってごねたわけ？」

「ごねたと言うより南冥の主張に大義があったと言うべきね。当時の福岡藩は藩主が幼少だから何事も黒田美作《みまさか》、浦上数馬、大音伊織、久野四兵衛の四人の重臣が中心となって藩政を進めていたんだけど、藩校開設の経緯を記す文献を調べてみると、この四人の意見は真っ二つに割れているのよ。藩校は一つで館長は竹田定良という意見と、藩校開設の大義は亀井南冥にあるのだから館長は亀井南冥という意見、ただ、藩儒筆頭は竹田定良だから、亀井南冥を館長にして竹田の上位につけるわけにはいかないわ。そうかと言って、家格は低くとも先々代藩主へ藩校開設の建白書を提出したのは南冥だし、藩内にも学者としての南冥を高く評価する藩士が多くいたから、南冥を全く無視するわけにはいかなかったのよ」

マキの論は僕も亀井南冥に関する文献を相当数読み込んでいるから一々マキに説明調で言われなくても大部分は判っている。ただマキが……、これらの論を「金印は口上書に書かれる天明四年二月二三日よりずっと前からあった」へどう接続させるつもりなのか、それが全く視えてこない。僕は意味のない問い掛けを繰り返した。

「苦肉の策として藩校は二つできたと……」

マキは小さく頷きながらどんどん話を先へ進めていく。

「当然この二人はいがみ合ったわ。でも、二人が本当にいがみ合うようになったのは藩校開設の直前からで、それ以前は身分的にも格差があったから表だっての諍《いさか》いなんてなかったし、南冥もそれなりに竹田に敬意を払っていたのよ。ところが藩校開設が決定的になった頃から、二人の仲はぎくしゃくしだしたわ」

マキがファイルから資料を一枚抜き出すと僕に手渡してくる。

★伸《の》フルコトヲ能《よ》クスレトモ、屈スルコトヲ能クセス。物ニ克ツニ勇ニシテ己ニ克ツニ怯《よわ》シ。

懐旧楼筆記

★朝堂ニ経ヲ講ズルヤ、観ル者堵《かき》ノ如シ。説クトコロハ古伝ニ依リ孝弟ヲ篤論ス。目ハ日星ノ若《ごと》ク声ハ鐘鏞《しようよう》ノ若シ。一座愕異セザルナシ。（中略）是ヲ以テ甚《はなは》ダ賢ヲ人ニ与ウルニ遅シ、何《いず》レノ所モ容レズシテ同ヲヨロコビ、異ヲ悪《にく》ミ、物ヲ絶シテ、而《しこう》シテ自ラ小トス。豈《あに》君子ノ心ナラン哉《かな》。

安井三蔵書簡

「短い方は南冥の門人だった広瀬淡窓《たんそう》の南冥評なのね。後の方は福岡藩の藩儒だった安井三蔵が竹田定良へ宛てた書簡からの抜粋なんだけど、二人の南冥に対する評価は両極端だわ」

「そうだね。淡窓の南冥評は、類稀《たぐいまれ》な能力は認めるけど自分をコントロールできない問題人だと言っているように取れるし、一方の安井はこれ以上ない大絶賛だ。どうやら南冥という人は大変な自信家で、それでいて非常にエキセントリックな人だったみたいだね」

「そうなのよ。ライバルの竹田定良は南冥のことを『彼は私に対して表では誉めるが、陰にまわると軽侮している。そして自らを誇って譲らない。また、誇大の言葉を成して、福岡藩や支藩を扇動し、筑の学生を誤らしめる人物である』とまで酷評しているわ。天明三（一七八三）年六月二四日、藩の重臣達は竹田定良と亀井南冥を召し出して藩校を二つ設けることを布告し、それぞれが館長になることを決定するのね。当然竹田定良はこの決定に不服を申し立てるけど、四人のうち二人の重臣の意見が亀井南冥寄りであることを知ると、二つの藩校開設を不承不承受け入れるわ。それはそうでしょう、藩校が二つできて館長が二人では、代々藩儒筆頭を務める竹田家の面目は丸潰れだしね。その一方、久野四兵衛に大抜擢された亀井南冥にしたって手放しでは喜べなかったわ。大抜擢が故に、南冥には絶対に失敗が許されなかったし、例えば、門下生が集まらなかったり、ユニークな校風が打ち出せなかったら即廃校でしょう。南冥は何としても竹田の修猷館に勝たなければならなかったわ。この南冥の強烈な思いは甘棠館という校名にも表れているの」

「校名？」

「竹田の修猷館は尚書・微子之命の一節『爾惟れ厥の猷を践み修め、旧令聞有り』からで判り易いんだけど、南冥の甘棠館には捻りがあるの。表向きは詩経の故事『蔽芾《へいひ》甘棠《かんとう》勿剪《きるなかれ》勿伐《かるなかれ》』に因《ちな》んだと言っているけど、本当のところは世間に向かって自分の学問所は治之の意向であるとパフォーマンスしているのね」

「甘棠館の名前が何故治之と繋がるわけ？」

「南冥は詩経の故事と治之を上手に結び付けているのよ。南冥は自分を抜擢した亡き藩主治之に感謝の念を表すため、治之の庭から甘棠一株を自分の学校の庭に移植したわ。従って、甘棠は治之の象徴でもあるわけなの。そしてここに詩経の故事を結び付けてみると……、甘棠館はまだ誕生したばかりで小さいが、この学校は藩主の意向で開設したのだから、何人《なんぴと》といえども干渉したり消滅させたりすることはできない、こんな主張が浮かび上がってくるわ。南冥はこれが言いたくて甘棠館と命名したのよ。単純に解釈すると虎の威を借るみたいにも思えるけど、治之の意向を表に打ち出したんだから、失敗すれば死んでお詫びってことになるわ。南冥は校名に甘棠館と付けることで自らの退路を断ったのよ。亀井南冥は甘棠館に命を懸けていたんだから」

僕はマキの論に圧倒された。マキも自分で自分の論に興奮するのか、少し上気した顔だ。

「僕も金印に関することはかなり調べたつもりだったけど、上っ面ばかり追っかけていたような気がする。マキは文献の奥底に潜む人間のドラマを立ち上げ、その整合性に着目することによって、過去の歴史の復元を試みたんだよね。そんな視方を僕はしなかった」

マキの論は際限のない広がりを視せ、僕の南冥に対する情報ストックは完全に底をついてしまっている。僕が心から敬服した気分で言うと、マキは得意げな表情で満足そうに頷いた。

「志賀島の金印は、実にこの両校が開校したその月の発見なのよ」

マキがいかにも思わせぶりに一呼吸置いた。その瞬間、マキの推論の行方が視えたような気がして、と同時に、まさかと思った。

「マキ……、嘘だろう？」

「何が？」

「だって志賀島出土の国宝金印は亀井南冥の大芝居って言いたいんだろう」

マキは拍子抜けするほどあっさり答えた。

「そうよ。あれは亀井南冥の一世一代の大パフォーマンスなの。そう考えると全ての辻褄がぴったり合うわ」

「じゃあ百姓甚兵衛が金印を発見したという話は全部嘘ってこと？」

「そうじゃないわ。口上書以前にも視えないシナリオが存在し、そのシナリオを亀井南冥が書いたってことよ。さっき私は甚兵衛口上書に関わるあなたの推論は大方正しいと言ったでしょう。口上書以後のことはあの推論で間違いないと思うけどね」

「じゃあ甚兵衛はやっぱり架空の人物というわけ？」

「甚兵衛は実在したわ。亀井南冥は志賀島の金印をこの甚兵衛から手に入れたのよ」

「だって甚兵衛の実在を誰も確定できないじゃないか。それなのにマキは甚兵衛の実在を確認したというの？」

「そうね。但し、甚兵衛は志賀島村の百姓ではないわ。南冥と深い繋がりがあった人物よ。甚兵衛は確かに実在したの」

マキが決め付けるように凛として澄んだ声で言った。僕の頭の中は暗がりに慣れない目みたいなもので、何をどう問い掛けたら良いのか判らなくなっている。

「僕の納得できる憑拠とそれに伴う説明をして欲しい」

僕がかろうじて言うと、マキは視透かすようにはぐらかした。

「甚兵衛の正体は後でゆっくり説明するから、先《ま》ず、南冥が実に見事に金印カードを使った経緯を説明するわね」

マキはファイルから資料を二点抜き出すと、僕の目の前にすっと差し出した。

「福岡藩は金印を買い上げると、直《ただ》ちに修猷館と甘棠館の両校に対して論文を提出することを命じるのね。甘棠館は亀井南冥が一人で『金印弁』を書き上げ直ぐに藩庁へ提出したけど、一方の修猷館は急には対応できず、館長の竹田定良を筆頭に五名（竹田定良・島村常・真藤世範・安井儀・奥山弘道）連署の『金印議』を少し経ってから提出したわ。今あなたの手にしているのはその二つの論文のコピーよ」

マキはすっかりリラックスした雰囲気だ。僕の頭の中を視切っているからだろうが……、腹立たしいので意識して無愛想に答えた。

「この論文なら一昨日確認したよ」

「それなら話が早いわ。この二つの論文を比較してあなたはどう思った?」

「亀井南冥の論文は完璧に近いと感じたけど、竹田定良側の論文の酷さには正直言って驚いた」

「どうして?」

マキが悪戯っぽい微笑を視せながら繰り返し問いかけてくる。何か罠を仕掛けているのは判るのだが……、僕の頭の中は一面の霧で何も視えない。やむを得ず、ごく当たり前に答えた。

「誰が読んでもそうじゃないか。南冥の論文は、最初に『後漢書 東夷列伝』を引用し、当然のように『建武中元二年、倭奴国、貢を奉じて朝賀す。使人自ら大夫と称す。倭国の極南界なり。光武賜うに印綬をもってす』と引き、次に『三国志 倭人伝』から『今、汝を以て親魏倭王と為し、金印紫綬を仮す』と、卑弥呼の親魏倭王と金印紫綬の件《くだり》を紹介する。次に、我が朝に金印が贈られたと記録する文献はこの二点しかない故、発見された金印はこのどちらかに掲載された金印であろうと推察し、印文の最初に『漢』とあることを指摘して、この金印を光武帝の金印と確定する。また、論文の結句では『異国の文字、本朝に渡りたるは、この印をもつて最初とすべければ、希代の珍宝と謂つべし、且は我筑州興学の初年に限り顕れぬれば、文明の祥瑞《しょうずい》とも言ふべきにや』と、金印発見の同年同月に開校した修猷館・甘棠館の設立へ、この金印を実に巧みに結び付け、論文に補足として付けられた『金印弁或問』という問答形式でのやりとりも良く出来ている。ここでは当時誰も引用したことのない『集古印譜』という中国の印譜を憑拠に自分の論を更に補強すると、本朝の神国たる所以《ゆえん》を説き、印文五文字のうち批判の対象であった漢と奴の字にも触れ、金印に漢の字が視えるのは漢側が本朝の使者を敢えて朝貢と解釈したからだ。そもそも本朝は歴史開闢《かいびゃく》以来ただの一度も外に向かって臣と称したことはない。無論、本朝が天子の治める神国であることは誰でも知っている。これは単に漢側の封爵《ほうしゃく》制度にすぎないのだから強いて漢側を咎むるべきことでもない。また、奴を奴僕《ぬぼく》の奴と心得る人は中国における文字の文化を知らない。ここでの奴は単に送り言葉としての『ノ』と読むのである。従って、中国側は侮蔑の意味で奴の字を使っている訳ではないと論破して、いとも簡単にこの二文字の難問を片付けている。そして、漢委奴国王の読みを『後漢書』の倭奴国と同様に『漢のやまとのくにの王』と読むと断定すると、ついには我が福岡藩こそ大和国の根源であると高らかに宣言してしまう。とにかくこの問答の中では、松下見林《けんりん》の『異称日本伝』、大江匡房《おおえのまさふさ》の『筥崎記《はこざきき》』、水戸黄門まで引き合いに出されていて……、勤皇家としての亀井南冥が随所にアピールされた見事な論文なんだ。一方、竹田側の論文『金印議』は、南冥の大論文と比べると余りにもお粗末だと思う」

マキの方をちらっと窺うと、それから？　と鷹揚な態度で無言のまま続きを促してくる。

★倭奴ハ日本ノ古号ナリ。漢委奴国王トハ漢代ノ臣倭奴国王ノ印ト云意ナリ。（中略）疑クハ後漢ノ光武帝ヨリ垂仁天皇ニ授ケラレタル印ナランカ。（中略）

此印如何ニシテ当国ノ海島ニ埋レタルヤト思フニ、寿永年中平氏ノ乱ニ、安徳帝筑紫ニ落下リ玉ヒ、当国ニ暫ク皇居ヲスヘ、程ナク又此地ヲ出テ、讃岐ノ八島ニ赴ク。其後終ニ壇浦ニテ入水シ玉ヘリ。此時三種神器ヲ始メ、重宝ナドヲ持セ玉ヒタル内ニ、此印モアリテ、此国ヨリ他国へ移リ玉フ時、路ニテ取落シタルカ、又ハ入水ノ時、海中ニ没シ、此島ニ流寄テ、終《つい》ニ土中ニ埋レタルニテモ有ンカ。

金印議

「竹田側論文の主文は『倭奴は日本の古号なり。漢委奴国王とは漢代の臣倭奴国王の印と云意なり。疑くは後漢の光武帝より垂仁天皇に授けられたる印ならんか』、ここの部分じゃないか。でもこれでは、先に提出されている南冥の論を端から認めたことになり、神国日本はどこにもないし、更にまずいのは天皇を光武帝の足下に位置付けている。金印がなぜ志賀島から出土したかの理由についても、論評の仕様がないほどお粗末だよ。源平の乱の時、安徳天皇とともに三種の神器が移動した。この折、金印も一緒に運ばれたが、何かのはずみで路に落したか、それとも安徳帝入水の時海中に沈んだか、その後、理由は不明だが金印だけが流れつき、いつの間にか土中に埋もれたと考えられると言うんだろう。これが五十万石の太守福岡藩筆頭の学者五名連署の論文とは俄かに信じることができないよ」

ようやく全ての説明を終えたのにマキの表情に変化が視られない。きっとマキには僕の推論が全く刺激にならなかったのだ。何だかマキの頭の中に得体の知れないものを感じ……、僕は敢えて神妙に畏まった。

「あなたの解釈は二つの論文の粗筋を説明したにすぎないわ。そんな読み方ではこの論文の奥底に潜む本当の物語が浮かび上がってこないわよ。先ず南冥の論文だけど、確かに良くできているわ。でも、良くできているということは、書き上げるのに時間が掛かるってことでしょう。一体どうしてこんな大論文が甚兵衛口上書の提出直後に書けるのよ？　おかしいじゃない」

「するとマキは、藩庁の提出命令の前から南冥の論文は既に書かれていたと言いたいわけ？」

「勿論そうよ。あのね、口上書の作成は天明四年三月一六日でしょう」

マキが一呼吸置いて、今度は全く関係のない話を唐突に振ってきた。

「ちょっと聞くけど、天明期に福岡から京都まで旅をしたらどのくらいの日数がかかる？」

「六百キロ以上もあるから、どんなに急いでも二十日はかかると思うけど……」

「南冥の友人で京都の国学者藤原貞幹《ふじわらていかん》が、口上書の翌月の四月一一日に早くも『藤貞幹考』という金印に関する論文を発表しているわ」

「つまりマキは……、三月一六日に口上書がようやく作成されたのに、京都で四月一一日に論文が発表されるのは早すぎると言いたいんだろう」

「そうね」

「でも、三週間以上あるから、強《あなが》ち不可能なことでもないよ」

「あなた『藤貞幹考』をちゃんと確認しているの？」

「勿論したよ」

「あなたが確認したのは出版月日だけなんじゃない？　論文に金印の印影が掲載されていたでしょう。その印影の下に……、四月二日模刻とあるのよ。気が付かなかったの？」

マキに思いもかけぬことを指摘され、どう答えて良いやら口籠《くちごも》っていると、マキが嵩《かさ》に懸かった口調で口を開いた。

「ということは……、藤原貞幹の論文は、どんなに遅くとも三月末には書き上げられていたわけでしょう。いくらなんでも口上書の二週間後に京都での論文作成は早すぎるわよ。福岡から京都まではどんなに急いだって二十日はかかるんじゃないの？　翌月の五月になると、上田秋成が『漢委奴国王金印考』を発表するわよね。藤原貞幹と上田秋成は南冥の『漢のやまとのくにの王』に反論するかのように、漢委奴国王の読みを『漢のいとこくの王』としているけど、おかしいとは思わない？」

「そう言われてみると、南冥の論文を知っていて反論したかのようだし、ひょっとするとマキ、藤原貞幹や上田秋成は南冥の論文を……」

「南冥は三月一六日の口上書作成以前、つまり二月二三日の金印出土の頃には、後に藩庁へ提出する論文とほぼ同じ内容の論文をとっくに書き上げていて……、論文が完成していたからこそ金印出土の日時を二月二三日にセッティングし、そして、このタイミングで当代一の印章研究家である藤原貞幹に論文と印影を送ったのよ」

「藤原貞幹へ口上書提出以前に論文が届いていたと？」

「私は藤原貞幹に送られた論文と印影は、どんなに遅くとも二月二三日には送られていたと考えているの。じゃなければ、四月二日までに藤原貞幹の模刻印影入り論文が完成するわけがないわ。それから、上田秋成と同じ五月に発表された井田敬之の『後漢金印論』にも非常に興味深いことが書かれているのね。井田は最初、友人の辺延輝《あたりのぶてる》から金印の情報を聞くんだけど、この辺延輝に金印の印影を視せたのは、福岡藩の江戸藩邸詰めをしていた村山子業《しぎょう》という儒者なの。井田は辺延輝から村山子業を紹介してもらうと、村山子業所有の金印の印形の模写と印影を視ながら『どうしても実物の金印を視たいが、筑前と江戸は三千余里も離れていて視ることができない』と嘆いているわ。この井田の嘆きは江戸と福岡が果てしなく遠いということでしょう。でも、井田の論文は五月中に発表されているわ。つまり、井田と村山が会ったのは四月の初旬頃と推察できるのね。ここからも南冥の情報がかなり早い段階であちこちに出回っていたことが判るじゃない。きっと南冥は自分の金印論文と印影がめぼしい学者の目に触れるように、金印が出土したとされる二月二三日より前からばらまいていたのよ」

「マキの推論は判るけど、いくら何でも今の説明だけでは弱いと思う」

「どうして？」

「だって金印が天明四年二月二三日に志賀島の叶の崎から出土したというのは、南冥が表向きに辻褄を合わせたのであって、実際の出土はもっと前だったと言うんだろう？　もしその説が実証されたら、それこそ金印研究を根底から覆す大新説になるじゃないか。もっと決定的な憑拠がなければ、マキの推論を認めることはできないよ」

マキはいともあっさりと答えた。

「憑拠ならあるわ」

まさかと思って問い返した。

「本当なの？」

「南冥は二月二三日に金印が出土すると、米屋才蔵の求めに応じて、二通の金印鑑定書を書いているでしょう。私の憑拠というのはこの鑑定書のことなの」

マキが意外なことを言った。金印鑑定書は金印に関する最初の平面資料だから、金印研究者ならその存在は誰もが知っているし、必ず言及したりもする。しかし、南冥が鑑定書に記した文脈は至って短く、その後南冥が更に充実させて「金印弁」を上梓したことから、史料的価値こそ認められてはいるが、金印研究そのものに大きな影響を与えた事実はない。

僕には金印鑑定書から何か引き出せるとは思えないし、ましてやマキの突拍子もない推論を証拠立てる憑拠には到底なりえない気がした。僕は困惑するばかりである。

「金印鑑定書って、あの有名な鑑定書のことだろう？　あの史料とマキの推論が結びつくとは思えないよ」

「それはあなたの解釈でしょう。私はあの鑑定書に対して金印研究家やあなたとは違う視方をしているの」

当惑する僕の思いをよそに、マキは自信たっぷりな微笑を浮かべると、自分のファイルから鑑定書のコピーを抜き出した。鑑定書は二枚に分かれている。一枚目には冒頭に金印の二文字が書かれ、その下に斜め上から描かれた金印の写生図と印影、更にその下に印文の「漢委奴国王」の五文字、そして、行を改め形状の説明が続く。二枚目は、印文の中の委の字に関する南冥の短い解釈文である。この鑑定書には何度も目を通しているが、これをどう観察したら、金印は天明四年二月二三日より前に出土し、ここに南冥が関わっていたというマキの推論に繋がるのか……、さっぱり判らない。

金印鑑定書
（一枚目）
金印　図　　金印印影　漢委奴国王
方七歩八厘
高三歩
鈕蛇高四歩
重二十九匁
（二枚目）

漢委奴国王　　金印印影
唐土之書ニ　本朝を倭奴国と有之候
委字ハ倭字を略したる者と相見申候

「この鑑定書こそ金印の謎を解明する重要な憑拠だわ。南冥は自分の工作を完全にしようとする余り、策を弄しすぎて却って墓穴を掘ったのよ。あのね、この鑑定書をもう一度確認してくれる？」

マキに促され、鑑定書のコピーを何度も読み直したが、別に不思議は何もない。どう答えたら良いのか判らず、僕はまた返答に窮した。

「判らないの？」

「僕には何も視えてこない」

「鑑定書にしては……、余りにシンプルだと思わない？」

「確かにそうだけど……」

「でもね、シンプルということは、逆にもの凄く大きな情報を隠しているとも言えるのよ」

「どういうこと？」

「例えばあなたが、釣りに行って吃驚《びっくり》するほど大きな鯛を釣ったとするじゃない。そして、その記念に魚拓《ぎょたく》を採ったとするでしょう。当然、この魚拓には釣り人、鯛の大きさ、釣った場所、立会人、そして日時を書き込むんじゃないの？　でも魚屋で買った鯛ならどんなに大きくても魚拓にする人はいないし、仮に魚拓を採ったとしても書き込むのは魚の種類と大きさだけよ。つまり、魚拓もある種の鑑定書なのね」

あっ！　と思った。僕は文献を読み解く時の基本的なスタンスをすっかり忘れていたのだ。文献学とは、本来必ずしも信憑性や憑拠のない文献からいかにして正しい情報を引き出すかにあり、また、僅かな文脈からその裏側に潜む多くの情報をいかにして引き出すかといった、客観的な技術を求めるものである。僕はそれを忘れていた。

「そうかマキ、この鑑定書には……」

僕を押し止めるようにマキが言葉を続けた。

「金印鑑定書には本来記すべき情報が書き込まれていないわ。南冥はその直後に書いた『金印弁』では、『天明四年甲辰二月二十三日、筑前那珂郡志賀島村農民田ヲ墾シ、大石ノ下ヨリ是ヲ得タリ。叶崎マデ志賀島邑《むら》ヨリ十二丁余、弘村ヨリ右同（十二丁余）』と、きちんと情報を記すのに、初《うぶ》の状態で視た金印の鑑定書には何一つとして記していない。これって本当におかしいでしょう」

「金印の詳しい印文解釈は時間がなかったから無理としても、鑑定書に発見場所と発見年月日くらいは入れても良いし、それに、もの凄い考古物を学者として一番最初に視た筈なのに、この鑑定書にはその驚きや喜びが少しも感じられない。確かに、マキの指摘する通りだと思う」

「決定的におかしいのは、この鑑定書には作成した年月日が書かれていないことなの。定説では南冥が鑑定書を書いたのは天保四年の二月二三日から三月一六日の間とされているけど、これは単に甚兵衛口上書に金印の発見が二月二三日と記され、口上書が作成されたのが三月一六日だかららだわ。甚兵衛口上書で揺るぎのないのは、口上書作成年月日の天明四年三月一六日だけで、後は全て南冥の創作よ。金印鑑定書に発見者、発見年月日、発見場所、鑑定書作成年月日等、鑑定書の様式に求められる全てが何一つとして書き込まれていないのは……、南冥が最初にこれを手にした時には、真印か偽印かも判らず、単に形状と印文解釈を試みただけであり、そんなに大袈裟に考えていなかったからだわ。そもそも南冥はこの金印を良質の考古物とは視ていなかったのよ」

「えっ、それじゃあマキ、金印は志賀島から出土したのではないって言うの？　僕はマキの推論の結末って、金印出土を二月二三日よりもっと前に置くことかと思っていたんだけど、志賀島出土そのものを否定するわけ？」

「だから全てが南冥の大芝居と言ったじゃない。だいたい、金印のことはそこら中に知れ渡っていたんだから、宝物探しの人々が出土場所の叶の崎へ殺到しても良いはずでしょう。でも、そんな伝承は皆無だし、もっと不思議なのは金印発見直後から金印がどこから出土したのか、この正確な出土場所が判らなくなっていることよ。金印には他にも未解決の謎がたくさんあるでしょう。出土状況、甚兵衛の正体、口上書に登場する人物と亀井南冥の奇妙な関係、金印出土と同じ月の二つの藩校開設、江戸・大坂・京都への異常に速い情報伝達、この他にも大きな不思議が沢山あるわ。これらの謎が未だに解けないのは、志賀島出土に拘《こだわ》るからよ。でも、金印の志賀島出土を否定すると、金印にまつわる謎は何もかもがスルスルと解けてしまうわ。この最大の憑拠になるのが竹田側論文の『金印議』なの。『金印議』を後世の金印研究家は皆笑うけど、『金印議』は竹田を始めとする修猷館が、金印出土地に対していかに困惑したかの純粋な表現なのよ」

マキがテーブルの上の「金印議」を指差し、決め付けるように言った。僕は思わずこっくりと頷いてしまった。マキの「金印議」に対する解釈はもう聞かなくても判る。

竹田側は藩庁へ論文を提出する際、当然甚兵衛口上書に基づき発見現場の叶の崎で現地調査を行った。しかし竹田側には、金印出土地の環境をいくら観察しても、この場所にずっと昔から金印が眠っていたとは到底考えられず、だからこそ、源平の乱の時、安徳天皇とともに海中に沈んだ金印が志賀島へ流れつき、いつの間にか土中に埋もれたという、後世失笑を買う論を結びにせざるを得なかった。マキは「金印議」をこう読んだのだ。

竹田側論文の結びをもう一度目で追った。「路ニテ取落シタルカ、又ハ入水ノ時、海中ニ没シ、此島ニ流寄テ、終ニ土中ニ埋レタルニテモ有ンカ」、この文は叶の崎の出土場所に古墳や支石墓《しせきぼ》、或いは墳墓、磐坐《いわくら》と思しきものが何もないことを如実に物語っている。にも拘《かかわ》らず僕は……、「金印議」の結びを上っ面で読み、なんて稚拙な論だろうと笑っていたのだ。マキは竹田側の「金印議」を困惑の裏返しとも言ったが……、今の僕はマキの論に全く賛成している。

「私は南冥のごく身近な人が金印を持っていて、その人が古文辞学者の南冥に視せ、結果として南冥の所有物になったんだと思う。黒田長舒《ながのぶ》が藩主だった秋月藩《あきづき》に原古處《はらこしょ》という人がいたことを知っている？」

「詳しいことは知らないけど、南冥の門弟で四天王と称された学者だろう」

「原古處は三十三歳の若さで秋月藩の藩校稽古館の祭酒に抜擢されたほどの秀才なのね。この古處と南冥の交流の奥底に金印が関わっているの」

マキがさり気ない感じでドキッとするようなことを言った。

「えっマキ、マキは原古處が甚兵衛の正体だって言うの？　南冥と古處の間に親しい交流があったのは事実だけど、この二人は完璧な師弟関係にあり、交流が深かったのはむしろ古處と歳の近かった南冥の息子の亀井昭陽の方……」

「ちょっと待って。私は甚兵衛が古處だなんて言っていないわよ。甚兵衛というのは古處の父親の手塚甚兵衛のことなの。古處の父親は原坦斎とされているけど、古處は原家の養子で本当の父親は秋月藩士の手塚甚兵衛という人だわ」

「手塚甚兵衛？」

「金印はこの手塚甚兵衛が持っていたのよ」

マキはごくあっさりと言ったが、僕の方は思わず飛び上がりそうになった。

「でもマキ、手塚甚兵衛と口上書の甚兵衛は確かに名前が一致するけど、彼が金印を持っていたという文献的な憑拠はあるの？」

僕がちょっと責めるように言うと、マキは憤然として直ぐに猛烈な早口で捲し立て始めた。

「そんなものがあるなら甚兵衛の正体を巡って二百年も論争が続くわけないでしょう。私は天明期の南冥が現実に体感していた時間を復元し、その世界の中で金印に対する独自的先行を試みているの。ひとつひとつの状況証拠をそれぞれのセグメントとして位置づけ……、このセグメントを繋ぐ作業によってワイヤーフレームモデルを完成させ、ここに独自的先行による肉付けをすれば、視えなかったものがちゃんと立体として浮き上がってくるわ。例えば、天明二（一七八二）年の古處の養子縁組を取り持ったのは一体誰か？　古處が養子に行った原家は貝原益軒の門流、しかも祖父の代から竹田家に従学している極めつきの竹田派、当然、養父の坦斎は竹田定良への配慮からも古處を修猷館へ入れようとした、にも拘らず古處が南冥の甘棠館に入学したのは何故か？　実は養子の一件をアレンジしたのは……、手塚甚兵衛と旧知の間柄だった南冥なのよ。であれば、古處の甘棠館入学の裏側に、手塚甚兵衛と亀井南冥の間で何らかの密約があったことは充分考えられるわ。その後、南冥と古處には子弟を越える深い絆が結ばれていくけど、ここにも解釈不能な不思議があるのね。古處は生涯にわたって南冥を尊敬し礼賛し続けるけど、南冥の最大の功績と言っても良い金印のことになると不自然なまでに口を噤《つぐ》み、生涯ただの一度も論評しないのよ。これらのことを併せ考えると……、手塚甚兵衛、原古處、亀井南冥、彼等の間に特別の関わりがあったことは確実だわ」

「それが金印だと……」

「私は天明二年の養子縁組の謝礼として金印は手塚甚兵衛から亀井南冥に渡ったと考えているの。

ただ、金印を手に入れた頃の南冥は金印自体をそれほど重要視していなくて……、この南冥の軽い気分が鑑定書のシンプルさに表われているのよ。天明三年六月二四日、福岡藩は竹田定良と共に藩校開設を南冥にも命じるでしょう。南冥は竹田側には何としても負けられないと強く思う余り……、ひょんなことから手に入れた金印を二つの藩校開設に結び付けることを思いついたのよ」

「最初は吃驚したけど、マキの金印志賀島出土否定説は強《あなが》ち奇想天外ではないような気が……」

否応無しに同調してしまった。マキの推論が余りに鮮やかに思えたからだ。マキは短い言葉で更に同意を求めてくる。

「そう思う?」

「僕は現在から過去を視る、と言うか、今の自分の気分の中で文献を読んでいたような気がする。金印を語るなら、天明四年の福岡藩を自分自身の中に復元し、この環境の中で辻褄の合う推論を求めなければいけなかった」

「私も南冥を古文辞学者と認識してから、はっと気づいたのよ。古文辞学って元々は中国の古い詩の解釈論なのね。荻生徂徠はこの古文辞学を哲学や文学の方法論にまで広げるけど、簡単に言うと、古い文字は今の感覚で読み解こうとせず、その時代の環境を考えて解釈するってことなのね。南冥はこの荻生徂徠の門流なのよ。私達が金印のことを考える時、その当時の毎日を生きている南冥の気分の全てを前提にしなければ、本当の風景は視えてこないわ」

「スクラッチ勝負では勝ち目のない竹田の修猷館に対抗するため、南冥は金印を主役に大芝居を打ち、甘棠館の繁栄と自分自身の華々しい藩校祭酒デビューを目論んだってわけだね」

マキが満足そうに頷いた。

「南冥は金印カードを駆使することによってその二つを見事に成功させたわ。甘棠館の課目に会講というのがあるでしょう」

「訓導の前で学生に経書の講義をさせ、その後今でいうディベートを行い、それを訓導と聴衆である学生が採点し、それぞれの学生は獲得点数によって会講の度に自分の席次を改めるというやり方だろう。南冥は学生の競争心理を利用して学力増進を図ったんだと思う」

「甘棠館では初級者は『前漢書』、中級者には『後漢書』が使用されていたのね。勤皇の気分が濃厚になりつつあった頃だから、この会講で『後漢書』の『建武中元二年　倭奴国奉貢朝賀　使人自称大夫　倭国之極南界也　光武賜以印綬』は格好のテーマになったと思うし、南冥が福岡藩中に知らしめた金印は学生間のディベートでも盛んに討論された筈よ」

「学生達は南冥の『金印弁』を、それは熱っぽく語っただろうね」

「南冥と甘棠館は金印によって一気に名声を高め、開校直後は修猷館を重視していた藩の首脳達も南冥の力量を評価し、これで先行する熊本藩と並ぶことができると大喜びしているわ。それはそうよね、何と言ったって『ヤマトノクニ』の根源は真に福岡藩にあったんだから。甚兵衛口上書に手塚甚兵衛の痕跡を残すことによって、手塚甚兵衛、原古處を自分の共同正犯にした南冥の大芝居は確かにアンフェアだったかもしれない。でも南冥は、藩校開設が決定すると金印の印文漢委奴国王を古文辞学から観察し直し、金印に最良のストーリーを附加させると、それを光武帝の時代の日本へものの見事に復元させたわ。私は亀井南冥のことを天才だと思っているの。彼の創作した金印物語は正に完璧よ。当時は無論のこと、その後今日に至るまで二百年以上もトップレベルの学者を騙し続け、日本中の人を信用させ、ついには国宝にまで成長したんだから」

マキは資料ファイルをぱらぱら捲《めく》ると口元に笑みを浮かべながら幾つかの論文集を取り出した。

★去々年辰之二月廿三日、畑をひらき候に石弐つ並べ、上に石を覆いたる所有り、その上石を何心なく除《のけ》しに金印出たり

小篠敏宛書簡　細井金吾／天明六（一七八六）年

★上に石板有り、四角に石柱を立つ

題金印図　北禅顕常／天明六（一七八六）年

★一巨石有り、之を発《あば》けば則ち三石が周匝《しゅうそう》し、匣状の如し

金印考文　梶原景熙／享和三（一八〇三）年

★大石下の土を取り去ると、四辺は小石で支えられ大石の下は空間になっていた

秇苑日渉　村瀬之煕《これひろ》／文化四（一八〇七）年

★大石有り、其下に三石を側立て物を囲う形に似たり。農夫恠《あや》しみて鍬を入れて土を揮《ふる》うに、土の中に声ありて、地に落つるものあり。採りて見れば金印一顆あり

後漢金印略考　青柳種信／文化九（一八一二）年

「竹田側の『金印議』は古墳・支石墓・墳墓・磐坐などの古代遺跡を一切否定しているし、南冥の『金印弁』も、出土状況を甚兵衛口上書に準じて『筑前那珂郡志賀島村農民田ヲ墾シ、大石ノ下ヨリ是ヲ得タリ』としか書いていないわ。それなのに、二年もしないうちから出土の環境がどんどん変化していくのね。ここに出した文献以外にも、江戸期には原初と異なる出土状況を記す文献は沢山あるわ。大正期になってからも、当時のトップクラスの歴史学者笠井新也と中山平次郎が出土状況を巡って有名な論争をしているの。笠井は『金印の出所は一種の古墳であると断ぜざるを得ない。この遺跡の構造を以って一種の平石石棺と認め、更にその性質上恐らくは阿波式石棺式古墳であろうと推断する』と主張するのね。中山の方は『第一級史料である甚兵衛口上書のどこをどう読めば金印が古墳から出土したと言えるのか。金印は奴国の宝印である。邪馬台国の軍隊が奴国に侵入したゆえ、金印は邪馬台国の手に落ちぬよう隠蔽《いんぺい》されたのだ。金印には綬が付属することから木製の箱に入れられ叶の埼の出土地点に隠された。しかし長い年月に箱は腐敗

して消失し、いつしか金印のみが小石室内に遺存されたのである』という何だか良く判らない論で対抗するわ。すると今度は笠井が『甚兵衛口上書をそれほど緊要な史料とは考えていない。また格別の価値も認め得ない。私は青柳種麿（種信）や梶原景煕の論を重視している。これらの史料は確かに第二、或いは第三史料かもしれない。しかしその史料の実質において甚兵衛口上書に優っている』と言い返したりして、とにかく二人の論争は本当に面白いのよ。昭和になってからも橋詰武生、榧元杜人《かやもともりと》、水野祐等の学者が出土遺構について論文を発表しているわ。でも、これらの論って全く無意味なのよね」

「金印の志賀島出土を否定する論が正しければ、僕もこれらの論争は無意味だと思う。それに、金印が口上書に書かれる通り志賀島からの出土であったとしても、出土地をライブで視たのは口上書に登場する甚兵衛と亀井南冥、それと竹田定良達だけだから、金印に関する第一史料は『甚兵衛口上書』、亀井南冥の『金印鑑定書』と『金印弁』、竹田側の『金印議』に限られる。本来、この四点の史料の枠組みから逸脱した形での推論は成立しないのに、出土状況を南冥達と同時間で観察していない人達が、一級史料の記述を考慮せずに論じているのはおかしいね。でもマキ……、南冥自身は平成の現在でも金印を巡って色々な論が飛び交っているのを、あの世で視ながら充分満足しているような気がするよ」

「私もそう思うわ。天明の大芝居は今でも継続しているのよ。現に私達だって踊らされているわ。『金印弁』という台本は、その書き振りと構成が実に巧みだと思う。主題を印文の漢委奴国王にし、その結論としてヤマトノクニの根源を福岡藩に持ってくるから、読み手の目は本来最も大切であるはずの金印の出土場所や出土状況から外れてしまうのよ」

「それに南冥の戦術は常に竹田側よりも一歩先んじていると思う。例えば、藩首脳は金印が真印であることを前提に買い上げたんだし、二つの藩校へ論文提出を命じたのも甚兵衛口上書の文を信じたからだ。でもこれって南冥の誘導じゃないか。ここまで既成事実ができあがってしまうと、竹田側は出土地の観察から妙だと思っても、出土そのものを否定したり、或いは偽印説を提出しようにもできないよ。金印の否定は藩首脳の批判に繋がるし……」

「それだけ南冥の段取りが上手だったのよ。天明六（一七八六）年、南冥は蔵米百五十俵を加増され、翌七年には秋月藩に戻っていた原古處に『甘棠館独特の書生鍛練法である会講によって書生達のレベルは驚異的に高まり、今やその優劣を判定するのが困難なほどである』と、嬉しさを隠しきれない書簡を送っているわ。この天明七年、南冥は得意の絶頂にあったのよ。でも……、視えない所で南冥自身に大きな不幸をもたらす渦が静かに回り始めていたわ」

マキの口調が突然しんみりしたものに変わり、溜め息交じりの息を一つ吐くと、そのまま黙りこくってしまった。マキが何を言いたいのか何となく判ったが、僕も敢えて沈黙した。今まで聞えなかった扇風機の風を送る音だけが聞こえ……、奇妙な静寂が続いた。マキは不意に立ち上がってコーヒーの支度を始めた。このマキのコーヒーブレークが終止符と同義であれば、今日の話はここで終わりだが、これでは何とも中途半端な気がして、もう一度始業ベルを鳴らしたいと思った。僕は頭の中で最良の切っ掛けを模索した。

「寛政四（一七九二）年の南冥の蟄居《ちっきょ》閉門は金印が原因していると言うの？」

マキの背中に意識した大きな声をかけると、マキは一瞬体をびくんとさせ、直ぐに上半身だけを捻るようにして振り返った。

「私はそう思うけど。一般的には南冥が祭酒の地位を追われたのは、酒に溺《おぼ》れ醜態を重ねたからとか、寛政二年五月に幕府が公布した寛政異学の禁と南冥の勤皇的行動が福岡藩に危機感をもたらしたからと言われているけど、それはあくまでも表面的な理由よ。もし寛政異学の禁で祭酒を辞めさせられたのなら、そんな学者は日本中でたった一人南冥だけになるし、現に彦根藩や秋田藩では朱子学以外の儒者が祭酒をそのまま務めているわ」

マキが言った寛政異学の禁とは、寛政二年に幕府が寛政の改革の一環として朱子学以外の教授を禁止し、幕府の教学を朱子学によって振興しようとした政策である。この禁令は形式的には幕府内に限られていたが、学問吟味の際、朱子学以外の学派は受験できなくなったことから徐々に各藩にも浸透していき、結果的には朱子学隆盛の原動力となった。

マキはコーヒーカップを二つ持ちながら戻ってくると、左手のカップを僕の目の前に置き、立ったまま口を開いた。

「それは確かに南冥の思想には、神学の山崎闇斎《あんさい》、『将軍あるを知って天子あるを知らざる』と憤慨した竹内式部《たけのうちしきぶ》、『天子は囚人に同じ』と嘆いた山県大弐《やまがただいに》からの影響があったことは事実だし、勤皇家で有名な高山彦九郎との交流もあったわ。でも南冥には直接幕府をアジるような論文は一点もないし、だいたい寛政異学の禁に原因を求めるなら、藩は公布された寛政二年に処分していたはずだし、二年も経ってから蟄居閉門にするのはおかしいじゃない。南冥が甘棠館の祭酒の地位を奪われ蟄居閉門になったのは別の事情からだわ。南冥研究家の高野《たかの》江《え》基《もと》太郎《たろう》は大正三年の『勤王家としての南冥先生』という論文で、南冥追放の原因は酒乱や寛政異学の禁ではなく、より以上の大々的原因があると推察しているけど、私もそう思うし、天明四年の甘棠館開校から寛政四年の蟄居閉門までの南冥の体験した時間を考えてみると……、南冥追放には金印が絡んでいるとしか思えないのよ」

「マキには確証があるわけ？」

「勿論あるわ。福岡藩の藩庁は天明五年以後、金印を藩庫の奥にしまい込み、何故か絶対に公開しないのね。これってどう考えても妙でしょう？」

「僕もそれはそう感じた。金印は福岡藩の宝なんだから、広く公開し大いに宣伝しても良いはずだからね」

「それなのに金印は厳重に管理され、天明五年以後、実物の金印を確実に視たと思われるのは、たった一人、亀井昭陽の友人で藩の小姓頭を務めていた梶原景熙だけだわ」

「確かに妙だよね。梶原のことは南冥が没して十年後の文政七（一八二四）年、息子の昭陽が『題金印紙後』という自著で、金印は福岡藩の藩庫にずっと秘され誰も視ることはできない。梶原景煕がこの金印を手に取り視ることができたのは、彼が小姓頭の地位にあり、しかも模刻の才があったからの故であると書いているけど、つまりは南冥の息子の昭陽でさえ、実物の金印を視ていないってことだよね」

「福岡藩はその後も金印をずっと藩庫に入れっぱなしにして、金印に関わる史料は何一つ公開しなかったわ。甚兵衛口上書は大正四（一九一五）年二月に黒田家歴史編纂主任の中島利一郎が公開するまでその存在を誰も知らなかったし、金印の印影が論文集に初めて紹介されたのだって、大正時代になってからなんだから。どう考えたって、福岡藩の代々の当主や藩首脳達に余程の申し送りがあったとしか思えないわ」

「するとマキ……、南冥の大芝居は天明五年には既にバレていたが、藩首脳達はこれをひた隠しにしたと言うわけ？」

「そうね」

「でもマキ、南冥は天明六年、甘棠館成功の功績で蔵米百五十俵の加増になっているじゃないか。バレているのに何故加増されたんだ」

「この御褒美は間違いなく福岡藩首脳達の意図的なカモフラージュだわ。表面的には南冥を評価し、これによって世間の目を金印から逸らさせ、その実、裏側では着々と南冥抹殺のストーリーを進行させていたのよ。金印の秘密を暴いたのは、無論、修猷館の竹田定良の一派だわ。竹田側は南冥に虚をつかれ、時間不足で一度は金印の志賀島出土を認める論文を提出したけど、時間が経つに連れやっぱり妙だと勘付いたのよ。それはそうでしょう。竹田定良は当時の日本を代表する学者なんだから、冷静になれば金印出土の不自然さは絶対に見破るわ」

「竹田定良と亀井南冥のいがみ合いは開校直前から始まっているけど、このいがみ合いは月日を重ねる毎《ごと》に大きくなり、開校翌年の天明五年にはもう収拾がつかない程の険悪な関係だろう。竹田側がからくりを視破っていたなら、直ぐに南冥を叩いても良かったじゃないか。何故藩首脳と竹田側は沈黙を守ったんだ」

「南冥の大芝居が幕府にばれたら、福岡藩改易の大事件に発展する可能性だってあるのよ。竹田定良の家は代々藩儒筆頭を務め、少し前の代では藩主と親戚関係にあったほどの重臣だわ。竹田定良は南冥への恨みより福岡藩を案じ、これに藩首脳達も乗ったのよ」

「福岡藩改易？」

「勤皇の気運が徐々に盛り上がりをみせていた当時、南冥の金印が本当に志賀島出土で揺るぎのないものなら、必ずや福岡藩は金印を速やかに幕府へ献上したはずよ。大和朝廷の根源が北九州にあったことを具体的に証明するこの金印の発見は、日本の歴史に類を視ない未曾有の大発見じゃない。金印を幕府に献上、若しくは正式に届け出なければ、それだけで福岡藩は幕府から勤皇の気運を促進する勢力として睨まれ、福岡藩は討幕を意図していると言い掛かりを付けられても申し開きが出来ないわ。当時の福岡藩は何代も養子が続き、当代の主君もまだ幼く、藩の維持自体も究極の危機に瀕していたから尚更なのよ。竹田定良の進言で、南冥の画策が暴かれた時、藩首脳達は驚愕の余り言葉を失ったと思うわ。藩首脳と竹田定良は総掛かりで南冥と金印の抹殺を図るけど、急がずに慎重にことを進め、ただひたすら金印ブームが冷めるのを待ったのよ。竹田側は金印に関して論ずるのを差し控え、竹田側が触れないから南冥の方も沈黙したわ。南冥にしたって甘棠館が成功し軌道に乗ってしまえば、金印に不用意に触れることは危険だしね。とにかく張本人の南冥と竹田が論文を提出しないんだから、福岡藩の若手学者も二人に遠慮して金印に関する論文は出せないわ。こうしておいて……、藩庁は竹田定良のラインからそれとなく金印は偽印かもしれないとの風評を流し始めたのよ。万が一にも、金印のことで幕府が福岡藩へ干渉してきた時のエクスキューズの為にね。藩の首脳達と竹田定良は時機が来るのをじっと待ったわ。そして寛政二年、幕府が寛政異学の禁を発令すると、藩首脳達はここへ南冥追放の理由を結びつけ、ただ、これだけを表向きの理由にすれば、福岡藩は幕府に対して余りに諂《へつら》いすぎるとの批難を受ける恐れがあるため、ここに南冥の酒癖の悪さをくっつけて、寛政四年、頃合い良しとばかりに併せて一本みたいな形で引導を渡したのよ」

「藩首脳達は南冥に対して本当の原因を言わなかったわけ？」

「それは口が裂けても言えなかったと思う。金印の裏側が公になれば福岡藩は天下の笑い物だわ」

「確かにそうかもしれないな。福岡藩は藩庁買い上げという形で、志賀島出土の光武帝の金印を認めたわけだから、あれは間違いでしたとは面目にかけても言えないし、竹田定良にしても『金印議』で南冥に同調した部分があったから、これもまた簡単には撤回できないよね。しかも、問題が国史に関わるから処理の仕方によっては、当時の福岡藩を牛耳《ぎゅうじ》っていた四人の首脳達、黒田美作、浦上数馬、大音伊織、久野四兵衛らの責任問題にまで発展する可能性だって生じてしまう。でもマキ、寛政異学の禁と酒乱が原因で追放になったことを……、南冥自身はどう理解したんだろう。それとも本当は金印が原因していると判っていたのかな」

「南冥には本当の理由が判っていたと思う。でも、それは南冥だって口が裂けても言えないのよ。もし金印のからくりがばれたら、南冥は何よりも大切な学者生命の全てを失ってしまうわ」

「南冥の処分理由を福岡藩は公文書に残していないけど、はっきりさせないことによって、当時の福岡世論に何となくといった感じで、寛政異学の禁と南冥の酒乱が原因と思わせたと」

マキがそうねといった感じで頷いた。

「甘棠館は南冥の追放後急速に勢力が衰え、息子昭陽によって小規模に運営されていくけど、寛政一〇（一七九八）年一月二九日、唐人町の商家からの出火で南冥の居宅と甘棠館は類焼するわ。甘棠館はこの年の六月一六日……、終《つい》に廃校になるの。二年後、南冥の家はまたも火事になり、新築したばかりの家が全焼し、そしてこの十四年後、今度は南冥自身が自宅に火を放ち、南冥は炎の中で焼け死んだわ。文化年間（一八〇四〜一八一八）に昭陽が古處に送った手紙に、老いた南冥が発作を頻発し、自分は父南冥にどう対処して良いのか混乱して判らないと悩みを打ち明けているのね。恐らく南冥は精神のバランスを相当崩していたんだと思うわ」

「さっきマキが、南冥は甘棠館に命を懸けていたと言ったけど、寛政四年に甘棠館を失った時点で南冥は既に死んでいたのかもしれないね」

マキは志賀島出土を否定するアイデアで、金印に関わるたくさんの未解決の問題をいとも簡単に解いた。正しい方法なのに正しい答えを求められないのは問題そのものが誤っている、マキはこう考えたに違いない。金印の謎が二百年も解けなかったのは、誰もが志賀島出土を信じ、これを揺るぎのない歴史的事実と思うからだ。セロハンテープの裏表が逆なら、どんなに頑張っても決してくっつくことはない。きっと正しい方法と誤った方法は……、セロハンテープの裏表みたいなものなのだ。マキが突然僕の首に両手を回してくる。

「ねえ、約束の一時間はもう過ぎたでしょう。あっちへ行こうよ」

マキを抱き寄せると、何だかマキの手が熱っぽくていつもより体温が高いみたいな気がした。

不思議な論戦

「漢委奴国王印」（藤井有鄰館／蔵　加納夏雄／作）

高速船きんいん二号が志賀島桟橋に接岸した。博多港から僅か二十八分、マキはいつにも増してハイテンションで、船を下りる前から全開の雰囲気だ。

「ねえ、直ぐに金印公園に行くから自転車の手配をしてよ」

マキが人込みの中で振り返りながら言った。

「もう志賀島に着いたんだから、そんなに急ぐ必要ないよ。桟橋近くのお店で少し休憩してからでも良いじゃないか」

マキはどうしてという顔だが、僕の方は双眼鏡、カメラ、数十点もの金印関係資料、それと今回の旅行に関わる一切の荷物を持たされているから、ああだこうだと判りきったことを命令口調で指示されると何となく逆らいたい気分にもなってくる。僕達の両側を船から降り立った乗客が次々と通り過ぎ、あっという間に桟橋から人影が消え、さっきまでのざわめきが嘘のように静まり返ると、東京湾とはまた違った磯の香がした。

船の反対側の岸壁から海を覗き込んだ。水の奥行きに目が慣れると、メバルの稚魚と思しき小魚が無数に泳いでいて、その下ではかなり大きいメジナっぽい魚があっちこっちジグザグしている。何となく底の方の岩場が視えるような気もするが、ピントを合わせようとすると、波がゆらゆらしてはっきり確認できない。なおも目を凝らしていると、背中でマキの少し尖がった声が聞えた。

「休憩？　築地を出てからまだ四時間しか経っていないわ。それに、羽田までタクシーを使ったし、福岡空港から博多埠頭だってタクシーで来たじゃない。殆ど歩いていないのにもう休憩ってどういうことよ」

「肉体的疲労はないけど、東京から遥か遠い所へ来た、この事実が精神的な疲れを呼び込むんじゃないか。それは確かに四時間だけど……、僕はこの短い時間よりも築地から志賀島までの千二百キロの距離の方に重きを置いている」

「志賀島へ来たことに何か不満でもあるの？」

「そうじゃないけど、いきなり志賀島へ行こうと言い出すから……、少し戸惑っているだけだ」

「あさっての夕方、あの明石さんの家で義満の金印を視せてもらう約束でしょう。その時に金印の志賀島出土を否定する推論を説明したいのよ。だったら今日しかないじゃない。私は自分の推論に自信があるけど、いくらなんでも金印の出土地点と称されている叶の崎の確認くらいはしておきたいわ」

「それは判るけど、僕にだって都合はある。マキは既に志賀島出土説を否定する論を充分に組み立て終わっているけど、僕の方は、何故明石さんが『福岡市博物館に展示されている国宝金印は自分の所有する金印の模刻印』と言ったのか、この言葉の裏側を全力で探っている真っ最中だ。それなのに、突然明日の朝一番で志賀島へ行こうって言い出すんだから……」

僕の言い分をマキは軽く唇を噛んだり、ちょっと視線を外したり、時折僕を睨んだりしながら聞いているが、その一々の小さな振りがさり気なく決まっていて思わず笑ってしまった。

「何がおかしいのよ」

「別に」

「私は常に自分の都合や気分を優先させ、結果として、あなたに不快な気分を与えている、こう言いたいわけ？」

マキがさっきより一歩近づいて腕組をしながら言った。

「いつもとは言わないけど、そういう時もあるよ」

怒るのかと思ったが、意外なことにマキは表情を弛《ゆる》ませ、僕の目を悪戯っぽく覗き込んでくる。

「一人で持つと大変だから半分持つわね」

マキが岸壁に置かれたバッグの一つに手を掛けると、甘ったるい調子でエッと思うようなことを言った。

「いいよ」

マキは僕の言葉を無視するかのように、空いている方の左手を僕の右手に絡ませ直ぐに歩き始めた。

「ねえ、朝から何も食べていないから、あそこのお料理屋さんで美味しいお魚でも食べようよ。もしかしたら、この荷物も預かってくれるかもしれないわ。貸し自転車のことも聞いてみようよ」

マキが船着き場の建物の右側に視える料理屋の看板を視ながら言った。船着き場を出ると、薄茶色のタイルが一面に敷かれたちょっとした広場になっている。初めてその土地を訪れた観光客は皆やるが、僕とマキもご多分に漏れず、二人並んで志賀島の最初の風景を何となくキョロキョロし、さて行くかと船着き場の建物の方へ振り返った瞬間、マキがキャッと嬌声のような声を上げた。驚いたことに、一辺が二メートル近い巨大な金印印影のレリーフが船着き場の表の壁に飾られている。

少しの間、マキと二人でレリーフの表面に触れたり、少し離れて観察したりしていたが、その内にあれっ？　と思うことがあった。マキの方を視ると、やっぱりおかしいと思うのか小首を傾げている。

「漢代の公印は全て封泥《ふうでい》用だから、印の彫り方は当然白文でしょう。金印もその印制に倣《なら》っているから陰刻じゃない。でも、このレリーフは陽刻になっているわ。おかしいわよ」

マキは不満気な顔で同意を求めてくる。

「このレリーフには金印出土に関する説明文も付けられているし、デザイン全体を視てもかなりのお金が掛けられている。志賀島を代表するモニュメントとして製作されたんだろうけど、金印は国宝の考古物なんだから、もう少しデザインを厳密にしても良かったよね」

僕がマキの気分に同調して言うと、マキは掌《てのひら》を返したように雰囲気を一変させ、レリーフを視上げながら自分が製作したかのように胸を張っている。

「博物館ならともかく、船着き場のレリーフなんだからそんなに目くじら立てることでもないわ。それにこのレリーフって、観光客を吃驚《びっくり》させる効果は充分あるから、志賀島の金印を知らない人でもこれを視れば何か物凄いものが出土したように思うわよ。その意味で、このレリーフは成功していると思うけどね」

マキはバッグを下へ降ろすと、ポケットから小さなカメラを取り出し、シャッターを切ったかと思うと、今度は丁度通りかかった人に声をかけて、金印レリーフの前での記念スナップを頼み込んでいる。声の調子が微妙に高い。マキのテンションがまた上がり始めたようだ。

「早くあの料理屋へ行こうよ」

マキを促して歩き始めたが、マキは料理屋までの店屋という店屋を全て覗き込み、嬉々として帽子、Tシャツ、サングラス、団扇、絵葉書、黒飴、金印のキーホルダー、金印のワッペン、更に極彩色のアイスキャンディーまで買い求め、最後にビニール製の大きなバッグを買い込むと、アイスキャンディーを頬張りながらそのバッグの中にお土産類を押し込んでいる。

「マキ、色んな物を買ったけど荷物が増えるだけじゃないか」

「志賀島の気分に浸りたいから買ったんでしょう。大した荷物にもならないし、こういう物って一見くだらないけど、東京へ帰ってから視るとそれはそれで味があるのよ」

ようやく料理屋へ入ると、店内には水槽があって鯛、鯵《あじ》、それと水イカが一匹泳いでいる。

「ねえ、あのイカを食べようよ。一匹しかいないから二人で半分ずつね」

奥の座敷に上がると、直ぐに客扱いに慣れた感じの小太りの女性が顔を出した。

「お刺し身の盛り合わせにサザエの壺焼き、それから、あそこに泳いでいるイカを活け造りにして食べたいの」

「あっ、イカはもう無いんです。今最後の一匹をあちらのお客さんが注文されまして……」

店の女性がちらりとテーブル席の二人連れへ視線を送りながら申し訳なさそうに言った。店の女性が奥へ消えると、マキはイカのことは忘れたかのように、今日明日のスケジュールの説明を始めた。

「今日は志賀島をじっくり探索し、夕方の高速船で博多へ戻って博多のホテルに宿泊、明日は能《の》古島《このしま》へ行くからね」

「えっ、能古島へも行くの？」

「能古島の亀陽文庫には、亀井南冥親子の資料が沢山あるのよ。せっかくここまで来たんだから能古島にも行きたいわ」

マキは自分の旅行バッグを開けると、ごそごそとファイルを取り出し、ファイルから小さなパンフレットを抜き出した。表紙に能古島とある。さすがにこういう所は本業なんだと感心しながらパンフレットを手に取ろうとした時、テーブル席の男の人が店の人を呼ぶと、ちょっとばつが悪そうな顔で、テーブルの上のイカの活け造りを唐揚にしてくれと頼んでいる。若い女の人の気持ち悪い……という声が聞えたから、どうやらさっきマキが食べたいと言ったイカの活け造りは連れの女性の不興を買ったようだ。

「信じられない！　あのイカを唐揚にするんだって。それなら最初から注文しなければ良いのにね」

マキがテーブル席へ視線を送りながら小声で言った。そうこうするうち、僕達の席に凄いお刺し身の盛り合わせが来た。ど真ん中に鯛がデンと置かれ、その周りをまだヒクついている鰺がぐるりと囲み、その外側には海老や白身の魚が盛り付けられ、更に名前の判らない海藻が大胆にあしらわれている。これで二人前？　と吃驚していると、以前、江ノ島で食べたサザエよりだいぶ大きなサザエの壺焼きが運ばれてきた。ただ、東京湾や伊豆のサザエより殻の色が少し白っぽい感じがした。

東京湾や相模湾の鯛、蛸《たこ》、伊勢海老などの色目は極端に赤黒い。そしてその色目は南へ行けば行くほど白っぽくなっていく。サザエの殻にもその特徴があるのかと……、何だか面白い気がした。

「凄く美味しそうじゃない。ここにあのイカがあったらね」

料理を運んできた小太りの女性が小さな声で「ほんとにね」と、ちょっと振り返る素振りをしながら微笑んだ。マキはさっそく箸をつけ始めている。

「あのすみません、近所に自転車を借りられる所はありますか？　それと、荷物を預かってくれる所があれば……」

僕が尋ねると、店の女性は慣れた口調で少し先の民宿で借りられることを教えてくれ、荷物は特別にこの店で預かってくれることになった。食事が済むと、マキがビニールバッグの中からTシャツと、縁がぐるりと付いた白い布製の帽子を取り出した。

「このTシャツに着替えなさいよ。それから日差しが強いからこの帽子もね」

Tシャツを広げると、胸に金印の印影が大きくデザインされている。余りの図柄にエッと思ったが、実際に着てみると、今自分は築地から遥かに遠い志賀島に来ている、この気分が自然に満ち溢れてきて、何となく浮き浮きしてくるから不思議である。

志賀島は周囲十二キロ余り、面積五・八七平方キロの小さな島だ。志賀島は福岡博多への海路の入り口にあるため、古代からこの地域の歴史と密接な関係にあり、万葉集にも志賀島を詠んだ歌は数多く収録され、現在十基ほどの歌碑も建てられている。現在の志賀島の人口は約三千、志賀、弘《ひろ》、勝馬《かつま》の三地区に分かれ、志賀地区と勝馬地区は漁業、弘地区は大半が農業である。僕とマキの目的地、叶の崎は志賀地区にあるが、その付近は現在公園として整備され、この島の観光の目玉の一つになっている。

金印公園まで約二キロ。自転車ならのんびり走って十五分くらいだ。道の左は余りに静かな博多湾、右はなだらかな低い山が続いている。竹の林が多い。背の高いフェニックスがぽつんぽつんと目に留まり、その合間に芭蕉と大きな蘇鉄が点在している。最初の大きなカーブを曲がると、海側は平らな岩場が一面に広がり、あとはずっと岩場で、何度目かのカーブを曲がり切ると、マキが大きな声を上げた。

「あそこじゃない？」

右側斜め前方の道路際に白く輝く金印碑が視えた。近づいてみると実物は全体の高さが四メートル以上もあって、想像していたより遥かに立派だ。石垣状に組まれた台座の上に巨大な長円形の自然石が載せられ、金印碑の本体はその自然石に嵌め込まれた感じで建てられている。マキと二人して有名な碑文「漢委奴國王金印發光之處」を視上げた。

「出土や発見の二文字を使わずに発光としているけど、この大袈裟な言い回しが金印碑が建てられた当時の時代を映しているみたいで面白いよね」

僕が水を向けるとマキがさっそく説明を始めた。

「この金印碑は大正一一（一九二二）年三月に建てられたものなのね。石碑本文を読むと、近年の学者は『漢委奴国王』の解釈を『漢の委の奴国』と結論した。委の奴国とは倭の一つであり、博多を中心とする一地域のことである。天皇家が完全に日本全体を掌握していなかった時代だから、個人的に漢と接触していた地方の豪族も存在し、そういう豪族が貰った印ではないかと、それとなく暈《ぼか》した感じで書かれているわ。皇国史観真っ盛りの頃だから、幾ら金印が貴重なものでも日本が中国の配下であったことを証明する考古物にはしたくなかったのね。碑文一つを取っても金印碑が造られた時代の枠組みが感じられ、その一方で、あなたが言うように、金印発見地とか出土地とせず、発光の二文字を使っていかにも有難い物のように工夫しているところが、金印のデリケートな立場を象徴しているわ。それと文末に従四位勲三等武谷水城撰とあるけど……、この武谷ってどういう人なのかしら？　私が調べた限り、この人は筑紫史談会の幹事長を務めていた郷土史家みたいな人らしいんだけど、この人には金印に関する論文は一点もないのよ。どうしてそんな人が『撰』なのか……、その辺に何とも言えない違和感があるんだけど、あなた、この人のこと何か知らない？」

マキが言った筑紫史談会とは、大正二年に設立され、昭和二〇年の終戦直前まで続いた福岡地方の歴史研究会のことである。この会は機関誌として「筑紫史談」を発行し、本部は福岡市の黒田家別邸内に置かれていた。執筆者の殆どは在野の研究家で、その内容は会則に依れば「独リ旧藩ノ史実ノミナラズ、筑前ヲ中心トシテ、汎《ひろ》ク往古史ノ調査ニモ溯《さかのぼ》ル」というものだが、亀井南冥、昭陽に関する論文が数多く掲載され、今日でも「筑紫史談」を抜きにしては亀井学研究は成立しないほどの高いレベルを誇っていた。

「武谷水城？　ひょっとすると神功《じんごう》皇后に関わる論文を書いていた人かもしれないが……、今急に言われてもちょっとはっきりしない。とにかくマキ、ここじゃ何だから公園の中に行こうよ。

どこかに座って資料も出して話をした方が良いと思う」

「金印の資料はあの料理屋さんに置いてきたんじゃないの？」

「大切な資料だから預けなかった。全部背中のバッグに入ってるよ」

「ねえ、上へ昇る石段は金印碑を挟んで二つあるけど、どっちを選ぼうか」

マキがこんもりと木々の生い茂った公園の方を視上げながら言った。自転車を道路際へ寄せ、左右の石段の上部を観察すると、左側石段の上の方に休憩処らしき建物の屋根が視えるので、マキを促して左側の石段を昇った。五、六十段の石段を昇り切るとかなりのスペースの広場になっていて、ここにも一辺が二十センチほどのブロンズ製の金印のレリーフが綺麗に磨かれた石の上に置かれていた。マキはしげしげとそのブロンズの印影を視ていたが、しばらくすると妙に感心した顔で僕の方へ振り返った。

「このレリーフは船着き場のレリーフとはレベルが違うわね。ちゃんと白文でデザインされているし、金印の印影をかなり精密に写しているみたいだわ」

「国宝金印には窪みがあるけど、それも忠実に写されているから、正確に印影を拡大して製作されているんじゃないのかな」

僕がレリーフの印文をなぞりながら言うと、マキは一瞬きょとんとした顔をしたが、直ぐに問い返してきた。

「窪み？　それって何のことよ」

「あれ、何度も金印の印影を視ているのに気がつかなかったの？　ほら、ここだけど、国の字の左側が窪んでいるだろう」

「国がまえの左の縦棒の真ん中の辺りね。確かに窪み傷があるけれど……、何故この窪みを視落していたのかしら」

「マキ、この炎天下で喋っていると疲れるから、あの休憩処に座ろうよ。話をするにはちょうど良いじゃないか」

　マキと二人で改めて金印公園を視渡すと、観光シーズンというのに人影は疎《まば》らで物凄く静かだ。時折博多湾から吹いてくる風の音がし、足元でカラスノエンドウの莢《さや》がぱちぱち弾ける音が聞えた。休憩処の木製のベンチに座ると、真正面に明日渡る能古島が、まさにぽっかりといった感じで博多湾に浮かんでいる。

「この金印公園に来てどう思った？　私は金印の志賀島出土を否定しているから余計そう思うのかもしれないけど、どう考えてもあの金印碑の建っている場所から金印が出土したなんて思えないわ」

「確かにそうだね。余りに海に近いし、それに雰囲気がない。やっぱり志賀島に来て良かったよ。一昨日、マキの志賀島出土否定説を聞いた時は本当に衝撃を受け、ショックのあまりマキの論を支持してしまったような気もしたんだけど、ここ叶の崎に実際に立ってみると、マキの推論はやっぱり完璧だとつくづく思えてくる。それにしても……、何故金印研究者達は志賀島出土を疑わないのかな」

「亀井南冥の創造した奇怪な世界を、金印研究者達は現実の世界と思い込んでいるからだわ。金印碑は志賀島出土に拘《こだわ》り、その枠組みから抜け出ることができない金印研究者達を象徴しているのよ」

マキは能古島の方を視据えながら強い調子で言った。

「あの金印碑を視れば、金印研究の裏側を知らない人は誰でもあそこから金印が出土したと思うし、ましてや、金印出土地とされる叶《かな》の崎《さき》がどこなのか、未だに決着がつかずに論争し続けているなんて思いもしないよね」

「あの金印碑の辺りを叶の崎、つまり金印出土地としたのは歴史学者の中山平次郎なんだけど、実を言うと私はこの人の作業をとても高く評価しているの」

マキの言葉が意外に思え、思わず問い返した。

「どういうこと?」

「私もあの金印碑の辺りが甚兵衛口上書や南冥の『金印弁』に記される叶の崎と思うからよ」

「あれ、マキは志賀島出土を否定しているのに中山説を支持するわけ?」

「志賀島出土を否定しているからこそ中山平次郎を支持するんじゃない」

「でも中山平次郎は、あの金印碑のある辺りから金印は出土したとの説だろう。マキの志賀島出土否定説とは対立する論じゃないか」

「私は中山平次郎が特定した叶の崎の位置は正しいと言ったの。あの辺りが叶の崎なら私の志賀島出土否定説は証明されたも同然でしょう。まだ判らないの?」

「そうか! 甚兵衛口上書と南冥の『金印弁』は金印出土を叶の崎とするから、その叶の崎に金印出土の痕跡がなければ必然的に甚兵衛と南冥の言ったことは虚偽となり、志賀島出土を否定することができるわけだ」

マキは満足そうに頷くと、僕の足元のバッグを手元に引き寄せ、中から自分のファイルを取り出した。

「中山平次郎の作業を少し説明しておくわね。私はこの人の論文『漢委奴国王印の出所は奴国王の墳墓に非らざるべし』を何度も読んでみたけど、何故中山のロジックを否定する人がいるのか、どうしても理解できなかったわ」

マキがファイルから抜き出した分厚い論文のコピーへそれとなく視線を送ると、表紙に「考古学雑誌」第五巻第三号 大正三年十月五日とある。一瞬目が点になるような気がし、と同時に、マキの文献検索能力にほとほと感心してしまった。

「マキちょっと聞くけど、一体どうやって文献を集めているんだ。参考のために教えて欲しい」

「私はあなたにそんなこと一度も聞いたことがないわ。あのね、同じ方法論なら同じような文献しか集まらないわ。お互い違う方法で探すから色々なものが集まるんじゃない」

「それはそうだけど……」

力なく同調すると、マキは僕の気分などお構いなしといった感じで説明し始めた。

「出土地点と出土遺構の性格を巡る議論は、志賀島出土を否定してしまえば全く無意味なものだけど、現実に今でも多くの金印研究者が当て推量で島内のあちこちを掘り返しているから敢えて触れておくわ。金印出土地を最初に推定したのは中山平次郎と言われていて……、彼の立ち会いのもと、大正二（一九一三）年の七月、福岡日日新聞主催であの金印碑の辺りを掘ったのが考古学的発掘の最初とされているけど、この時出てきたのは小さな須恵器《すえき》の欠片《かけら》だけで大した成果はなかったのね」

「何故中山はあの金印碑の辺りを出土地としたわけ？」

「うーん、詳しく調べてみると、これがまた妙な話なのよ。もっとも志賀島出土を否定する私のロジックにはどうでも良いことなんだけどね」

「妙な話？　何だか金印って妙な話ばかりじゃないか」

「だってそうなのよ。今日《こんにち》表向きには金印の出土地を最初に推定したのは中山平次郎とされていて、中山以後の論文や解説書もそう説明しているけど、肝心の中山の論文を読んでみると、出土地を先に特定したのは中山ではなく、志賀島に史跡現地発掘事務所を設置し調査していた福岡日日新聞の方なのね。福岡日日新聞は、当時志賀島にたった一人だけ金印出土地を伝え聞いている病気の老人の存在を知り、その老人を立会人にしてあの金印碑の所を特定したのよ。中山はこの経緯をちゃんと論文に記しているわ」

マキは分厚い論文のコピーの付箋の貼られたページを僕の前に差し出した。

★福岡日日新聞社主催の許に、史蹟現地講演会が開催せらるるに及び、予は肇《はじ》めて其の位置を確知するを得た。同会当事者の談話によれば、当時志賀島全島において此位置を伝聞し居たりしは、其の病老夫唯一人のみであったと。同会の企なく、該病老夫またこの世を辞したる後においては、永々に其の所を確知するの由なきに至るべきであった。惟《おも》えば吾人は危き時期に際会していたのであって、この点について吾人は福日社に感謝せねばならぬ。

（漢委奴国王印の出所は奴国王の墳墓に非らざるべし／考古学雑誌・第五巻第二号）

「中山はこの時の発掘に幸運にも居合わせたと言っているわ」

「つまり中山は福岡日日新聞の発掘調査を陣頭指揮したのではなく、単なるオブザーバーの身分で参加していたと……、じゃあ何故金印出土地点を最初に推定したのは中山平次郎とされるわけ？」

「福岡日日新聞の発掘調査は南冥の『金印弁』に付けられた絵図上の叶の崎と老人の証言を元に実施されたのね。中山は学者だからこの時の福岡日日新聞の調査内容を踏まえ、翌年正式な形で金印出土地点に関する論文を発表し、彼固有の推論を世に送り出すわ。福岡日日新聞の作業と中山の作業は被さる所が多いから、時が経つにつれ、この二つの作業が混濁したのよ。中山の論文を読むと、彼は福岡日日新聞の出土地特定を大枠では支持し、ピンポイントでは疑問を抱くのね。

で、彼は更に志賀島で調査を続け、翌年新史料を発見すると、福岡日日新聞の特定した地点に少しだけ異を唱える形で論文を発表したの。それが『漢委奴国王印の出所は奴国王の墳墓に非らざるべし』という論文なのよ」

「新史料？」

「中山は志賀島の平岡家と志賀海神社の宮司である阿曇家に伝世する『筑前国続風土記附録』を参考に金印出土地を推察し直したのよ。この『筑前国続風土記附録』というのは貝原益軒の『筑前国続風土記』の後を受けたもので、加藤虞山と鷹取周成が寛政一一（一七九九）年頃までに編集したとされる文献なのね。両家はこの写本を持っていたのよ。中山は阿曇家本を重視するけど、その最大の理由は阿曇家本には叶の崎一帯の絵図が描かれていて、絵図の中に片仮名で『カナノサキ』、その横に漢字で『金印出』と、驚くことに出土地がピンポイントで特定されていたからなの。因みに『筑前国続風土記附録』の元本には志賀大明神社近辺と勝馬明神社近辺しか絵図は付いていないわ」

マキが別のページを開くと、何とも下手くそな海辺の絵が現れた。こんもりした山がいくつか描かれ、その手前は道になっていて、道には三人の武家に先導された籠と荷物を担いだ二人のお供が描かれている。道の手前は田畑のようで、大きな岩を挟んで左側には鍬を持って耕す人が二人、右側には牛もしくは馬と一人の農夫、そして大きな岩と海を結ぶ水路が描かれ、更にその手前は少し尖った岬になっていて、あとは海だ。

岬の部分には書き入れ文字が二つあり、左側には片仮名で「タノシリ」、右側には少し大きな字で「金印出」とあって、漢字の横に片仮名で「カナノサキ」と記されている。

「中山はこの絵図を憑拠に福岡日日新聞の特定した出土地を改めて検証し、出土地をもっと海側だと主張するの。あそこにある金印碑は福岡日日新聞の発掘場所に建っているんだけど、中山が特定した出土地は道路を渡ったもっと海側で……、海岸線が浸食された現在では海の中と言っても良い所だわ」

「その中山のロジックに穴はないとマキは言うんだね」

「そうよ。中山の特定した出土地は、亀井南冥が著わした『金印弁』に付けられた絵図とも齟齬を来さないし、大正二年前後の金印研究者が持ち得た情報から導き出される最良の答えだったと私は思っているの。南冥の絵図には、志賀島の全体地図が描かれ、地図上で島の南南西に突出する俎瀬《まないたせ》の東側に叶の崎を特定し、更にその叶の崎に対して、志賀島邑より十二丁余り、弘村より同と補足しているでしょう。だったら、文献上の叶の崎は、紛れもなく今私達がいるこの場所なのよ。それなのに、現在でも叶の崎を巡って論争が起きるなんて本当におかしいわ。出土遺構を巡る論争も妙な論争だけど、出土地を巡る論争もこれとそっくりなんだから」

「中山以後の金印研究家は、中山の論のどこを問題にしているわけ？」

「中山は金印隠匿説だから、別に出土地に古代遺跡がなくても何の問題もないけど、金印出土地に何らかの古代遺跡を求める人からすれば、この辺りには古代遺跡の痕跡は欠片もないから、ここが叶の崎であるとは断じて認められないわ。でも、文献上の叶の崎は誰が考えてもここなのよ。あのね、この叶の崎に金印関連の出土遺構が認められないなら、本来もうその答えは二つしかないでしょう。一つは竹田定良や中山平次郎のように、古代遺跡を否定する説、もう一つは私のように志賀島出土そのものを否定する説、この二つしかないのよ。ところが、信じられないことに……、古代遺跡から金印が出土したとの説を取る人は、叶の崎にその痕跡がないと判ると、今度は叶の崎という出土地自体を否定しにかかったわ」

「えっ、そんなのありなの？　だってマキ、根本史料の甚兵衛口上書と『金印弁』に金印は叶の崎の田から出土したと書かれている。だったら、叶の崎出土を否定できるわけがないじゃないか」

「だから妙な論争だと言ったんじゃない。つまり、出土遺構と出土地をいっしょくたにして考えるから話が妙な方向へ発展していくのよ。この人達に言わせると、叶の崎は誤りで叶の浜が正解だって言うのね」

「一体何を根拠に叶の浜なんて言い出したんだ？」

「どうでも良いことだから簡単に説明するけど、中山の論が提出された翌年、甚兵衛口上書が新史料として世に出るのね。甚兵衛口上書も出土地を叶の崎とするから中山の論はなお支えられるにも拘らず、これに嚙み付いたのが、金印は阿波式石棺式古墳から出土したと主張していた笠井新也なの。笠井は『中山博士は甚兵衛口上書以外の文籍を全て不確実と断ぜられながら、いかに自説を主張するのに都合が良いからとて、かかる出所不明の絵画を唯一の根拠として断定されるのは不審である』と、中山が採用した新史料の阿曇家本をこてんぱんに否定するわ。もっとも笠井は出土地点を新たに提出したわけではないから、この問題はこれで終りにするけど、戦後になると本格的に中山の叶の崎出土否定論が出始めるのよ。中でも有名なのが昭和三三（一九五八）年とその翌年の森貞次郎・乙益重隆・渡辺正気氏による全島調査と、そこから導かれた叶の浜出土説なのね。これは凄く良い論として評価が高いんだけど、私に言わせれば全く酷い論でどこが良いんだか理解に苦しむわ。彼等の論は昭和三五（一九六〇）年九月の『考古学雑誌』に詳しく書かれていて……、ちょっとこれ読んでみて」

マキはファイルの別の箇所を開くと、自分の気分をぶつけるみたいに僕の膝へどさっと置いた。

★中山平次郎博士が大正二年に出土地点と推定して発掘された場所は碑の前の現在道路面に当たるところである。現在の道幅は大正二年当時の倍に拡張されている。（中略）現在の金印発見推定地は大正二年七月に福岡日日新聞社主催の現地講演に際し、中山博士によって推定されたもので、その基礎となったのは、当時唯一その位置についての所伝を知っていた志賀部落の老漁夫の教示した地点の地形が、文政三年になる筑前（国）続風土記附録の絵図の地形とほぼ一致すると見てその上で、更に細部につき、その出土地点を、絵図に照らして二米ほど南に修正推定されたものである。（中略）絵図と現地とは相当異なった感じを受けるので若し所伝を知っている老漁夫がいなかったら現在の地点を推定するに困難したであろう。（中略）若しこの所伝の地を離れて、弘と志賀両部落の中間に絵図に最も近似した地形を求めると、むしろ叶の浜の方が適しているように見られる。

（福岡県志賀島の弥生遺跡／考古学雑誌・第四十六巻第二号）

僕が論文を読み終えてマキを視ると、マキはファイルを自分の方へ引き寄せながら説明を再開した。

「この論文はちょっと目を通しただけでも間違いや勘違いが多いわ。中山が出土地を特定した経緯も違っているし、他にも『筑前国続風土記附録』を文政三年としたりするんだから。中山が文政三年の史料としたのは、志賀島村庄屋長谷川武右衛門が郡奉行に提出した『続風土記御調子ニ附調子書上帳』という史料で、『筑前国続風土記附録』とは全くの別物よ。まあそれは置いといて……、昭和四八（一九七三）年、福岡市は今私達がいる場所に金印公園を建設するため九州大学に委託して発掘調査を行うのね。でも、金印関連らしき遺構や遺物は何一つ発見されず、昭和六〇（一九八五）年にもこの公園の前の道路拡幅工事に伴って発掘調査が行われたわ。この時には現在の道路面から一・二メートル下に水田跡が認められ、阿曇家本の絵図と一致したんだけど、それ以外は何も出ず、結果としてここが金印出土の地とは考えられないとの説が持ち上がり、さっきの叶の浜説が俄然注目されるようになったのよ」

「マキ、叶の浜というのはこの金印公園の西側の俎瀬の更に向こう側の外海方向へ五百メートルほど回り込んだ所だろう」

「そうね」

「その辺りの経緯は良く判らないけど、少し聞いただけでもいい加減って気がするよ。だって金印研究の根本史料とすべき南冥の『金印弁』は出土地を沮瀬の東側としているじゃないか。それを勝手に沮瀬の西側に置き換え、何故それでも金印出土のロジックが成り立つと思うのか、ちょっと理解できないな」

「そんなの知らないわよ。彼等の主張によると、江戸期文献に金印出土地の地名が叶の崎と叶の浜の二流ある、従って叶の崎が駄目なら当然叶の浜となる、こういうことなんじゃない」

「えっ、叶の浜説が掲載された江戸期文献が存在するの？」

「そうよ。例えばさっき紹介した『筑前国続風土記附録』の元本と、ここからの写本である平岡家本は出土地を叶の濱と書いているわ。平岡家本と阿曇家本のコピーがここにあるから、ちょっと読んでみてくれる？　両家の写本の参考文献として、元本の『筑前国続風土記附録』と貝原益軒の『筑前国続風土記』もつけてあるから……」

★叶の濱　此所の事本編に詳《つまびらか》なり。天明四年二月志賀の農民、此辺の土中より金印を得たる事あり。
（筑前国続風土記附録／平岡家本）

★那珂郡志賀島村、叶の崎、此所の名本記に見ゆ。天明甲辰の年二月二十三日、志賀島邑農甚兵衛と云者、此所田の尻と云地にて、土中より金印一箇を得たり。

（筑前国続風土記附録／阿曇家本）

★叶の濱　此所の事本編に詳なり。天明四年二月志賀の農民、此辺の土中より金印を得たる事あり。

（筑前国続風土記附録／加藤虞山・鷹取周成編纂）

★又志賀民屋の西につらなりたる濱を、叶の濱と云、是皇后（神功）御帰陣の時、此濱にて異国征伐の事叶いたりと宣《のたま》いし故、名付という。

（筑前国続風土記／貝原益軒編纂）

「平岡家本と阿曇家本が冒頭で『本編に詳なり』とか『此所の名本記に見ゆ』と書いているけど、それに該当する箇所が貝原益軒のコピーってこと？　また元本と平岡家本の文章は全く同じだけど、叶の崎を出土地とする阿曇家本は金印の文がより詳しいよね。これって阿曇家の御先祖の書き込みということかな」

「阿曇家は志賀島の有力者だから情報も多いし、写本の際に知り得る限りの情報を書き込んだんじゃないかしら。阿曇家本の書き込みに『田の尻』とあるでしょう。これは絵図の中の書き入れ文字『タノシリ』とセットになっている、とても重要な記述なのよ」

「そうか、阿曇家本の絵図は阿曇家の御先祖が書き込みの説明として付け加えたものなんだ」

「そうよ」

「さっきマキが中山の叶の崎を巡る推察を高く評価していると言ったけど、確かにこの人の作業は完璧で穴がない。やっぱりマキ、誰が考えても文献上の叶の崎はあの金印碑の辺りで動かしようがないよ」

「その件はともかくとして、話を叶の浜に戻すと……、この他にも伊能忠敬《いのうただたか》は『字金浜 委奴国王之印 出所』と記すし、青柳種信は『後漢金印略考』の草稿に『金の浜』と書いているし、亀井昭陽も『加奈濱』という記述を用いているわ」

マキは資料ファイルを繰りながらどんどん話を進めていく。時折質問したいこともあるのだが、志賀島出土否定説を主張するマキにとっては、この辺の話は大した意味もないのか、説明のスピードは頗《すこぶ》る速い。僕が伊能忠敬の文献に目を止めた時には、既にマキの話は次のステップへと移っていた。

「さっき説明した森貞次郎達三人の論文の後にも、昭和三八（一九六三）年三月に斎藤忠という人が叶の浜説を提唱しているのね」

★中山平次郎の推定した地点は、すぐに背後に急傾斜の斜面がせまり、海岸すれすれの場所である。百姓甚兵衛の所有地は水田であったことはたしかである。この地域に水田をもとめるとすると、背後の勾配の急な斜面は無理な点があり、海に接する碑の建ってある狭隘《きょうあい》な場所しか考えられない。果たして、この海に接する狭隘な場所が、水田をなして、甚兵衛の抱田であったかは一考の余地がある。この点からも、まず疑問の念をいだかざるを得ない。森貞次郎博士も、近年この出土地点に疑念をいだき、出土地点を、その西北にあたる叶の浜といわれる場所の近くの水田地帯でなかったかという所見を発表している。これはたしかに傾聴すべきものであって、事実、西北約三、四百メートルの海岸地帯は、今日もカナノ浜（叶の浜）といっており、平坦地を広く擁している。絵図面と照合しても必ずしも矛盾を覚えない。また伊能忠敬の測量日記には、カナノ浜（金浜）とあることも参考になる。

（斎藤忠／日本の発掘　増補版）

マキの論文を読む声が、僕の頭の上をあっという間に通り過ぎて行く。マキは一方的に説明し……、僕はただひたすら頷くばかりである。

「斎藤氏の論文の後、この叶の浜説は一気に盛り上がるわ。そして、叶の浜で研究者達の意見の統一も図られようとした時、叶の浜説に水をかけるような論が提出されたの。研究家の塩屋勝利氏が叶の浜に関する新しい解釈論を提出し、俎瀬西側の叶の浜を出土地とする論を一蹴《いっしゅう》してしまったのよ」

「やっぱり叶の浜は駄目ということになったわけ？」

「そうね。塩谷氏は叶の浜説に対して、現在の叶の浜と近世の叶の浜を混同しているとの論を発表したのよ。『近世においては志賀島浦の前の海浜を棚の浜、そこから西方の夫婦石を境にして首切崎までの海浜を叶の浜と呼んでおり、叶の浜の範囲は現在よりずっと広かった。そしてこの叶の浜に含まれる突出部付近の陸上部分が叶の崎と呼ばれ、そこから細長く延びた瀬が俎瀬である。現在の叶の浜付近は弥生遺構の存在する可能性が高いという前提で出土地を想定するのは推論に基づく方法であり賛成できない』、ちょっと塩谷氏の論を咀嚼《そしゃく》したけど、いずれにしても、この人の論旨は余りにも明快で、叶の浜説を提唱する研究者達は沈黙せざるを得なかったわ」

「江戸期文献に叶の浜、叶の崎との二説あるのは、叶の崎が叶の浜の一部分であることから、広義で言えば叶の浜になり、ピンポイントで言えば叶の崎となる、要するにこういうことなんだ」

マキが頷きながら答えた。

「叶の浜と叶の崎の地理的条件なんて、大正期の中山平次郎や笠井新也達の時代にはごく常識的な認識で、ことさら問題にするようなことでもなかったのよ。例えば、中山は平岡家本が『叶の濱』とし、阿曇家本が『叶の崎』とすることに何の疑念も抱かないし、論文の中でも当たり前のように『金印の出所（叶の崎）は叶の浜の奈辺なる歟《か》』と言っているわ。研究者が独自的先行に基づいて新説を提出するのは結構だけど、この叶の浜説は余りにもお粗末と思うけどね」

「でマキ、現在はまたこの辺りが金印出土地ということになったわけ？」

「平成六（一九九四）年の春から秋にかけ……、かつてないほど大掛かりな全島調査が行われ、叶の浜を含めて島内四ヵ所の推定地に何本もトレンチが入れられたのよ。でも、どの地点もめぼしい成果は皆無で、結局金印の出土地点を特定することはできなかったわ。つまり、ここに至って叶の崎も叶の浜も古代遺跡の可能性はゼロということが決定的になったのね」

「だからマキ、現在はどんな説が主流なのか……、このことを聞いているんだ」

「それがね、叶の崎も叶の浜も駄目だとなったら、今度は何の根拠もないのに金印は勝馬地区から出土したんじゃないかとの論が出てきたのよ」

「勝馬地区？　勝馬といえば島の北側で今までと全く違うじゃないか。金印出土を示唆する大きな証拠でも視つかったわけ？」

「何の根拠もないと言ったでしょう」

「根拠がない？　根拠がないのになぜ勝馬説が出てくるんだ」

「平成六年の調査でたった一つだけ成果みたいなものがあったのよ。勝馬地区の独立丘陵の頂上付近で積石塚古墳が発見され、そこから耳環やガラス製の管玉《くだたま》やビーズが出土したわ。敢えて根拠と言えば……、この積石塚古墳の発見かしら」

「勝馬地区の丘陵部で発見された古墳と金印は全く別の問題じゃないか」

「常識的に考えればそうだけど、金印出土を志賀島に求める人達は、何が何でも志賀島なのよ。この積石塚古墳と甚兵衛口上書の『小き石段々出候内、二人持程の石有之』を結びつけ、『金印の出土遺構が積石塚古墳なら、島内の勝馬地区からこの様式の古代遺跡が出た現在、金印出土地を勝馬地区に求めたとしても無理がない』と主張しだして、現在では金印出土地点の探索は勝馬地区に移っているそうよ」

「ねえマキ、それって本当の話なの？　僕には悪い冗談としか思えないよ」

「きっと金印に取りつかれた人達は、南冥の仕掛けた罠とも知らず、ありもしない金印出土地を探し求めて、これからも島中を掘り返すのよ。何かこの話って赤城山の徳川埋蔵金とそっくりじゃない。もっとも、赤城山の方はエンターテインメントの性格が強いけど、志賀島の金印はアカデミズムが全面的に参加しているから、視方によってはこっちの方が面白いかもね」

「マキ、さっきから聞こうと思っていたんだけど、亀井南冥はどうして叶の崎を金印出土地として選んだのかな。どう考えたって何の変哲もない叶の崎より、海の守護神として古代から篤く信仰されている志賀海神社の近辺、或いは沖明神、勝馬明神、中津明神などがある勝馬地区、それとか多少でも古代遺跡が点在する志賀島丘陵部の方が上手にカモフラージュできるじゃないか」

「単純に考えればそうだけど、現実にそのアイデアを採用すると、せっかくの金印が胡散《うさん》臭い考古物になりかねないわ」

「どうして？」

「例えば、志賀海神社の歴史は二世紀の頃にまで溯ることができるから、志賀海神社の関連遺跡から金印が出土したとすると、一見辻褄は合わせ易いように思えるけど、この時には志賀海神社に金印を示唆する社伝があることが絶対的条件になるのよ。でも、志賀海神社に金印を示唆する社伝は全くないわ。また、墳墓関連から出土したことにすると、その墳墓に倭国王との接続が求められ、これが実証されない限り、南冥の『金印弁』は破綻《はたん》しちゃうでしょう。一方、叶の浜の叶の崎には面倒な条件は皆無だわ。南冥は痕跡より事実を優先させたのよ。つまり、南冥は金印出土という事実だけを主張し、金印と出土地点や出土遺構等との絡みは他人の勝手な憶測に任せたってわけね」

「でもマキ、南冥の画策は一時の勝利は呼ぶけど、結局のところ竹田定良達に暴かれ破滅するだろう。これって負けじゃないか」

「何言ってるのよ、ある意味で南冥は完全勝利だわ。志賀島出土を否定する論は一向に生まれないし、現実に今では日本の国宝なんだから」

「南冥が望んだのは現世の勝利であって、未来の勝利じゃないよ。やっぱり南冥はもう一ひねりして竹田達に勝ち切らなければいけなかったんだ。叶の崎を出土地点としたアイデアが凄いのは判るけど、所詮、叶の崎には金印出土地としてのボリュームがない、だから最後の最後でバレて……」

マキは僕の言葉を遮るように手を翳《かざ》した。

「それは違うわ。南冥は完璧だったの。むしろ、完璧すぎて失敗したのよ」

「もしかして……、叶の崎にも南冥の仕掛けた罠があったって言うの？」

僕の疑念に対してマキはいかにも思わせぶりに答えた。

「そうね」

マキは不意に立ち上がると、突然、訳の判らない歌を口ずさんだ。

「ちはやぶる　かねのみさきを　すぎぬとも　われはわすれじ　しかのすめがみ」

「何それ？」

「あなた、この有名な万葉の歌を知らないの？」

「万葉集には一応目を通しているけど、僕は今の歌を全く知らない。だいたい四千五百首以上もある万葉集の中から、いきなり歌を一つ切り出され、『知らないの？』と言われても答えられる方がおかしいよ」

僕が少し気色ばんで言うと、マキはくすっと笑って、また僕の傍らに腰を下ろした。

「万葉集の歌ってバックグラウンドが良く判らないから、有名なのはともかく、正直言ってどれもこれも面白くないもんね。実を言うと、私もこの歌のことを知ったのは志賀島のことを調べ始めてからで、つい最近のことなのよ」

「じゃあどうしてあんな言い方をするんだ」

「一応知っているかなって確認したんじゃない。そんなに怒ることないでしょう」

ったく、と思ったが、今の歌に何だか興味を惹かれて結局問い返してしまった。

「今の歌が亀井南冥と何か繋がりがあるわけ？」

「大いにあるわ。この歌の原文をちょっと確認して欲しいんだけど……」

マキがメモ帳を取り出すと、例によってぐじゃぐじゃと蚯蚓《みみず》の走ったような字を書き出した。

千磐破　　金之三埼乎　　過鞆
吾者不忘　　壮鹿之須売神

「この歌のだいたいの意味は判るでしょう」

「直訳すると……、航海の難所である金の岬を無事に通り抜けられたのも、志賀島におわします海の守護神の御加護であり、私はこの後の航海においても、志賀の神様の御心を決して忘れない、こんな意味だと思うけど」

僕が言葉を選びながら言うと、マキは間髪を容れず口を開いた。

「この歌の解釈は沈鐘伝説で有名な宗像《むなかた》郡の鐘ノ岬と結び付けるのが定説だけど、私は違うんじゃないかと考えているの」

「沈鐘伝説？」

「今私達は博多湾を視ているけど、島の反対側は玄界灘になっていて、この玄界灘に面した宗像郡の先端部分は鐘ノ岬と呼ばれているのね。この鐘ノ岬から西北西一キロの地《じ》ノ島《しま》との間の迫門《せと》は玄界灘第一の難所とされ、今でも海難事故が多いわ。大昔、朝鮮半島から大きな鐘を船に載せて来たところ、この海域で嵐が起きて鐘は船もろとも海に沈んだことが鐘ノ岬の名前の由来なの。こうした沈鐘伝説のある岬として、ここ筑前の鐘ノ岬と越前の鐘ノ岬は特に有名なのよ」

「沈鐘伝説は判ったけど、その伝説と南冥の画策がどこで繋がっているんだ」

「あのね、さっきの万葉の歌のことは、どの注釈書も金を鐘に変えて解説しているわ。でも、この歌を沈鐘伝説の鐘ノ岬と結び付けて解釈するのは無理があると思うの」

「無理っていうと？」

「鐘ノ岬一帯は、大昔から神社の総本社である宗像大社の神域と言っても良い場所なのに、この海域の安全が遥か遠くの格下の志賀の神様の御加護のわけがないじゃない。宗像大社は、沖ノ島の沖津宮、大島の中津宮、玄海町の辺津宮《へつみや》の三宮を一体とする大神社で、貞観《じょうがん》元（八五九）年に志賀海神社が従五位上の時、既に正二位なのよ。確かにどちらも航海守護の神様だけど、いかにしても格が違いすぎるし、常識的に宗像大社神域のど真ん中にある鐘ノ岬の航海の安全は宗像大社に禱《いの》るわよ。ねえ、何か気づかない？」

マキの思わせぶりな口調に、もう一度歌の原文を読み直すと、何となく気になる箇所が目に留まった。

「金之三埼（カネノミサキ）の所だけど……、これってカナノミサキとも読めるし、読みようによってはカナノサキとも読めるよね」

「当たり。原文の金之三埼を今風に書けば『金の岬』でしょう。そもそもこれを『鐘の岬』として解釈する方がおかしいのよ。どうしてこんな解釈が罷《まか》り通るのか理解に苦しむわ。ここでいう金の岬はカナノサキなのよ。志賀島のカナノサキなら間違いなく志賀海神社にお縋《すが》りするし、歌との辻褄もぴったり合うわ。ちはやぶる難所とは、叶の浜一帯に広がる岨瀬を中心とした岩場のことなのよ」

マキの論のスピードについて行けない。絶句していると、言葉の止まった僕がまどろっこしいのか、マキは更に早口になって自分の推論をどんどん進めていく。何か問いかけようにもまさか万葉にまで話が飛ぶとは思いもしなかったから、僕の情報ストックはゼロ状態でどうにも手の打ちようがない。

「江戸期の学者達の中に『叶の浜』を『金の浜』と書く人がいることはさっき説明したけど、叶の浜は古くから叶の浜であって、金の浜と書くのは誤りなの。叶の浜の名前の由来は文献的にもはっきりしているしね」

マキが僕の目の前に貝原益軒編纂の「筑前国続風土記」のコピーを再び差し出すと、「又志賀民屋の西につらなりたる濱を、叶の濱と云、是皇后（神功）御帰陣の時、此濱にて異国征伐の事叶いたりと宣いし故、名付という」の部分を人差指で追いながら読み上げげた。

「貝原益軒の記述に万葉の歌を重ねると、南冥の描いたストーリーが浮き上がってくるわ。つまり、金印が出土したのは広義で言えば神功皇后伝説で名高い叶の浜であり、ピンポイントで言えば万葉集に歌われる金の岬だったのよ。南冥が『金印弁』で出土地のことを曖昧にしたのは、この辺りのことを竹田側が直ぐに指摘すると予想していたからなのね。ところが、竹田側は言うに事欠いて、金印は安徳天皇と一緒に水没し叶の崎に流れ着いたなんて論を展開したのよ。南冥はさぞやがっくりきたと思うわ。てっきり竹田側によって自分の論は補強されると思っていたのに、それが全く裏目に出てしまったんだから」

「金印が叶の浜の叶の崎から出土した理由を、竹田達が叶の浜伝説と万葉の歌を組合せて得々と論じることを南冥は期待していたわけだね。でもマキ、現在に至るまで金印研究者の誰一人として金印と叶の浜・叶の崎の因果関係を解明した人がいないことからも、その空想は相当困難なレベルにあると思う。マキが言うと簡単なようだけど、竹田達にとっても難問だった筈だよ。むしろ、南冥自身がその論を展開してしまった方が良策だったように思える。例えば、金印は神功皇后が三韓征伐の折、新羅《しらぎ》国から持ち帰った戦利品の一つであった。皇后は異国征伐が成功したことを祝してこの志賀島で儀式を行ったが、その儀式の際、金印は神様への奉げ物として埋められた。以後、この辺りの地は叶の浜と呼ばれ、金印を埋めた岬は金の岬となった。とまあこんな調子の物語を創り上げ、後は金の岬が何故叶の崎になったのかが上手く説明できれば、一応の理屈は立つじゃないか」

「金の岬が叶の崎に変わったのは、金の岬が宗像の鐘ノ岬と誤解され、と同時に叶の浜からの影響で字面の合う叶の崎に変化したのであって、万葉の歌を知っていれば単純に解決できる問題よ。でも、そういった金印物語を南冥が創作すれば、竹田側は必ず反論するわ。さっきも言ったけど、南冥は金印出土という事実だけを論じ、その他の論は他人に任せ、それに賛同する方が摩擦が少ないと考えていたのよ。いずれにしても、竹田側が提出する金印と出土地点の因果関係を巡る論を、南冥は諸手《もろて》を挙げて賛成するつもりでいたの。でも竹田側の論は南冥の思惑とは余りに違っていたわ」

「南冥はライバル竹田定良の能力を評価しすぎていたのかな」

「そういうことではなく、竹田定良は南冥のような天才肌の思考パターンの持ち主とは異なっていて、南冥が思っていた以上に実直で堅実な研究をこつこつと進めるタイプの学者だったのよ。現実的で枠組みに囚われがちではあるけれど、こういう人に大きな失敗はないわ。事実、竹田定良は亀井南冥の外連《けれん》を見破ったし、現に彼の修猷館は今でも名門校としてその命脈を保っているでしょう。でも一方で、南冥の金印はその後二百年以上も研究の対象となり、今では国宝として揺るぎ無い評価を勝ち取っているわ。この勝負、どっちが勝ったという問題ではなく……、二人ともが完全勝利なのよ」

マキが僕のバッグにがさがさと資料ファイルを仕舞うと、半分くらいになっていたミネラルウォーターを一気に飲み干して勢いよく立ち上がった。

「公園の中を少し探索してみようよ」

マキはそれだけ言うと、さっさと左側のこんもりした山に続く小道を歩き始めている。慌ててバッグを担いで後を追い、一緒に公園内を探索したが、これと言ってめぼしい物は何もなく、ただ小さな道がうねうねと木々の中を続いているだけで、僕達は本当にあっさりと金印碑の右側の石段の所へ行き着いてしまった。何もない、これが金印公園の全ての感想である。

再び自転車に跨《またが》ると、もうマキは元来た道を船着き場の方へ向かって走り出している。

「マキ、この先の資料館には行かなくても……」

僕が背中へ声をかけると、マキは振り返りもせず怒鳴るように返事をした。

「もう一ヵ所視ておきたいところがあるの。それが終ったら、後は楽しく志賀島観光するからね！」

更にスピードを上げるマキに追い付こうとするうちに、あっという間に船着き場の前を通り過ぎ、道なりに左へ曲がると、そこは志賀海神社の参道で、ずっと先の突き当たりには石の階段が視えた。マキが僕を振り返った。

「志賀海神社に寄るわよ」

自転車を石段の際に止め上を視上げると、社殿はずっと奥の方にあるのか、建物らしきものは何も視えない。マキと並んで石段を昇った。行き違う参拝者もなく、さっきの金印公園より更に寂し気だ。石段を昇りきると真っ直ぐな石の参道が続き、その奥はこんもりと樹木が生い茂っている。

参道の中間地点の左側に、やたら時代のついた石塔がぽつんとあった。マキは興味深そうに石塔の周りを一周し、最下部の石段状に積み上げられた台座に腰掛けると、例によって講釈を始めた。

「この石塔はかなり古いものだわ。恐らく鎌倉末か室町初期ね。こんな凄いのが参道に無造作に建っているところをみると、この神社は思っていたより凄いかもよ」

少し下がってシャッターを切ると、マキが少しポーズを変えた。またシャッターを切った。マキは今度は足を組んで、どこかで視たようなポーズをとった。

「まだ撮るの？」

「最初のはキスリング、二枚目はパスキン、石塔の風情と後ろの雑木林の雰囲気が良いからマチスのポーズでも撮って欲しいの」

マキは当たり前のように言うが、僕にはどうしてもこの辺りの感覚が判らない。確かにこれらの画家の描く女性像の評価は高いが、いかにしても日本固有の神社の風景とはミスマッチだ。

「マチスが日本の古い石塔を女性像のバックに描くとはおもえないけどね」

「それはあなたがマチスの作品をマチスの残した作品だけで語ろうとするからよ。マチスが志賀島を訪れたとして、この石塔を視たらきっと作品を残すわ」

「どんな？」

「この苔生《こけむ》した石塔を光り輝く石の塔に変え、石塔の前には私のような素敵な日本の女の子をリンツの華奢な椅子に座らせて、日本っぽい雑木林は博多湾や玄界灘の真っ青な海にして描き、極東の風景とかいうタイトルをつければぴったりじゃない」

「そうかなあ」

「あのね、ゴーギャンとタヒチをミスマッチとは誰も思わないでしょう。それはどうしてなのよ」

「それはゴーギャンにはタヒチを題材にした名作が多いからじゃないか」

「じゃあ、ゴーギャンがタヒチに行かなかったとして、それでも現在と同じ評価を得ていたとするわ。その時にゴーギャンの作品にタヒチを結び付けて論じる人がいたら、あなたはミスマッチだと笑うわけ？」

「それは……」

「マチスと志賀島だって同じことよ。あなたの頭の良いのは認めるけど、典型的な辞典主義だから空想力はゼロね」

「マキは空想力がないと決めつけるけど、制作会社の米山さんや吉岡さんは僕のことを稀代《きたい》の空想家と言ってるよ」

「そんな風に拗《す》ねた言い方をするところが正にそうなのよ。あなたは刺激に対してハウリングポイントを超えるような過激な反応を決してしないわ。もうちょっと突拍子もないというか、出鱈《でたら》目《め》というか、破滅的というか……、とにかく何でも良いけど、あなたは何もかも当たり前すぎるのよ」

心内を出さずにハイハイという感じで頷いたが、図星のせいもあって段々腹が立ってくる。辛うじて気分を抑え、大人しくマキに合わせた。

「僕とマキは確かに全く逆の性格かもしれないけど、その距離感が二人に良い効果をもたらしているとも言えるじゃないか」

マキは僕の気分など全くお構いなしにギクリとするような答えを返してくる。

「アクセルとブレーキみたいに上手く嚙み合えばね。でも、逆の場合もあるわ。例えば亀井南冥と竹田定良のように、一方が南冥的資質を理解できずにやきもちを焼いたりすると、これは大変なことになるの。無論、南冥型の方がね」

「それって僕の存在がいずれマキに災いをもたらすということ？」

「私は二人のコンビネーションを言ったのよ。あなたがこの先も今と変わりのないあなたなら、私とあなたは理想の組み合わせだわ」

マキがようやく石塔の台座から腰を上げた。相変わらず参道に人影はない。強い日差しの中、マキと並んで更に奥へ進むと、今度はやたら古色のついた石段があり、その先は両側から被さる樹木で一転して薄暗いしっとりした土の参道になっていた。社人と思しき老人が、僕達が歩いてくることなどまるで気にする風もなく一心不乱に参道を掃き清めているのが遠くに小さく視えた。また石段があり、昇り切るとかなりのスペースの広場に出たが、まだ社殿の姿を視ることがない。

「マキ、この神社は物凄く大きいような気がする」

「そうね、この神社の略記によると、全盛時の社殿は壮麗で奉仕する人は百数十名もいたと言うから、当時より規模が小さくなったとしても凄いんじゃないかしら」

広場の右奥の石段を昇ると……、えっと思うほど小さな社殿が目に入った。期待があっただけに、ちょっと気抜けした気分でお参りを済ませると、マキの姿が視えない。社殿前の広場を見渡すと、マキは社務所の中にちゃっかり入り込んで、三十前後の神社の人と親しげに話し込んでいる。のこのこ割ってはいるのも妙なので一人で社殿前のスペースをあれこれ探索していると、マキが小走りで戻って来た。

「ねえ、バッグから私のファイルを出してくれる。ちょっと確認したいことがあるのよ」

「社務所の人から何か仕入れてきたんだ」

資料の確認でもするのかと思いながらファイルを手渡すと、マキは意外なことに観光パンフレットの束を抜き出し、その束の中からチラシみたいなものを取り出した。表書きには「万葉歌碑と史跡」とある。

「何なの、それ」

「この志賀島には万葉の歌碑がたくさん建てられているのよ」

「そうみたいだね。ここへ来る前簡単に調べたんだけど、志賀島は知る人ぞ知る万葉歌の宝庫で、島内にそれらの歌碑が十基もあるらしいよ」

「これはその歌碑の一覧なの」

マキはぺらぺらの紙を僕に手渡しながら言ったが、その瞬間、さっきマキが口ずさんで僕を驚かした「ちはやぶる」の歌が過《よ》ぎり、心内に思わずあっと声を上げてしまった。歌碑の一覧に視線を落すと……、思った通り第一番目に「ちはやぶる」の歌が原文付きで掲載されている。歌の出どこはこのチラシだったのだ。マキが僕の機先を制するように口を開いた。

「そうよ、私はこのチラシでちはやぶるの歌を知り、そしてさっきあなたに聞かせた一連の推察を組み立てたわ。こんなチラシって吃驚したみたいだけど、立派な資料だからといって必ずしも大きな刺激があるとは限らないわ。どんな小さなものでもそれを表面的なボリュームで推し量らず、小さな刺激を増幅できる自分自身の繊細な目線が大切なのよ」

得意げな顔のマキに、僕は無理に笑って問い返した。

「チラシによると、ちはやぶるの歌の歌碑はこの神社の境内《けいだい》となっているけど、それらしきものは何処にも視えない。いったい何処にあるんだ」

「それを崎山さんに聞いていたんじゃない」

「崎山さん？」

「この神社の権禰宜《ごんのねぎ》の人で、志賀島の歴史や文化にとても詳しい人よ」

「えっマキ、この志賀海神社に知ってる人がいたの？」

「さっきまでは知らなかったけど、さっきから知り合いになったのよ」

マキがしれっとした口調で言うので、今度は自然に笑ってしまった。

「権禰宜の崎山さんとマキがごく親しい関係にあることは判ったけど、とにかくその歌碑の所へ行ってみよう」

「そうね」

マキは小さく頷くと、もと来た参道の方へ歩き始めた。下の広場を通り過ぎ、土の参道を通り過ぎ、あれっと思っているうちにさっきの石塔の前も通り過ぎてしまった。

「マキ、これじゃあ神社から出ちゃうじゃないか。歌碑は神社の外なわけ？」

僕が問いかけると、それが合図になったみたいにマキは歩みを止め、右側の雑木林の方を指差した。

「あったわ、あそこよ。どのパンフレットにも境内と書いてあるから迂闊《うかつ》にも見逃しちゃったわ」

マキと並んで歌碑の前に立った。ちはやぶるの歌は読み易いようにとの配慮からか原文ではなく、「ちはやぶる　鐘の岬を　過ぎぬとも　われは忘れじ　志賀の皇神《すめがみ》」と漢字仮名交じりで書かれていた。

「このチラシによれば、石碑に揮毫《きごう》したのはこの神社の宮司さんなのね。宮司さんは原文の『金之三埼』を宗像の鐘ノ岬と解釈したのか、原文の字を使用せず『鐘の岬』と揮毫しているわ。歌碑に準じてチラシやパンフレットも全て『鐘の岬』となっているから、何故かってそのことを崎山さんに尋ねたのよ。最初は『鐘の岬』でどこが不都合なのかと不審気だったけど、私がこの歌の推論を説明すると、辻褄も合うし充分ありえると支持してくれたわ。これで歌碑も確認したし、志賀島での目的は全部果たしたから大満足なの。ねえ、これから志賀島の海岸線をぐるっと回ろうよ」

歌碑を視ながら満足気に頷くマキに何食わぬ顔でシャッターを切ったが、心内で、薄っぺらな一枚のチラシの確認でさえ疎《おろそ》かにしないマキの緻密さにほとほと感心してしまった。

歌碑を離れ参道に戻ると、さっき通った時には気づかなかったが、参道の左側に雑木林が途切れて見晴らしの良い場所があり、そこから海の中道《なかみち》を挟んで右側にこぢんまりとした博多湾、左側に大きく広がる玄界灘が視えた。博多湾側のずっと先に福岡ドームや福岡タワーなどの近代建築が小さく視えているが、マキは興味がないのか玄海灘側の風景ばかり視ている。

「ここから宗像の鐘ノ岬までかなり距離があるから……、残念ながら視えないみたいね。でも、いつか二人で鐘ノ岬に……、そうだこれから鐘ノ岬まで行ってみようか」

「これからじゃ、いくらなんでも時間がないよ。志賀島を一周すると十キロ近くもある。マキのいつものペースであれこれ寄り道しながら一周してたら、今すぐ出発しても帰りの船に間に合わなくなる」

「最終便は一九時ちょうどだから充分余裕はあるわ。それに乗り遅れたら乗り遅れたで志賀島に泊まれば良いじゃない。旅行は行き当たりばったりで無計画な方が楽しいのよ。全くあなたって心配性なんだから」

いちいちぶつくさと煩《うるさ》いマキを促しようやく出発したが、一周道路に入ってものの三分もしないうちに、道路際に咲く珍しくもないハマダイコンやハマボッスをせっせと摘んではファイルに挟んで押し花である。

　これもマキに言わせると繊細《せんさい》な目線の一つなのだろうが……、僕にはマキの本質的な性分が未だに判らない。


　結局、最終便で志賀島を出ることになり、福岡のホテルへチェックインした時には九時近くになっていた。

「後で博多ラーメンを食べに行かない」

　部屋まで案内してきたボーイの姿が消えると、マキがカーテンを開けながら言った。

「夕食なら志賀島でイカづくしを食べて済ましてきたじゃないか。また食べるわけ？　それに、明日は能古島だろう。早く寝た方が……」

「明後日の夕方には明石さんの所へ行くから、今日のうちに金印のことは何もかも摺り合わせをしておきたいの。きっと二時頃までかかるわ。そうしたらお腹がすくじゃない」

「摺り合わせと言ったって、マキの方が圧倒的に情報量が多い。正直に言うけど、マキの志賀島出土否定論には圧倒された。僕はとても敵《かな》わない」

「私のこと凄いと思う？」

　僕が無言で頷くと、マキは満足気な表情でシャワー室へ消えたが、直ぐに体にバスタオルを巻きつけたまま戻って来た。

「明石さんが『国宝金印は自分が持っている金印の模刻だ』と言ったことの裏側を探るのがあなたのテーマよね。後でその話を聞かせてくれるかしら」

「まだ自分自身の推論を組み立てるところまでいっていない。とにかくマキのスピードが余りに速くて驚いている。二人同時に作業を始めたとは思えないよ」

僕が答えた時には、マキはもう踵《きびす》を返すようにしてシャワー室のドアを開けている。やれやれと思いながら冷蔵庫からジュースを取り出し、テレビのスイッチを入れ、ソファーに座って暫くすると、当たり前のように睡魔が襲ってくる。ボーッとする中、ふと妙なことを思い出した。

金印公園の帰り……、僕がしかのしま資料館のことを口にしたのに、マキは全く無視して志賀海神社へ向かい、その後志賀島を一周した時にも資料館を気にかけるでもなく通り過ぎた。パンフレットによれば、この資料館には金印関係、万葉歌、志賀海神社等の資料が百八十点も展示されている。

マキは何故この資料館へ立ち寄ろうとせず無視したのだろうか？　常識的に考えれば答えは一つ……、僕の眠気は一瞬にして吹き飛んでソファーの上で飛び上がった。マキは志賀島へ行《い》ったことがあるのだ。全神経を集中して今までの経緯を反芻《はんすう》した。カチャッと鍵の音がした。

「ねえ、あなたもシャワーを浴びてきたら」

マキがシャワー室から体を半分覗かせて言った。

「マキ、ちょっと聞きたいことがある」

部屋着に着替えたマキが不審気な顔をしながらソファーに腰を下ろした。

「何難しい顔しているの？」

「志賀島は初めてと言ってたけど、本当は前にも行ったことがあるんだろう」

僕が単刀直入に言うと、マキはほんの一瞬エッという表情をしたが、直ぐにくすっと笑った。

「真剣な顔で言うから何のことかと心配したけどそんなことだったの。そうよ、志賀島には去年も行ったわ。それに私……、初めてなんて言った覚えがないんだけど」

「言ったよ」

「私は金印出土地とされる叶の崎を確認したいと言っただけで、志賀島に行ったことがないなんて言わなかったわよ。それに、行ったことがあるかどうか、別に大した問題じゃないでしょう。何が気に食わないの？」

「じゃあ聞くけど、何のために去年志賀島に行ったんだ」

「観光地の調査は私の仕事だからでしょう」

「そうかな。僕は違うような気がする」

「何が言いたいの？」

「はっきり言うけど、金印のことに関してマキのロジックを組み立てるスピードは異常に速い。マキの作業のボリュームを考えると、一週間ではとても無理だ。どう考えても半年、ひょっとすると一年の可能性さえある。本当は金印の調査に行ったんだろう？　マキは少なくとも去年から金印のことを追い掛けていたような気がする。それも僕に内緒で。いかにも僕と同じスタートラインで始めたような顔をして……、ちょっと狡いよね」

「あなたの思い過ごしよ。でもいつにないあなたの空想力は認めるわ」

マキがはぐらかすので僕は更に突っ込んだ。

「マキがどんな刺激から金印の志賀島出土を否定する論を思いついたのか、それは判らない。僕とマキの間では、先ず最初にマキが義満の雄山閣金印と接触し、その後の経緯の中で明石さんと出会い、そして志賀島金印にテーマが移ったことになっている。でもそれは全く逆だ。マキは志賀島金印を追い掛け、その経緯の中で雄山閣金印と接触し、明石さんが現れた。違うかな？」

「仮にあなたの空想を認めるとして、それなら面倒な手順を踏まず、私の考え方をストレートに説明し、あなたのジャッジを仰いだ方が早いじゃない。私が嘘をついてまであなたと一緒に志賀島金印のことを調査しようと持ちかける必要なんてどこにもないわ」

「マキの作業は非常に専門的だ。いきなりマキから志賀島出土否定説を聞かされても僕には正しい判断ができない。だからマキは僕をある種教育するために、知らん振りしながら二人の同時スタートを装った。この同時スタートはマキに対するライバル心から僕に猛烈なエネルギーを発生させる。例えば、単にマキの推論の検証なら僕は自分の推論を組み立てる必要はないし、在り物の論文を寄せ集めての辞典主義による受け答えであっても、とりあえずの責任は果たせてしまう。マキはそれを嫌った。僕はマキにとっての物差しなんだ。自分で言うのも可笑しいけど、僕はこういうことに対して普通の人よりかなりレベルが高い。従って、この僕が納得すればマキの推論は充分に仮説として成立する。図星だろう？」

「それで？」

「マキの本質的な性分は判らないけど、一つだけはっきりしているのは、マキが僕に対して何事も勝ちたいと思っていることだ。まだ頭の中で混沌《こんとん》としていて固まっていない状態では秘密にして表に出さない。ロジックが完璧に組み上がって、結論に至るまでの全ての作業が完了したところで、マキはいかにも軽い調子で推論の一部を口にして僕の反応を観察する。僕がてっきり思いつきの類かと軽く考えていると、実は周到に裏を取った揺るぎのない答えを頭に隠し持っている。僕はこの戦法でいつもマキに負けてしまう。今回の金印もその枠組みにある。磐石《ばんじゃく》にロジックが完成しているマキに対して僕は一週間……、勝負にならないよ」

「そうね、珍しく全部当たっているわ」

マキはちょっと肩をすぼめただけで別段悪びれた様子も視せず、何ともあっけらかんと言った。内心もの凄く気負い込んでいたので、今度は逆に僕の方が言葉に詰まって視線を外すと、マキは僕の飲みかけのジュースを口に運びながら照れたように笑った。

「完璧にカモフラージュしていたのにどうしてバレちゃったのかしら」

「しかのしま資料館を無視したからだ」

「だってあの資料館には私の推論に役立つ資料は何もないんだもん。ふーん、あれが切っ掛けになったの」

「マキは以前志賀島に調査に行っている、これを前提に考えると、しっくりこなかったことの全てが解決した」

「例えば？」

マキは興味を惹かれた様子で短く言った。

「昨晩マキが思い付きのように、明日の朝一番で志賀島へ行こうと言い出した時にはてっきり衝動的なものだと思っていた。ところが、現実に志賀島へ来てみると、志賀島に関する情報はパンフレットやチラシの類に至るまで検討し尽くされ、表面的には出鱈目なタイムスケジュールも、終ってみれば実に効率的で無駄がない。空っ惚けていたけど、本当は志賀海神社の権禰宜の崎山さんとかいう人だって初対面ではないんだろう？」

「どうしてよ」

「だって、単なる観光客を権禰宜の人があんなに簡単に社務所へ招き入れるわけがないよ。今回の志賀島行きは、マキの思い付きなんかではなく、完璧なプランに基づいて実行されたんだ」

「他には？」

「金印公園に金印のレリーフがあっただろう。マキは金印の印影の左側にある窪みのことを今まで気が付かなかったと言ったけど、あれは金印に興味がある人なら誰でも知っている有名な窪みじゃないか。マキが知らないわけがないよ。あの時も妙だなと思った。それから、明石さんの家で漢委奴国王の金印を視た時、マキは『明石さんが本物と言うなら、私は明石さんの目筋を信じます』と言ったけど、いつものマキならあんなに簡単に認めるわけはないし……、それどころか明石さんに食って掛かってるよ。でもマキはいとも簡単に認めた。認めた理由は、マキ自身が国宝金印のことを非常に詳しく知っていて、明石さんの主張を一概に否定できないと思ったからだ。マキの凄い量の資料類にしたって、資料一覧のページがちょこっと視えたけど、いくらなんでも一週間で収集できる数じゃないよ」

マキが観念したかのように小さく溜め息を吐くと、僕のバッグから自分のファイルを取り出した。

「あなたの優れた洞察力に素直に冑《かぶと》を脱ぐわ。敗北宣言の意味を込めて、私の集めた資料インデックスを特別に視せてあげるわね」

マキはファイルから資料一覧を抜き出すと僕の目の前に置いた。一瞥して仰天した。江戸期の「金印弁」から始まり、明治、大正、昭和、平成にかけて提出された金印関連論文がずらりと並び、それらの論文を補足する文献類がだーっと続き、更には江戸期や中国の印譜までが揃えられている。

「このリストにあるものは全部手元にあるってこと？」

「そうよ。でも、中国側の印譜はまだ足りないわ」

「これだけ揃えてもまだ不足なわけ？」

「例えば、中国の宣和年間（一一一九〜一一二五）に刊行された印譜に『宣和集古印史』というのがあるのね。この印譜をどうしても視たいんだけど、未だに視つからないわ」

「中国の宣和年間といえば、徽宗《きそう》帝の時代だから……、九百年近くも前のことじゃないか。そんな古い印譜は中国にだって伝世していないと思うし、ましてや日本にあるわけがないよ。それにしても、この膨大な資料や文献類を一体どうやって集めたんだ」

「明治期以後の論文は、『史学雑誌』、『考古学雑誌』、『筑紫史談』などに掲載されたものが多いからそれほど手間もかからず楽だったけど、江戸期の論文や印譜は、いちいち原典をマイクロフィルムにし、それを複写するから大変だったわ。それに、こういった資料って東京の図書館だけでは揃わないし、個人の収蔵しているものが多いのよ。結局一年以上かかっちゃって……、そうこうするうちに雄山閣で義満の金印というまた別の問題と巡りあったでしょう。こうなると、もう私一人では解決できないから、それであなたに声をかけたのよ」

「羽黒山の宿坊に電話をかけてきた時には、てっきり僕に会いたくて来たのかと思ったけど、あれは一刻も早く僕に手伝わせるための手口だったんだ」

「確かに切っ掛けにはしたけれど、八十パーセント以上はあなたと一緒にいたかったからよ。その証拠に、あの後一週間も雄山閣でくっついていたし……、ただ、東京へ帰ってから思いもかけぬことが起きて、それで少し焦ったことは事実だわ」

「明石さんが金印を持っていたこと？」

「あれには本当に驚いたの。突然、現在の国宝金印はここにある金印の模刻印だなんて自信たっぷりに言い切る人が現れたんだもん」

「あの時のマキは明石さんの金印を認めていたよね。あれって本当にそう思って認めたわけ？」

「明石さんとは初対面だし、私は何の情報も持ち得ていないから、あの人のレベルは判らないわ。ただ、義満の雄山閣金印を手に入れるまでの経緯を考えると、見かけよりかなりレベルの高い人のような気がしたの。それで、ここは波風を立てずに認めておいて、後であなたに私の金印論に関してのジャッジを求め、完璧に仕上がったところで明石さんと議論した方が良いと思ったのよ」

「じゃあマキは明石さんの主張を認めて頷いたわけではないんだ」

「私は志賀島出土否定説には絶対の自信があるけど、この志賀島出土とされる金印と現在福岡市博物館に収蔵されている国宝金印が確実に同一の金印であるか否かについては、私の中ではまだ判然としないのね」

「判然としない？　と言うとマキは明石さんの金印が真印で、現在の国宝金印はその模刻印である可能性もあると考えているんだ」

「そういう意味で言ったんじゃないの。国宝志賀島金印を語る時、最初の作業は、志賀島金印は紛れもない本物、或いは中国か日本で作られた真っ赤な贋物、このどちらを選択するかなのね。仮に、志賀島金印を本物とすると……、福岡市博物館収蔵の国宝金印は志賀島出土とされる金印と同一の紛れもない真印、福岡市博物館収蔵の金印は明石さんが所有する金印の模刻印、福岡市博物館収蔵の金印は模刻印だが、明石さん所有の金印もまた模刻印で本物の志賀島金印はどこにあるか不明、この三つの可能性が生じるわ。国宝志賀島金印を贋物とした場合は、中国で作られた偽印なのか、日本で作られた偽印なのかが問題になり、そしてどちらにも共通する問題として、一体誰が、いつ、何のために漢委奴国王の偽印を作ったのか、これがテーマになるのね。つまり、国宝志賀島金印は本物か贋物か、この最初の選択によってアプローチの仕方が全く異なるのよ」

「でもマキ、完璧に解決しようとするなら、今マキが言った問題をすべてクリアしなければ正しい答えは得られないということだろう」

「そうね。でもこの全てを解いた人はいないわ」

「マキはそもそも志賀島金印を本物と贋物のどっちだと考えているんだ」

「両方の可能性を同時にスタートさせると、余りに広がりすぎて手におえないから、とりあえず本物と考えて作業を開始したわ。作業の過程で贋物ならどこかで解決不可の問題が生じるし、そうすればその時点で贋物として作業を始めれば良いと考えたのよ」

「マキの作業がどこまで進んでいるのか判らないけど、今の所は本物と考えても不都合はないんだね」

「今現在では本物としか思えないわ。とにかく、福岡市博物館収蔵の金印が真印か模刻印かについて、これからあなたと徹底的に摺り合わせ、解決不可の問題が生じるかどうか確かめたいのよ」

「一つだけ聞きたいことがある。マキは僕が気づかなければ、自分のゲームをずっと秘密にしたまま僕に協力させようとしていたわけ？」

「東京に帰るまでにあなたと志賀島金印に関する推論の全ての擂り合わせを済ませ、済んだところで全てを話すつもりだったのよ。もうこれで全部白状したんだから、ぐちゃぐちゃ言わないで気持ちよく協力して欲しいわ」

「判ったけど……、まず最初にマキのファイルにある手持ちの資料は全部視せてくれるかな」

「すぐにこのテーブルの上に整理して並べるけど、ちょっと時間がかかりそうだし、あなたはその間にシャワーでも浴びてきたら」

マキのゲームの全貌が僕の頭の中にぱーっと広がり俄然面白い気分が湧いてくる。水のシャワーを浴び、気分をしゃんとさせると、神経が集中しているせいか嘘のように疲れがふっ飛んだ。バスタオルで体の水気を取るのもそこそこに、下着姿のまま勢い込んでマキの前に座った。

「直ぐに始めようか」

テーブルの上に所狭しと並べられた資料を視ながら言うと、マキがくすっと笑ってホテルに備え付けの寝間着を手渡してきた。

今の熱い気分には不必要だが、マキのせっかくの好意を無にするわけにもいかず、僕は糊の利いた寝間着をバリバリさせながら喋り始めた。

「まず志賀島金印に関わる模刻印の歴史を調べてみた。金印は明治期になるまで福岡藩の藩庫に厳重に管理されていたから、最初は僕も金印の模刻印は江戸期には存在しないと思っていた。ところが……、模刻印は江戸期にたくさん作られているんだ」

マキがそうねと僕に合わせるように頷き、一呼吸置いてテーブルの上の幾つかの資料を指差しながら口を開いた。

「金印発見直後から、上田秋成の『漢委奴国王金印考』、井田敬之の『後漢金印図章』、藤原貞幹の『好古日録』、伴信友の『中外経緯伝草稿』、大田蜀山人の『一話一言』など金印関連の論文がたくさん提出されたけど、どの論文にも漢委奴国王の模刻印影が観察できるから、木製の模刻印は日本全国で数十点あったかもしれないわね。最も早く模刻印を作ったのは藤原貞幹で、金印出土直後の天明四（一七八四）年の四月二日、もう彼の模刻印影が出回っているわ。後に小宮山昌《こみやままさ》秀《ひで》が文化七（一八一〇）年の『楓軒偶記』という自著で『此印藤貞幹模刻ノ物アリテ、予ニ贈リシガ、今ハ焚《や》キタリ』と言っているのね。藤原貞幹は模刻印を幾つも作ってあちこちに贈っていたんじゃないかしら」

「亀井昭陽も文政七（一八二四）年の『題金印紙後』の中で、金印は日本の珍宝だから世の好事《こうず》家《か》達に模刻が数多く出回っていると記述している。ひょっとすると金印の模刻印や印影は当時の好事家達のコレクションアイテムの一つだったのかもしれないな。ただ、今現在、僕とマキの間でテーマになっている模刻印とは、こういった印影から模刻しただけの木製の模刻印ではなく、蛇の鈕の部分まで精巧に写された銅印塗金もしくは純金製の模刻印のことだから、これを定義にすると、実は金印の江戸模刻印はたった一つしかないんだ」

「たった一つ？　一つとする憑拠を聞きたいわ」

「亀井昭陽の『題金印紙後』に、友人の梶原景熙が金印の精巧な模刻印を自分（昭陽）に贈ってくれたとの記述があり、僕はこれを憑拠にした」

「模刻印の存在を示唆する江戸期の文献史料は『題金印紙後』以外にはないと言うのね」

マキが念押し口調で言うので、僕は言葉を選びながら答えた。

「あくまで僕が調べた限りのことだから、マキが僕の知らない文献史料を提出し、更にその文献史料が憑拠に成り得るものであるなら、僕はマキの論に賛成するつもりだけど……」

「あら、随分謙虚なのね」

「今までの経緯を視ても、マキの方がずっと情報ストックが多いから、ここは謙虚にならざるを得ないよ。話を戻すけど……、梶原景熙が亀井昭陽に贈った模刻印は銅印塗金だったのか、それとも純金製なのか、この問題はまだ未解決で、またこの模刻印が現在どこにあるのかも僕には不明だ。明治一一年二月、当時の金印所有者黒田長溥《ながひろ》の許可で、初めて公の形で模刻印が作られた。この模刻印は上野の帝室博物館に収蔵され、その後、明治二〇年には後に帝国博物館初代館長になった町田久成が、当時の彫金名人で後に東京美術学校（現芸大）教授になった加納夏雄《かのうなつお》に二つ模刻させた。一つは博物局に納められ、もう一つは京都の藤井有鄰館が収蔵している。ちなみに、明治期の模刻印は全て銅印塗金なんだ」

「じゃあ、模刻印の定義を更に厳密にして純金製に限るとすれば、明治期の模刻印は全て銅印塗金だから排除され、梶原の模刻印にしても果たして純金であったか否かは今のところ判らないから、志賀島金印の完全な模刻印は存在しないとも言えるわけね」

「志賀島金印は純金といっても僅か百八・七二九グラム、今の金の地金価格で十万円ほどだし、当時の一両小判は十八グラム弱だから七両も潰せばできてしまう。梶原の身分を考えると、純金製にしたところで大した負担にはならないよ。それに銅印塗金の方が製作上むしろ面倒だし、純金の模刻印を贈った可能性は充分にある。それとマキ、梶原は昭陽に贈った以外にも模刻印を作っていたと思う。この人は福岡藩随一の金石学者として名高く、また、模刻の才は特に高く評価されていたんだ。当時の福岡藩主や藩主嫡統の印を刻し、あの松平定信にも印を刻している。この梶原が自分用のサンプルとして志賀島金印の模刻印を手元に置かないわけがないよ。ただ、梶原のことを伝える文献や資料は殆ど視つからなかった。マキの方で何かこの梶原に関する情報を持っていたら逆に教えて欲しいんだ」

「享和三（一八〇三）年の『梶原景熙考文』という重要な史料を一点見逃しているわ」

「『梶原景熙考文』？」

僕が小さく声を上げると、マキはテーブルの上から一枚の史料コピーを取上げ僕の方に差し出した。一番右側に上から金印印影、その下に上から視た金印の形状、右側面、左側面と三点の図が描かれ、その左側には志賀島絵図、そしてその左側に天明四年甲辰二月二三日から始まる短い漢文が書かれている。

文面は甚兵衛口上書を追認したみたいなもので、取り立てて刺激になるようなことは視当たらない。全文を読み終えて史料コピーをテーブルに置くと、マキが直ぐに口を開いた。

「この梶原考文を巡って、大正初頭に中山平次郎と黒田侯爵家歴史編纂主任の中島利一郎が大論争を繰り返したわ」

「でもマキ……、この文を読む限り大したことは書かれていない。何が問題で大論争になったのか判らないな」

「この梶原考文は中山平次郎が『考古学雑誌』第五巻第二号（大正三年一〇月五日発行）に寄稿した『漢委奴国王印の出所は奴国王の墳墓に非らざるべし』の中で写真入りで紹介したものなのね」

マキがいかにも勿体《もったい》をつけた言い方をするので、僕は史料コピーをもう一度じっくり観察した。

「右上に金印の印影があるでしょう。あなたはこの印影を真印、それとも梶原の作った模刻印からの印影、このどちらだと思う？」

「それはマキ、この文の最後の方に『今以其真図手自印之并図鈕形／今その真図を以って、自ら（梶原）の手でこれを印し、ならびに鈕形を図す』とあるから、この右上の印影は本物を捺《お》したんだと思うけど……」

「ふーん、あなたはその最後の文をそう読み、そう解釈したわけ」

「白文だから読み方は色々あるにしても、この文の意味は『右上の印影は真印からのもので、下の三点の図は自分が描いた』で良いと思うけど……」

「この文を巡る二人の解釈は違うのよ」

「違う？」

「中山の方はあなたと同じように読んで文の解釈もあなたと同じなのね。でも、中島の方は読みはともかく、文の解釈はあなたや中山とは全く違うわ」

「マキがこの先どう話を展開しようとしているのか判らない。悪いけど、中島と中山の論争のポイントをかい摘んで説明してくれるかな」

「前にも言ったけど、中山平次郎という人は金印隠匿説だから、最初彼はこの梶原考文を自説の憑拠の一つとして提出し、中山自身も後にこの考文が論争の火種になるとは思ってもいなかったのね。事実、中山は梶原考文を写真掲載した『漢委奴国王印の出所は奴国王の墳墓に非らざるべし』の中で、中島利一郎を意識した文を何も書いていないわ。当時、金印所有者の黒田侯爵家は金印関連の資料類を全く公開せず、その情報管理は徹底していて、明治一一年、明治二〇年に模刻印を作った時でさえ、真印の印影を公開しなかったほどだから、当然、金印研究家は黒田家以外に資料を求め、特に中山はこの作業に没頭していたのね。『漢委奴国王印の出所は奴国王の墳墓に非らざるべし』の中で発表した阿曇家本『筑前国続風土記附録』や『梶原景煕考文』はその成果だけど、中山は翌月号の『考古学雑誌』にも『漢委奴国王印に関する二三の文籍』という題の論文で自分の収集した金印関連資料を発表することになっていたの。ところが、ここで思わぬことが起きたわ。それまで沈黙を守っていた黒田侯爵家側が、黒田侯爵家歴史編纂主任の中島利一郎を通して金印関連資料を一気に大量に公開することになり、中島利一郎がこれに際して『委奴国考・上』という論文を大正三年一〇月一五日発行の『筑紫史談・第三集』に寄稿したのよ。つまり、中島の論文は中山平次郎の『漢委奴国王印の出所は奴国王の墳墓に非らざるべし』と『漢委奴国王印に関する二三の文籍』の丁度間に入るわけね。実は……、この二人の論争って本当に時間の綾《あや》なのよ」

マキが最後のところで飛び切り思わせぶりな言い方をするので、身を乗り出して次の言葉を待った。ところがマキは僕の気分をはぐらかすように、ホテルのメモ用紙に無言で何やらぐじゃぐじゃと書き出した。

大正三年一〇月五日
　中山平次郎「漢委奴国王印の出所は奴国王の墳墓に非らざるべし／考古学雑誌」
大正三年一〇月一五日
　中島利一郎「委奴国考・上／筑紫史談　第三集」
大正三年一一月五日
　中山平次郎「漢委奴国王印に関する二三の文籍／考古学雑誌」
大正四年二月五日

中島利一郎「委奴国考・中／筑紫史談　第四集」
中島利一郎「梶原景熙事蹟／筑紫史談　第四集」
大正五年三月五日
中山平次郎「金印余録／考古学雑誌」

「マキが時系列に並べた論文は中山平次郎と中島利一郎の論争の経緯を表すものなんだね」

「そうよ。とにかくこの論争は二年近くも尾を引き、部外者まで加わって大騒ぎになったけど、中島の最初の論文『委奴国考・上』がもっと早く、もしくはずっと後に出ていればこの論争は起きなかったと思うわ」

「どういうこと？」

「中山は自分の最初の論文発表直後に中島論文が発表されるとは思ってもいなかったのね。当然、予定通り次の論文『漢委奴国王印に関する二三の文籍』を完成させ、翌月号の『考古学雑誌』へ寄稿する段取りも完了していたの。論文の内容は、中山が独自に集めた史料類を分析し、そこから当時公開されていなかった金印の印影を確定し、これを広く世の中に紹介するといったものなのね。中山はこの二番目の論文で亀井南冥の実弟で崇福寺の住職曇栄が所有していた金印の印影が伝世していることを紹介し、この印影と最初の論文に掲載した梶原考文に捺された印影は同じものだから、梶原考文にある印影は本物の金印によるものだと考証したわ。そして、この考証の折に、中山が駄目押しのように採用した憑拠が、実は梶原考文にある『今以其真図手自印之并図鈕形』だったのよ。中山はこの自分の論によくよく自信があったのか……、論文の後ろの部分で藤原貞幹の『好古日録／寛政八年』や『国史大辞典』等に掲載された印影と、今回自分が紹介した印影とは明らかな相違が認められることを論じ、金印の印影すら公開しない黒田家側を痛烈に皮肉ったわ」

マキがハイこれ、といった感じで手際良く史料コピーを僕に手渡した。アンダーラインを引いた部分に、今マキが言った中山の論が記されている。

★好古日録、靖方溯源、国史大辞典、筑前志等に掲げられたるものと比較するに、相互類似せるは素《もと》より明白なれども、亦多くの明瞭なる異点を指摘し能う。上野博物館の模造品が現品と相違の点ありとは余の聞知せる所である。真印は今黒田侯爵家の重宝となり、諸人が随意に之を見る能わざるものである。今回偶々真印が捺されたりと推すべき文籍を閲覧するの機会を得たるに由り、之を写真に附し同好に示さんと欲する。

（漢委奴国王印に関する二三の文籍／考古学雑誌・第五巻第三号）

マキは僕が読み終えるのを確認すると、少し興奮した口調で続きを喋り始めた。

「ところが、中山の第二の論文が発表される二十日前に中島利一郎の『委奴国考・上』が発表されていて、何とこの論文の巻頭に金印の印影が麗々しく『侯爵黒田家什物《じゅうもつ》』という肩書き付きで掲載され、更に中山が自分のロジックの重要な憑拠に採用した曇栄の印影まで載せられていたのよ。しかも……、この印影は中山が紹介した印影とまるで違っていたわ」

「なるほどね、それじゃあ中山平次郎の面子《メンツ》は丸潰れだよね」

「だいたい、当時の金印研究というのは、黒田家側が一切関知しないという前提で成り立っていたから、いきなり非公開の資料類が公開され本物が同じ土俵に上がってきたら、それまでの研究家達はコテンパンにされちゃうわ。中山にしても自分の論文が出る前に中島論文の内容が判っていれば、恐らく新資料の登場を歓迎しただろうし、自分の論文の内容も変えたと思うけどね」

「だからマキはさっき時間の綾と言ったわけか。確かに、中島論文で黒田家が金印の印影を公開すると判っていれば、僕も中山は皮肉めいた言い方をしなかったと思う」

「全ては二人の論文発表のタイミングが切っ掛けなんだけど、皮肉られた中島はこっ酷く中山に報復したわ。中島は予定していた通り、大正四年二月五日発行の筑紫史談に『委奴国考・中』を発表するけど、この論文にわざわざ雑録という形で『梶原景熙事蹟』というミニ論文を付け加え、ここで中山の論文を名指しで批判したの。しかも、中山と異なる経路で入手した『梶原景熙考文』を紹介し、この考文の漢文解釈まで改めて付け、いかにも見下《みお》ろし口調で中山を攻撃したわ」

　マキが無言のまま僕にまた史料コピーを差し出した。視線を落して確認すると、中島論文「梶原景熙事蹟」の一番最後の部分である。

★上野の帝室博物館のは、黒田侯爵家重宝の金印実物に就いて模造せられたのであるが、捺印の跡を仔細に点検すれば、余り奇麗過ぎて、技巧の勝った為め、実物とは稍々《やや》相違したものになっている。景熙の用いた印影（梶原考文にある印影）は如何というに、余の所見によれば、景熙自刻の印であると思われる。（中略）所謂《いわゆる》真図とは、金印の実物その物ではない。印その物を図とは決していい得ないのである。蓋《けだ》しここの真図とは、実物によって捺せられた印影と解すべきであろう。彼れは之れによって自ら刻したので「手自印之」は、単に捺印の意ではなく、余は彫刻の義に解したい。（中略）彼れの用いた印影が、彼れ自身の彫刻に出ずるものなる事は、実物の印影と比較して、争われぬ相違点あるを見出し得るので判る。即ち委ノ字第二画目の右の鍵が、稍々外に擴って、漢ノ字の左肩とすれずれになっているのや、委の下部の女の中空が、実物よりは、少し広すぎて見ゆるなど、それである。しかし金印の模刻において、景熙がもっとも得難き第一人者なるはいうまでもない。余は飽くまで彼れが彫刻の技倆に推服する者である。「伏敵編」以下流布本に見ゆる金印の印影が、実物と遠く離れている事は、博士（中山平次郎）の説の如くである。

（梶原景熙事蹟／筑紫史談　第四集）

「さっきマキが言ったように、中山平次郎と中島利一郎では梶原考文にある『今以其真図手自印之』の解釈が全く違うね。中山は『真図とは金印のことで、梶原は実物を手にして捺印した』と解釈し、中島は『真図とは金印の実物ではなく、単に実物を捺した印影であり、手自印之とは自らの彫刻の意であるから、梶原は真印の印影を見ながら模刻し、その模刻印を捺印した』と解釈したってわけだ。そして中島は、自分は立場上本物の金印の印影を良く知っているが、本物の印影と梶原考文の印影は明確に違う、梶原景熙は模刻の名人だから貴君は惑わされた、と皮肉っぽく批判したんだね」

「あなたは二人の論の違いをどう思う？」

「僕は中山の主張の方があってると思っていたけど、中島は常に金印を視ているわけだから間違えるわけもないし……」

何となく曖昧に答えると、マキが直ぐに解説を始めた。

「論文からも判るように、中山は金印の実物を触ったことも視たこともないのよ。当然、金印を自分で捺印したこともないから、揺るぎのない確実な金印の印影を知らないわ。一方、中島はごく日常的に金印を視ることのできる立場にいるのね。つまり、中島の知っている印影と違っていれば、中山がどんな憑拠を提出しようと、梶原考文にある印影は模刻印ということになるのよ」

「ということは、やっぱり中島の主張の方が正しいわけ？」

マキはミネラルウォーターのボトルを口に運びながら意味ありげに笑った。

「普通は誰でもそう思うけど……、中山は翌年三月の『金印余録』という論文で『黒田侯爵家歴史編纂主任の貴君が模刻印影と断定するのだからそうなのだろう。すると私が真印の印影として紹介した梶原考文の印影は誤りということになるから、これを紹介した不明を恥じ、考古学会の会員諸君に私の罪を謝すより他ない。しかしながら、いったい梶原氏の条文「今以其真図手自印之」をいかに読んだならば貴君の解釈となるのか奇怪としか思えない。いずれにしても貴君は黒田侯爵家歴史編纂主任であり、誰も視ることのできない本物の金印を自由に視られる立場にあるのだから、もう一度私の提示した印影（梶原考文の印影）と黒田家の印影を比べて欲しい。私が梶原考文の印影を本物の金印の印影としたのは、曇栄の印影や許斐《このみ》家所蔵の印影（江戸期以来真印印影とされている）と全く同じだったからだ。この二つの印影は真印からのものではないのか！』

と、猛烈に反発したわ」

「あれ？　二人のロジックはどちらも正しいよね……、これってマキ、どういうことなのかな。梶原考文の印影が歴史的に真印印影と確定されている印影と同一ならば、何故黒田家所蔵の真印の印影と違っちゃうわけ？」

「二人の論争は、そこが最大の山場になるのね。とにかく、ごく常識的に考えれば、本物を持っている中島は中山に負けっこないわ。でも中山はあくまでも自分の論を信じて戦いを挑むのよ」

「でもマキ、中山は勝てっこない。だって中山が憑拠にした曇栄や許斐家の印影でさえ、中島は否定できる立場にある。いくら中山が天明期以来真印の印影と確定されていると主張したって、中島が金印の実物を取り出して目の前で捺印すれば簡単に否定できてしまう。つまり、中山の憑拠は中島の前では憑拠になり得ないんだ」

「そう思うでしょう。でも中山には絶対負けないという勝算があったのね」

「僕には想像つかないな」

「実を言うと、中島は『筑紫史談』第三集に掲載した最初の論文『委奴国考・上』で致命的なミスを犯していたのよ」

マキがテーブルの上の資料類を掻き分け、一枚の史料コピーを取り出すと僕に読むよう促した。まず最初に「漢委奴国王金印之真影」と太字で書かれ、その横に凸版複写の金印印影が掲載されている。直ぐに本文を読み始めたが……、仰天の余り僕は言葉を失ってしまった。

★在京会員黒田侯爵家歴史編纂主任中島利一郎曩《さき》に「委奴国考」を寄せらるるや、添うるに黒田家什宝漢委奴国王金印真影を以てせらるるもの前後二枚あり、元来氏の論説は本誌第二集に掲載の予約なりしもの、原稿到達僅かに期日に後れしを以て、已む無く、第三集に採録するに及び、編者と印刷人間との行為の為め、前集には第一回送附の印影を其儘に捺したり、（印刻家の手を経たるものの由なり）依て後送の物を特に茲《ここ》に掲げて其顚末を附記す、覧者宜しく前集委奴国考の巻頭に掲げたるものと参照せられむことを望む。（編者識）
（漢委奴国王金印之真影／筑紫史談　第四集）

「あれ、どういうことなのかな。中島が最初の論文で掲載した印影は間違いだって言うわけ？」

「中島に言わせるとそうなのよ。不思議でしょう。黒田侯爵家側が満を持して公開した印影なのに、その印影は模刻印のもので間違いだったなんて、そんなことって常識じゃ考えられないわ」

マキは僕の目の前に拡大された二点の印影を置いた。

「右に置いた、国の字の左側縦棒に小さな欠損のある印影が『委奴国考・上』に掲載されたもので、左に置いた、国の字のほぼ同じ箇所に窪み傷のある印影が真印のものとして改めて掲載された印影よ。これだけでも重大なミスなのに……、中島にとって何とも間の悪いことが更に起きたわ。実は、編集部が訂正印影を掲載したのは中島が中山批判をした『梶原景熙事蹟』と同じ号の『筑紫史談』で、しかも中山をコテンパンに批判した論文の直ぐ後のページなのよ」

「印影を巡って中山を散々批判したのに、その直後に『すみません』って形になっちゃったんだ」

「この編集部のレイアウトによって中島のミスはより強調されたわ。中山は『金印余録』でここを突いたのよ」

マキが僕の目の前にまた二点の印影コピーを置いた。

「国の字の左側縦棒に窪み傷があるのが梶原考文の印影。国の字のほぼ同じ箇所に小さな欠損のある方が『委奴国考・上』で中島が紹介した、南冥の実弟で崇福寺住職曇栄所有の印影。さっきの訂正前・訂正後の二点と合わせて、この四点の印影をじっくり観察すると、信じられない世界が視えてくるわ」

マキの少し興奮した息遣いの中で、僕は四点の印影に集中した。まず最初に、中島が「委奴国考・上」で掲載した金印印影と曇栄の印影を観察した。この二つは同一である。次に、これを翌月号で編集部が訂正版として掲載した印影と比較した。訂正版は明らかに違う。更に、中山が紹介した梶原考文の印影を、これら三点の印影と比較した。

驚いたことに……、訂正後の印影と中山が紹介した梶原考文の印影は同じなのだ。思わずマキを視ると、マキがまた一枚の金印印影を取り出した。

「これは国宝に指定されている金印の印影よ。この印影と訂正後の印影は全く同じ箇所に窪み傷があり一致するのね。つまり、訂正後の印影が現在福岡市博物館に展示されている金印からのものであることは間違いないわ」

「するとマキ、梶原考文の印影と訂正後の印影は同じなんだから、中山の主張は正しかったということじゃないか」

「そうね」

「ただ、未解決のことがもう一つあるよ」

「何が？」

「中山は梶原考文の印影と曇栄の印影の同一性を自分の論の憑拠としている。だけど、中島が『委奴国考・上』で曇栄の印影として紹介した印影と訂正前の金印印影は誰が視たって同じだよ。これはどういうこと？」

「それも中島と筑紫史談編集部の初歩的なミスよ。中山が言うように、曇栄の印影は本物の金印から捺されたものと考えて間違いないわ。そんなことは中島にしたって百も承知だから、『委奴国考・上』で曇栄の印影を紹介する時に、巻頭の印影と同じ印影を使用すれば良いと筑紫史談編集部に指示を出したのよ。編集部と中島は翌月号で、この曇栄の印影も間違えていたと釈明すべきだったのね。でも彼等はそれを怠ったわ」

「なるほどね。でもマキ、どうも良く判らないんだけど、何故中島は中山の紹介した梶原考文の印影を模刻印からのものだと決め付けたのかな。中島に梶原考文の印影が真印か否か判らないわけがないよ」

「中島にちょっとした意地悪心があったことは否定できないと思う」

「黒田侯爵家歴史編纂主任の自分を差し置いて、中山が世に金印の印影を紹介し、これだけでも許し難いのに、黒田侯爵家まで皮肉ったことに腹癒《い》せをしたってこと？」

「中山はそれを敏感に感じたのよ。中山は『金印余録』の最後で『貴君の論文には補足として漢委奴国王金印之真影と題した木版？の印図が掲げられているが、この印影の五字、いずれもまたその輪郭に疑わしき点が見ゆる。但しこれは某者が真の印影を模した版によったもので、真影で無いことは明白であり、言ったところで始まらぬから、余はこの印影の疑点について言及しない』とボロクソに書いたわ。それも、訂正後の印影が自分の紹介した梶原考文の印影と全く同じであることを承知しながらね」

「中山は『梶原景煕事蹟』でやられたことを『金印余録』でそっくりそのままやり返したってわけか」

「中山は自分の紹介した梶原考文の印影が訂正後の印影と一致するにも拘らず、まる一年経っても一言も非を認めず知らばっくれている中島に猛烈に腹が立ち、それで抗議の意味を込めて痛烈に皮肉ったのね。中島はこの中山に対してもう何も反論せず沈黙したわ」

「それもおかしいよね。だって中山は訂正後の印影が真印と判っていながら『木版?・』と皮肉り、挙げ句の果てに『印影の五字、いずれもまたその輪郭に疑わしき点が見ゆる』とまでケチを付けたんだろう。訂正後の印影は紛れもない本物なんだから、中島は沈黙する必要がないし、中山の目の前で本物の金印を捺して印影を突きつけ、この印影のどこに疑問があるんだと何故やり返さなかったのかな」

「やり返したくてもできなかったのよ」

「どうして?」

「最初の論文『委奴国考・上』で紹介した金印印影と曇栄印影の大失態、その後の『梶原景煕事蹟』で展開した支離滅裂な中山批判、この連続したミスによって中島は取り返しのつかない致命的な傷を負っていたのよ。例えば、『手自印之』を捺印の意ではなく彫刻の意と解釈し、梶原考文の印影を梶原の刻した模刻印のものとしたけど、梶原考文の印影が曇栄の印影と同一であるなら、もうこれだけで梶原模刻印説は成立しないわ。何故なら、曇栄の印影は軸になっていて、そこに天明丙午の干支があるのよ。天明丙午は天明六（一七八六）年のことだから、安永七（一七七八）年生まれの梶原景熙はまだ数えで九歳なのね。いくら模刻の天才でも九歳の子供に金印の模刻は無理でしょう。中島が『金印余録』に反論すれば、中山は待ってましたとばかりにここを突き、中島のお粗末なロジックをコテンパンにやっつけたと思うわ」

「でもマキ、中島にとって梶山模刻印説の撤回は確かに格好が悪いけど、中山の紹介した梶原考文の印影を本物の金印からの印影と認め、迂闊にも錯覚し、つい口が滑ったとでも詫びれば済むことだよ。これと、中山に本物の金印印影を贋物呼ばわりされたことは全く別の問題じゃないか」

「例えば、同一の印からであっても、捺す時の力具合による歪みやずれ、朱肉の違い、紙質の違い等から寸分も違わぬ印影にはならないわ。でも印影を比較する時、その真印に印傷があったとしたら、この印傷の有無は印影を確認する上で決定的な要素になるのよ。あなたも承知の通り、国宝金印には国の字の左側縦棒部分に窪み傷があり、中山が紹介した梶原考文の印影にも同じ箇所に窪み傷があるのね。中島は中山の紹介した印影に窪み傷があることを承知していながら、絶対に負けない立場にある自分を過信し、印傷には全く触れず高飛車な姿勢で否定したわ。微妙な捺し具合の違いしかない中山の印影を『委ノ字第二画目の右の鍵が、稍々外に擴って、漢ノ字の左肩とすれずれになっているのや、委の下部の女の中空が、実物よりは、少し広すぎて見ゆる』という理由で模刻印の印影とした中島の論は、まさに素人鑑定家そのものなのよ」

「中島は自分の立場を過信し、更に中山を見縊《みくび》り、その結果、金印研究家としてのデビューを棒に振ったと……」

「そうね。でも、中島がやり返せなかった本当の理由は別にあるの」

「えっ、まだあるの？」

「中山は中島が金印の印影を取り違えたことに何も言及しないでしょう。これは中山が一番批難しても良いところじゃない。でも、『金印余録』での中山は印影の取り違えに関して不気味なほど何も触れないわ。これが中島に最大級の恐怖をもたらしたのよ」

「中山が印影の取り違えに触れないことが、何故中島の恐怖になるのか、僕にはちょっと理解できないな。さっきも言ったけど、中島が金印を中山の目の前で捺せば簡単に済むことじゃないか」

「済まないわ。中島は黒田侯爵家歴史編纂主任で金印の言わば管理者なのね。この中島が満を持して発表する本邦初公開の金印印影を取り違えるわけがないわ。つまり……、黒田侯爵家には、中島でさえどちらが真印か見分けが付かないほどそっくりな金印が二つ存在するという裏側があり、これが印影の取り違え事件の原因なのよ」

「金印が二つある！」

マキが思いもかけぬことを言った。僕は一瞬どう答えたら良いのか判らず、不本意ながらただ頷いて次のマキの言葉を待った。

「中島が中山に金印を視せれば、中山は必ずや『貴君が本物と言うのだからここにある金印は本物なのであろうが、参考のために訂正前の印影を捺した模刻印も視せて欲しい』と言うわ。中島はどんなことがあってもこのことだけは避けたかったのね」

「もしかして……、二つの金印のどちらが本物でどちらが模刻印なのか……、中島にも判らないってこと？」

「天明四（一七八四）年の金印発見直後から、金印は福岡藩の藩庫にしまわれたまま百三十年も公にされていないの。大正期になって中島が金印の匣を開けた時、そこには間違いなくそっくりで見分けの付かない金印が二つあったのよ。一つは真印、もう一つは模刻印。中島は金印印影を発表するに当たり、この二点の金印を捺し、最初は国の字の左側縦棒に『小さな欠損』のある方を真印と考え、この印影を筑紫史談編集部へ送付したわ。でも、送付後……、国の字の左側縦棒に『窪み傷』のある方が真印と考えを変え、慌ててその印からの印影を送付し直したのよ」

「中島は何故考え直したわけ？」

「真印を判断するのに最も参考になるのは、亀井南冥が『金印弁』に付けた印影と南冥鑑定書に捺された印影でしょう。で、『金印弁』には二点の印影が観察できるのね。ただ二点とも印影の輪郭が不鮮明で、肝心の国の字の左縦棒部分が窪み傷なのか、小さな欠損なのか判りづらいのよ」

　マキは南冥の二枚の印影を僕の目の前に置いた。確かにマキの言う通り、印影の輪郭が不鮮明で判りづらいが、一見すると二点とも国の字の左側にちいさな欠損があるようにも視える。

「はっきりしないけど……、僕には小さな欠損のようにも視える。中島は『金印弁』の印影から小さな欠損がある方を真印と考えたんじゃないかな」

マキが大きく頷いた。

「私もそう思うわ。でも、『金印弁』より前に作成された鑑定書の印影には明確に窪み傷があるのね。中島は最終的に鑑定書の印影を採用したのよ。江戸期の模刻印影を色々と観察してみると、例えば、井田敬之の『後漢金印図章』や藤原貞幹の『好古日録』には明確に窪み傷があり、一方、伴信友の『中外経緯伝草稿』や上田秋成の『漢委奴国王金印考』には窪み傷がないわ」

「なるほどね。小さな欠損のある金印、窪み傷のある金印、このどちらを真印とするか、これって難しい問題だよね。中山に訂正前の金印印影と訂正後の金印印影を並べてみせれば、中島は何故窪み傷のある方が真印なのか、これを中山に対して完璧に証明してみせなければならない。でも中島には確証がなかったんだ」

「私はそう思うけど」

「するとマキは……、現在国宝の金印に模刻印の可能性ありと考えているわけ？」

「天明期以来の金印研究を辿ってみる限り、その可能性が全く無いとは言えないわ。その意味であなたが調査している明治模刻印の存在は、この問題解決に大きく関わってくるのよ。つまり、三点作られた明治模刻印に小さな欠損が認められれば、その時点では小さな欠損のある方を真印と考えていたことになるし、窪み傷であれば中島は単純に取り違えたとしても辻褄は合うわ。三点のうち、明治一一年二月に写された帝国博物館の模刻印は中島・中山の二人が似ていないと言っているから、恐らく小さな欠損や窪み傷は写されていなくて、ただ印面をなぞった程度の出来なんだと思うのね。だからこの模刻印を参考にしても正しい答えは求められないわ。でも、明治二〇（一八八七）年の模刻印は、天下の名人加納夏雄の作よ。加納夏雄なら金印の印面を正確に写しているはずだわ。この時の模刻印は二つあるけど……、私は二つとも視ていないの。あなたは二つの模刻印について何か情報を持っている？」

「僕の調べた限り、博物局に収められた模刻印は現在どこにあるのか不明だけど、もう一つの模刻印は現在も藤井有鄰館に伝世していて、実を言うと……、僕は藤井先生からこの加納夏雄の模刻印を直《じか》に視せてもらった」

「えっ国藤井先生？　どういうことよ」

「だから、藤井有鄰館の藤井館長とは顔見知りで、僕が持っている亀井昭陽の『題金印紙後』のコピーは藤井先生に頂いたものなんだ」

「本当なの？　一体どこで知り合ったのよ。誰かの紹介？」

「バイト先の制作事務所近くのシチュー屋で去年偶然知り合いになった。凄くダンディーでただ者じゃない気がしてつい話し掛けたら、とても気さくな人で……。最初は中々正体を明かしてくれなかったけど、ある日自分のコレクションだと言って『有鄰館精華』というカタログを一冊くれた。僕はページを開くなり……、収蔵品の余りの凄さに言葉を失ったよ」

「そんなビッグな人をどうして私に紹介しないのよ。私は藤井有鄰館収蔵の模刻印をずっと視たいと思っていたんだから。でも加納夏雄の模刻印は非公開で、何度お願いしても私には視せてくれなかったわ。あなたって本当に気が利かないのよね」

「シチュー屋でばったり会うだけのご縁の藤井先生に、礼儀から言っても人を紹介するなんてできないよ。今回のことだって、最初で最後のお願いだと思って京都まで電話をしたんだ。僕は京都まで視に行くつもりだったけど、何故か藤井先生が東京へ来ることになって、五日前の昼、わざわざ加納夏雄の模刻印と『題金印紙後』のコピーを持ってきてくれた」

「本当だよ」

「あなたのために加納夏雄の模刻印を？　嘘でしょう！」

「どうしてそういう肝心なことを内緒にするのよ。どうしてその席に私を呼ばないわけ？　あんまりじゃないの！　私は藤井有鄰館の模刻印を本当に視たかったんだから」

「でも、印影は幾つも採取したから……」

「今持っている？」

「旅先に印影までは要らないと思って部屋に置いてきた。東京へ帰ったらマキに一枚あげるよ」

「窪み傷、小さな欠損、加納夏雄の模刻印はどっちだったの？」

「小さな欠損があった。あの明石さんの金印にも小さな欠損があったよね。で、明石さんから貰った印影と加納夏雄の模刻印影を比べてみた。二点の印影は非常に良く似ていたけど……、そうか！　マキが突然志賀島金印に集中しだした本当の原因は、あの明石さんの金印と中島の『委奴国考・上』に登場する最初の印影を結び付けたからなんだ」

「私は明石さんの金印を視た瞬間、ピンときたのよ。ねえ、明日の朝一番で東京へ帰るからね」

「えっ、能古島は？」

「能古島の亀陽文庫には素敵な先生がいて会えないのは残念だけど、またの機会ということでキャンセルの電話を入れておくわ」

「福岡市博物館にある志賀島金印も視に行かないわけ？」

「博物館のガラス越しの金印を眺めたって大して参考にならないでしょう。それに私は何度も視ているからあなたが視る必要はないわよ。とにかく、藤井有鄰館の模刻印の印影を一刻も早く視たいの！　飛行機の切符を変更して明日一番で帰るからね」

明治の過ち

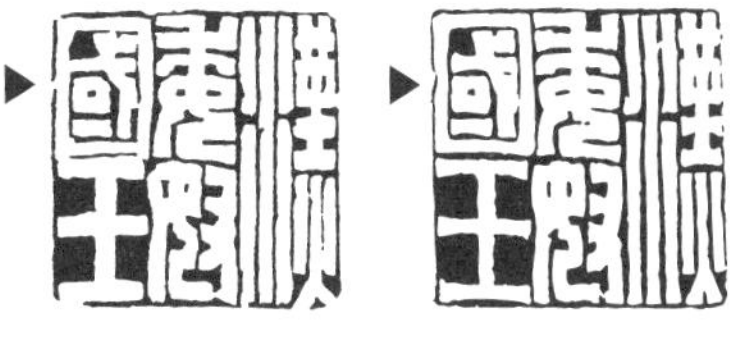

「漢委奴国王印」　▶小さな欠損　▶くぼみ傷

明石さんが義満の雄山閣金印を両手で抱え込むようにして運んで来ると、床の上に敷かれた六十センチ四方くらいの古い裂《きれ》の上にそっと置いた。視た瞬間、総毛立つような迫力を感じた。一呼吸置き、雄山閣金印の全体の形状をゆっくり四方から観察し、一度居住まいを正してから、先ず最初に鈕の部分の亀に視線を留めた。

直ぐに亀の形状に際立った特徴があることに気づいた。現在、純金の亀鈕印は中国の揚州《ようしゅう》市郊外の甘泉《かんせん》二号墓から出土した「広陵王璽《こうりようおうじ》」や日本に伝世する「崇徳《すとく》侯印」「関中《かんちゆう》侯印」ほか何点も知られているが、いずれの印の亀にも牙や鋭い爪は観察できない。

ところが義満の雄山閣金印の亀には、左右に大きな牙があり、しかも四本の足の先には鋭い爪が明らかに表現されていて、亀というよりむしろ四神図の玄武に近いのである。

左の側面にはしっかりとした楷書で「日本国王源道義」の墨書きがあり、その下にこれも墨で花押があった。

ファイルの中から足利義満の花押一覧表を抜き出し、何度も視線を往復させ、一致する花押を探した。義満の金印は明の成祖から応永一〇（一四〇三）年に下賜され、義満は応永一五（一四〇八）年に没しているから、花押は義満晩年のものでなければならない。

義満が応永一一（一四〇四）年六月二九日に島津元久へ送った書状の花押と雄山閣金印の花押が一致した。目線を上げ、もう一度全体の形状を観察した。六百年の古色がついた巨大な純金印に何とも言えぬ品を感じ、鑑賞後の余韻に浸っていると、傍らのマキも同じ気分なのか、溜め息交じりの大きな息を吐き、少し上ずった声を上げた。

「凄いと思わない？」

「なぜこれほどのものを誰も本物と思わなかったのか、そっちの方が不思議だよ」

マキは大きく頷くと、僕の目の前に印影だけがコピーされた二枚の紙を置いた。右側の印影に隷書体の陽文で「大日本国璽《こくじ》」とあり、左側の印影には篆書体の陽文で「天皇御璽《ぎょじ》」とあった。マキはこの二点の印影コピーの傍らに、更に雄山閣の山本社長から貰った雄山閣金印の印影を並べた。

「最初の二枚の印影は明治七（一八七四）年に刻された日本を代表する純金印なのね。でも義満の金印はこの二つより大きいわ」

三点の印影の書体は隷書、篆書、九畳篆風とそれぞれ違うが、どの印影も凛とした風格を醸《かも》し出していて、日常的に僕達が使用するハンコとは全く別世界のものを感じた。

「義満の金印は方三寸半、これを考慮せず『天皇御璽』を改刻した明治の元勲達の見識を疑わざるを得ない」

　今まで沈黙していた明石さんが独特のイントネーションで妙なことを呟いた。僕とマキは明石さんが何を言いたいのか判らず二人で顔を視合わせていると、また明石さんが独り言のように呟いた。

「義満は明の成祖によって日本国王に冊封された際、ひとつだけ条件を出した。それが当時の朝鮮王に下賜された方三寸半の金印と同寸の『日本国王之印』だ。義満に入れ智恵したのは、当時の関白一条経嗣《つねつぐ》だが、義満はこの『天皇御璽』を凌ぐ方三寸半の巨大印によって、自分の権力と権勢が天皇に上位することを天下に知らしめた。ただ、義満の金印はあくまでも日本の印制を知らない明の成祖が義満の願いに基づいて下賜したものだ。しかし明治七年、『大日本国璽』と『天皇御璽』を一辺が約九十一ミリの同寸にしたのは明らかに明治政府の作為であり、許し難い暴挙だ」

　明石さんは僕とマキを交互に視ながら声の調子を少し荒げて更に続けた。

「日本の印制はすでに大宝元（七〇一）年の大宝律令《りつりよう》に明記され、養老二（七一八）年に公布された養老律令の公的注釈書『令義解《りようのぎげ》』には、内印方三寸、外印方二寸半とある。内印とは『天皇御璽』であり外印とは太政官《だいじようかん》、つまり政府の印のことだ。この日本は古来、いつの時代も天皇は政府より上位した。外印より内印が遥かに大きいのはそのことを踏まえている。『大日本国璽』の格は本来内印より下位に位置するものだ。我国の歴史に『天皇御璽』と同寸、もしくは大きな印が存在したことは、『令義解』の内印方三寸の解釈を誤り、八十八ミリの『豊臣』と刻した豊臣秀吉の金印が一例あるのみだ。むろん、天皇崇拝者の秀吉はこの誤りに気づき、直ちにこの八十八ミリの金印を鋳潰している。にも拘らず、明治の元勲達は、明治四年、『大日本国璽』を改刻し、あろうことか『天皇御璽』より巨大な印を誕生させた」

明石さんは熱っぽく力説するが、あれっと思った。方三寸の「天皇御璽」は一寸が三・〇三センチだから約九十一ミリ、秀吉の金印「豊臣」は八十八ミリ。だったら「豊臣」の金印が「天皇御璽」より大きいということはない。僕がこのことを問い掛けようとすると、マキの方が先に声を上げた。

「明治四年の改刻？『大日本国璽』は各国との条約批准書や国書に捺すために明治七年に新しく誕生した印と思っていたのですが。それと……、『大日本国璽』の方が『天皇御璽』より大きいとおっしゃいましたが、この二つの印は同寸です。今、明石さん自身も二つの印が同寸なのは明治政府の作為だとおっしゃっていたではありませんか」

「お嬢ちゃんは明治期の『大日本国璽』と『天皇御璽』の改刻の経緯を知らないようだな。『大日本国璽』は明治元（一八六八）年正月一〇日、王政復古を諸外国に伝える文書に捺すために新しく誕生した日本国の印だ。最初の石印は方二寸四分と、『天皇御璽』より小さかった。明治四年五月、政府は再び『大日本国璽』を改刻し、今度はその寸法を方三寸の九十一ミリとした。実はこの時に、江戸期の『天皇御璽』も従来と同寸で石印に改刻されている。明治七年七月、先に刻した『大日本国璽』はその書体に典雅を欠くと理由をつけ、政府は方三寸の純金印に改刻した。そして何故か、この時も『天皇御璽』は改刻され、『大日本国璽』と全く同寸の純金印となった。お嬢ちゃんがここに置いた二つの印影がそれだ。ただな……、この改刻の裏側には、表沙汰になれば明治の元勲達の首が飛ぶほどの重大事が潜んでいる」

マキが明石さんの話に引き込まれるように身を乗り出した。無論、この僕だって同じ気分だ。

「お嬢ちゃん、『令義解』で制定された内印方三寸というのは八世紀当時の唐尺の寸法で、曲尺《かねじゃく》の寸法では二寸八分五厘、つまり、方三寸は約八十七ミリになる。豊臣秀吉の側近は、この方三寸を単純に曲尺方三寸と解釈し『豊臣』の金印を曲尺二寸九分で刻した。ところが、曲尺二寸九分（八十七・八ミリ）は唐尺三寸（八十六・三ミリ）より大きい。秀吉はこの事実を知ると驚愕し、直ちにこの金印を鋳潰した。今日、この『豊臣』の金印を、その大きさが当時の『天皇御璽』を凌ぐことから、『自分の力は天皇より大きい』と天下にアピールするために刻したとされているが、秀吉は歴史上最も天皇を崇拝した武将だ。本当の理由は、『令義解』の方三寸の解釈を誤ったことにある。百も承知で明の成祖から唐尺方三寸半の印を騙し取った足利義満とはわけが違う。話を『大日本国璽』に戻すが……、明治元年に刻された『大日本国璽』の方二寸四分は、この印が外印、つまり政府の印であったことを如実に物語っている。この二寸四分は曲尺の寸法だ。これを唐尺に直すと、方二寸五分になり『令義解』の外印方二寸半と約七十二ミリで一致する」

「では何故、『大日本国璽』は明治四年になってから大きくされたんでしょうか？」

「誕生当時はあまり物議を醸さなかったが、この『大日本国璽』は印影の上部に親署《しんしょ》をする。これを視て公家出身の三条実美《さねとみ》や岩倉具視《ともみ》辺りが騒いだのだと思う。そして……、明治四年『令義解』に基づき、方三寸に改刻されることが決定し、この折、徳川幕府から明治新政府に移行したことを祝う意味で『天皇御璽』も改刻しようということになった」

マキは明石さんがこの先何を言いたいのか判るらしく、ちょっと得意げな顔で凛とした声を上げた。

「その改刻の折、豊臣秀吉の時と全く同じ過ちが起きたんですね。二つの印の改刻を指揮した役人は、『令義解』の方三寸が唐尺であることに全く気がつかず、ごく当たり前に曲尺方三寸で『大日本国璽』を刻し、『天皇御璽』の方は江戸期の唐尺三寸のまま改刻してしまった。大変な間違いですが、明治政府はこれに気づかず、諸外国との公文書に『天皇御璽』より大きな印を平気で捺していたというんですね」

「でもマキ、唐尺方三寸は約八十七ミリ、曲尺方三寸は約九十一ミリ、二つの印影をじっくり比べれば判るかもしれないが、別々に視たら同寸という先入観もあるし、気づく方が無理ってもんだよ」

僕が軽い調子で一般論的なことを言うと、明石さんは眉間《みけん》に皺を寄せ、ちょっと気色ばんだ顔をした。

「大宝律令以来、常に『天皇御璽』が最大の大きさにあったことは天皇の大権と我国の天皇制国家の正当性を物語る重要な憑拠だ。この問題をそんなに軽く考えてはいけない。あのな、江戸期の『天皇御璽』は歴史上最も小さく、曲尺で二寸七分（約八十二ミリ）しかなかった。当然、これに寸法を合わせた『天皇御璽』より、九十一ミリもある『大日本国璽』は遥かに大きな印であり、誰が視たってその違いは一目瞭然だ。この事実に三条実美と始めとする新政府の大幹部達は真っ青になったが、彼等はこの国の歴史始まって以来の大事件をひた隠しに隠し、その責任を逃れようとした。今日、明治七年七月の『大日本国璽』改刻は、印文の書体に典雅を欠くという理由になっているが、これは真っ赤な嘘であり、本当の理由は『天皇御璽』より『大日本国璽』の方が大きかったからだ」

明石さんの顔が段々怖くなってくるような気がした。最初に会った時から、明石さんの風貌に右寄りの思想の人っぽい雰囲気を感じていたが、僕はただ単に歴史の奥底に潜む謎めいた部分が好きなのであって、国家とか国体とかの思想的なことには興味がない。何だか触れたくないテーマになるような気がして、それと同時に話がややこしくならなければ良いなと思いながらマキの方を視ると、マキは僕と違って明石さんの話の展開に興味を引かれたようすで、少し頬を紅潮させ、矢継ぎ早に質問をし始めた。

「明治の元勲達は誰も責任をとらなかったんですか？」

「誰一人としていない。当時の議事録を確認したが、この一件に関しては一言も残されていない」

「議事録に何もないということが、逆に重大事件だったことを物語っているわけですね」

「明治七年の改刻の時、『天皇御璽』の寸法を大きくするか、『大日本国璽』の寸法を小さくし、明治四年五月から明治七年七月までの過ちを認め、少なくとも天皇側近の三条実美と岩倉具視は全ての職を辞すのが筋だ」

「私もそう思います。言わばその丸三年間、明治政府は諸外国に対して天皇より政府の方が上位と言い続けていたわけですから……」

「ところが、この明治の元勲達は、自分達の不始末をひた隠しにした。そして、あろうことか『天皇御璽』を『大日本国璽』の寸法に合わせて改刻し、更に二つの印を純金印にすることで『大日本国璽』を内印として格付けし、重大事件の責任逃れを図った。しかしこれは『令義解』以来の先例を破ることになり、過ちに過ちを重ねるようなものだ」

「明治天皇は全ての国権の統帥者ですから、明らかに国家より上位のはずです。天皇の印と国の印が同格なら、天皇と国、つまり天皇と明治政府は対等ということにもなりますよね」

「そこで明治の元勲達はこの矛盾《むじゅん》を乗り越えるため、画期的なキャッチコピーを考案した。それが『天皇は国家なり』という言葉だ。今日、このコピーは戦前までの天皇の大権を象徴する言葉として解釈されているが、これは明治の元勲達の責任逃れからなる作為の産物として誕生したまやかしだ」

「天皇の格を引き下げ、国家の格を引き上げ、両者を対等化することによって『大日本国璽』の失態を正当化してしまったと……」

「この『天皇は国家なり』によって、『大日本国璽』と『天皇御璽』が同格にあることの矛盾は解消され……、そしてこのおぞましいキャッチコピーが大東亜戦争を招くことになった。北畠君はたかがハンコ一つと軽く考えているのかもしれないが、天皇が全ての国権に君臨し大権を及ぼすことができたのは、『天皇御璽』が最大の大きさにあったからだ。天皇の最大の権力は、最高位の補任《ぶにん》権者ということであり、この補任権によって太政大臣を始めとする各大臣、そして武家の統領である征夷大将軍を補任することができた。いつの時代も『天皇御璽』が最大の大きさにあったのは、この最高位の補任権者である天皇が、その補任状に『天皇御璽』を捺すことによって、最高位の権威の効力を示したからだ。従って、天皇と時の政府が同格であれば、天皇は最高位の補任権者として君臨することができず、太政大臣や征夷大将軍を補任することができない。義満が方三寸半の印を手に入れることを画策したのも、根本の理由は『天皇御璽』より大きな印の所有者になることによって、自分の権力が天皇を凌駕《りょうが》することを示したかったからだ」

「極端なことを言えば、義満は方三寸半の巨大印によって、天皇すら補任できる立場になったというわけですね」

「義満は正室の康子を後小松《ごこまつ》帝の准母《じゅんぼ》（仮の母）にし、自分の妻が天皇の准母なら、自分は天皇の父、上皇だと豪語するが、この自信の源には、自分は『天皇御璽』より巨大な『日本国王之印』の所有者という事実があった。今日、明治維新を賛美する人は沢山いるが、明治新政府の最大の罪は天皇を国家と同列に論じ、天皇から政府に対する補任権を奪ったことにある。そしてこれがいつしか天皇をも怖れぬ軍部や政治家が跋扈《ばっこ》することに繋がり、神聖にして侵すべからずの神国日本を諸外国に蹂躙《じゅうりん》させる悲劇に繋がった。この根源にあるのが、明治四年の『大日本国璽』改刻と明治七年の『天皇御璽』の改刻だ。この二つの印の問題を今日誰も指摘しないが、俺は一刻も早く正しい印制に戻すべきだと考えている」

「明石さんは天皇に大権を戻すべきだとおっしゃるんですか？」

「俺は印制に基づくこの国本来の在り方を言った。現在の天皇は国の象徴であり、実質的な補任権を所有していない。今日の日本は俺達国民が最高位の補任権者だ」

「それは私達の選挙権のことですね」

「国民が最高位の補任権者として国会議員を選出し政府が成立する。従って、国民は政府よりも上位だ。足利義満のように他国の力を借りてまでこの国の最高位の補任権者になろうとする不届き者は断じて許してはならないし……、この平和の時にこそ、『天皇御璽』を正しい形に戻さなければならない」

「大宝律令以来の印制を考慮し、『大日本国璽』を二寸半に改刻せよということですね」

「いや、この際一挙に義満の『日本国王之印』の問題も解決すべきだ。幸い、義満の金印は唐尺の方三寸半。日本政府は新しい印制の公式令を直ちに発令し、『大日本国璽』は改刻せずに『天皇御璽』を曲尺三寸半に改刻し、新しく『日本政府之印』を方二寸半として新刻した方が良い。これなら全ての問題が解決する」

明石さんとマキは波長が合うのか、僕のことなど忘れたかのように話が盛り上がっている。もっとも、二人の話のテーマは僕の苦手な分野に一直線に進んでいて、話に割って入ろうにも何となく入り辛い。頭の中で……、明石さんが説明したそれぞれの印の大きさの確認作業を試みた。

★天長一〇（八三三）年
令義解（唐尺）
内印・天皇御璽　方三寸　約八十七ミリ
外印・政府印　方二寸半　約七十二ミリ
★応永一〇（一四〇三）年
義満の金印（唐尺）
日本国王之印　方三寸半　約百一ミリ
★天正・文禄年間（一五九二年前後）
豊臣秀吉の金印（曲尺）
豊臣　方二寸九分　約八十八ミリ
★江戸期（曲尺）
天皇御璽　方二寸七分　約八十二ミリ
※銅印

★明治元年（曲尺）

天皇御璽

※江戸期と同じ印

大日本国璽　方二寸四分　約七十二ミリ

※石印

★明治四年（曲尺）

天皇御璽　方二寸七分　約八十二ミリ

※銅印から石印へ変更

大日本国璽　方三寸　約九十一ミリ

★明治七年（曲尺）

天皇御璽　方三寸　約九十一ミリ

大日本国璽　方三寸　約九十一ミリ

※双方石印から純金印へ変更し現在に至る

★明石さんの提唱する新しい印制（曲尺）

日本政府之印　方二寸半　約七十六ミリ

大日本国璽　方三寸　約九十一ミリ

天皇御璽　方三寸半　約百六ミリ

「岩倉具定の話をしたことを覚えているな」

明石さんが今度は僕の方を視ながら言った。

「岩倉が何としても明石家の金印を奪おうとしたのは、無論、足利義満が明の成祖から日本国王に冊封され、その象徴として『日本国王之印』があったからだが、この裏側にはもう一つ大きな理由があった。最初、岩倉は『日本国王之印』が唐尺方三寸半もある巨大な印とは知らなかった。ところが、明治一七（一八八四）年五月、フォールズから印影を視せられ、その寸法が『天皇御璽』を超えていることを知ると、心の底から驚愕した。しかも岩倉具定は、父親の岩倉具視と三条実美を悩ました『大日本国璽』と『天皇御璽』の問題が十年間にわたって何の騒ぎも引き起こさなかったことからほっと一息を吐《つ》き、安堵《あんど》していた時期だ。義満の金印の存在が世に知れ渡り、この金印が『天皇御璽』より巨大であることが公にされれば、明治政府内に印制の見直し論が湧き起こり、延《ひ》いては『大日本国璽』誕生の経緯や、明治四年、七年の改刻のことが必ずや問題になる。特に明治四年から明治七年までは、現実に『天皇御璽』より巨大な『大日本国璽』を政府の公的な印として捺していたわけだから、ことが蒸し返されれば明治の元勲達は一人残らず責任を取らなければならない。当時の岩倉は兄の具綱《ともつな》の突然の引退から急遽《きゅうきょ》家督を継ぎ、しかも、明治一七年の華族令制定によって公侯伯子男のトップである公爵になったばかりだ。二つの印の矛盾が論議の対象となれば、せっかくの自分の身分さえ危なくなる」

明石さんが言った華族令とは、岩倉具定の父親岩倉具視と三条実美が推進した新しい貴族制度のことで、身分や財産を世襲し、更に皇族や勅撰議員と共に貴族院の構成員となって政治的特権をも持つというような、スーパー特権階級を誕生させるための法令であり、昭和二二年五月、日本国憲法の施行によって終止符が打たれるまで継続した。

「今から思えば、ここにある義満の金印が盗まれたことは、明石家にとっては幸運だったかもしれない。あのままフォールズと源左衛門が頑張り続ければ、恐らく二人とも闇の中で殺されていただろうからな」

明石さんは遠くの方を視るような仕種《しぐさ》で言ったが、ほんの一瞬、物凄く怖い目をした。話題を変えた方が良いと思った。

「そう言えば明石さん、この義満の雄山閣金印の蛍光X線分析の結果はどのような数値だったんですか」

「数値は俺の所有する『漢委奴国王』の印より金の純度が少し低かった。金八十五・七パーセント、銀十四・三パーセントの合金で、重量は二十一・二六四キログラムだ」

明石さんが「漢委奴国王」の印に触れると、マキは体をビクンとさせ、僕の方をチラチラ視ながら何かもぞもぞし始めた。志賀島金印に関わる自分の論を明石さんにぶつけたいのに切っ掛けがつかめず、苛々が高じているのだ。そんなマキの心内を視透かすように、明石さんは突然すっと立ち上がった。

「これで約束は守ったぞ。話は以上だ。さあ帰ってもらおうか。俺はこれから出掛けるところがある。もうこれ以上、君達の暇《ひま》っつぶしの相手を続けるわけにはいかない」

明石さんのあしらうような素振りにマキが金切り声を上げた。

「明石さん所有の『漢委奴国王』の印を本物とする根拠を聞かせて下さい」

「根拠?」

明石さんはふっと口元に笑みを浮かべると、自信たっぷりな顔でマキを見下ろした。

「俺が本物と思うからだ。それ以外の理由は特にない」

「明石さんは充分な憑拠を絶対にお持ちの筈です。私にそれを聞かせて下さい」

マキがしつこく食い下がると明石さんは短く問い返した。

「つまり、この俺のロジックとお嬢ちゃんのロジックを比べたいと言うわけか」

「そんな思い上がった考えはありませんが、明石さんの構築した論と私の考えを摺り合わせてみたいのは事実です」

明石さんはマキがいくら食い下がっても取り合おうとしない。

「俺にはこれから大切な商取引がある。素人の思い付きの類を聞くつもりはない。早く帰ってくれ」

「時間が無いのは判りました。もう明石さんの論は聞かせて下さらなくて結構です。ただ明石さん、十五分で大筋を説明しますから私の推論だけでも聞いて下さい」

今にも動き出しそうな明石さんの気配にマキは弾かれたように立ち上がると、ピョコンと頭を下げながら言った。根負けしたのか、明石さんの表情が少し弛《ゆる》んだ。

「十五分だな」

明石さんが板敷きに座り直すと、マキは直ぐにバッグから資料類を取り出した。

「俺に資料や文献の類は必要ない。そんなものはどうでも良いから、お嬢ちゃんの推論を早く聞かせてくれ」

明石さんは右手を翳《かざ》すとマキを押し留めるように言った。マキの物凄い早口の推論が始まった。明石さんは目を瞑《つむ》ったままじっと聞いている。時折頷くところを視るとそれなりに評価しているようだ。

百姓甚兵衛を原古處の実父手塚甚兵衛に結び付けた所に差し掛かった時、明石さんが一段と大きく頷いた。マキの推論は先日聞いた時より一段と整理されていて、マキの論を贔屓する訳ではないが、僕も自然と頷いてしまう。マキは明石さんや僕の無言のリアクションに影響されることもなく、相変わらず早口で自分の推論を説明し続けている。

「大正期になり、当時の黒田家歴史編纂主任の中島利一郎が封印された金印の匣を開けた時、そこには寸分違わぬ金印が二つ入っていたと思います」

マキの早口が唐突に止んだ。意味ありげな笑みを浮かべると、目を瞑ったままの明石さんに視線を合わせている。明石さんが目を閉じたままマキに問いかけた。

「寸分違わぬ金印が二つ？」

「明石さんは充分ご承知だと思います。明石さんの金印はこの二つのうちのどちらかなんです」

「その先を聞かせてくれ」

明石さんは目を開くとくぐもった声で言った。

「中島はこの二つの金印を視たとき、本当に困惑したと思います」

「金印に何の付箋もなく、どっちが真印か区別が付かなかったと言うのか」

「そうです」

「では中島は何を憑拠に真印を確定したんだ」

「この二つの金印は形状や書体は全く同じですが、明確に異なる点が一ヵ所あるんです。一方は国の字左側縦棒部分が窪み傷になっていて、もう一方は同じ箇所が窪み傷ではなく小さな欠損になっているんです。現存する金印最古の印影は亀井南冥による『金印鑑定書』とその直後の『金印弁』の印影です。鑑定書の印影には明らかに窪み傷が確認でき、『金印弁』の印影は少し不鮮明ですが小さな欠損のようにも視えます。また、『金印弁』以後の江戸期文献に掲載される金印の模刻印影を観察すると、例えば、井田敬之の『後漢金印図章』や藤原貞幹の『好古日録』の模刻印影には明確に窪み傷があり、伴信友の『中外経緯伝草稿』や上田秋成の『漢委奴国王金印考』の印影には窪み傷がありません」

マキが一呼吸置くと、明石さんはマキの説明がまどろっこしいのか苛々した口調で問い返した。

「お嬢ちゃん、俺が聞きたいのは中島が何を憑拠に金印を確定したのかということだ」

自信たっぷりなはっきりした口調でマキは答えた。

「中島は最初小さな欠損のある金印を真印と考えたらしく、『筑紫史談』第三集に寄稿した『委奴国考・上』では、この金印から捺した印影を紹介します。でも、次号の第四集では前号の印影を誤りとし、今度は窪み傷のある金印から捺した印影の方を真印としました。無論、真印は一つですからもう一つの方は模刻印です。大正三年から大正五年にかけて繰り広げられた中島利一郎と中山平次郎の奇妙な論争はこの模刻印の存在が原因なんです」

「あれは必然的に起きた論争だ。必然と奇妙は異なる枠組みにある」

明石さんはさっきにも増して苛々した素振りで言った。明石さんの小馬鹿にした口調にマキの顔に赤味が差した。

「私はあれほど奇妙な論争はないと思います。元々、中山が真印のものと主張した印影と中島が訂正して示した印影は同じものです。二人ともそれは直ぐに判った筈なんです。本来なら二人は歩み寄って印影の摺り合わせをし、更に中島は二つの金印を中山の前に提示するのが論争終結の筋だと思います。でも中島は何故かこの作業を拒否し、中山もそれ以上の追及をせず沈黙を通しました。つまり、中島が最初に提示した印影は単純ミスとしてうやむやになったんです。その結果、訂正後の印影を捺した金印は真印として確定しました。その金印が現在国宝に指定されている金印なんです。現在の国宝金印の来歴は表向きには、志賀島出土を始めとして何もかも辻褄が合わされていますが、実は非常にあやふやで危なっかしい国宝だと思います。考古学者の八幡一郎は考古史料の基準について『発見された事物がその場から外され、その原状が跡形もなくなり、事物だけが残った場合、その事物すなわち考古資料は第三級のものになる。もしその原状が、研究者の調査によって確かめられるならば、それらは第二級考古資料となり得る』と言っていますが、この基準を現在の国宝金印に当てはめれば、事物としての国宝金印は第三級史料以上にはなり得ません。また、現在の国宝金印を第一級の考古史料と仮定したとしても、大正期に金印が再び現われた時、当時の黒田侯爵家歴史編纂主任の中島利一郎は日常的に金印を観察できる立場にありながら印影を取り違え、しかも最初の印影が誤りであったとする理由について何の説明もしていません。私はこの二点の印影に興味を持ち、この裏側をありとあらゆる角度から探ってみました。出した結論は……、ひょっとすると真印は現在の国宝金印ではなく、中島が最初に紹介した印影、つまり小さな欠損のある金印の方が本物かもしれない、これです。恐らく明石さんも私と同様の結論を出している筈です。だからこそご自分の所有する小さな欠損のある金印を本物とおっしゃるんです」

明石さんが大声で笑った。

「お嬢ちゃんは面白いことを言う。で、模刻印の方は一体誰が作ったんだ」

「亀井南冥がこの真印をもとに純金模刻印を作らせました。理由は簡単です。亀井は全国の学者や好事家に大発見である金印の印影を送る必要がありましたし、この他にも論文作成のためや、黒田藩の知人達にも金印の印影を大量に作成しなければなりません。純金の金印を酷使すれば金印は直ぐに傷《いた》みます。そこで模刻印を早急に作る必要があったんです。本物があるわけですから、配り物の印影の方は模刻印のものでも構わないと思ったのでしょう。この窪み傷のある模刻印が作られた時期ですが……、亀井南冥による『金印鑑定書』の印影には窪み傷がありますし、鑑定書が作られたのは表向きの金印発見日とされる天明四年二月二三日直後となっていますから、この少し前の可能性が高いと考えています。ただ、今の所この模刻印を作った人が誰かは不明です」

「大層な説だが、突拍子もない主張をする時は桁外れの憑拠が不可欠だ。お嬢ちゃんの論にはそれが欠けている。結論は俺と同じだが、お嬢ちゃんの推論は肝心な所が思い付きに過ぎない。但し、この俺を仰天させる憑拠をまだ隠し持っているというなら話は別だ」

「もちろんあります」

「ほう！」

「明石さんは明治二〇（一八八七）年に加納夏雄が精巧に模刻した銅印塗金の模刻印をご存知ですよね」

明石さんが小さく頷いた。

「加納夏雄は彫金にかけては天才と称された名人です。この名人が模刻した印が現在でも京都の藤井有鄰館に伝世しています。私と克史君でその模刻印と印影を確認したのですが、加納模刻印の印傷は窪み傷ではなく小さな欠損でした。つまり、明治二〇年当時、金印所有者の黒田長溥は二つの金印のうち、小さな欠損のある方を真印とし、だからこそ加納夏雄へ小さな欠損のある方の金印を模刻させたんです」

「有鄰館の模刻印を視たと言うのか？　金庫に仕舞い込まれたあの貴重品を良く目にすることができたな。藤井さんとは何かコネでもあったのか。この俺でさえ実物を視ていない」

明石さんは本当に驚いたように言った。マキが明石さんに判らないように僕の方を視た。実際は印影しか視ていないのに、全く図太いと思った。明石さんの様子にマキの声が一段と高くなった。

「中島は真印の史料として残されていた加納夏雄の印影を憑拠に、最初小さな欠損のある印影を真印として発表したんです」

「なかなか鋭いな。じゃあ聞くが、中島は何故真印の印影を発表した直後にそれが間違いと訂正したんだ」

「中島は発表後、改めて史料を辿り、最古の印影である亀井南冥の『金印鑑定書』の印影が窪み傷の金印から捺された印影だということに気が付いたんです。そして中島は『福岡藩十一代当主の黒田長溥は金印の所有者ではあったが金印の研究家ではない。また、考古物の鑑定家でもない。であるから、どちらの金印を真印とするかは最古の印影を憑拠にする方が正しい』と考え、印影の訂正をしたのです。一理ありますが、私は黒田長溥が何の根拠もなく小さな欠損のある金印を真印として選び、この金印を加納夏雄に渡したとは思えません」

「それで？」

「黒田長溥は明治一一（一八七八）年にも金印の模刻印を作らせていますよね。この時の模刻印製作は当時の帝室博物館へ寄贈するために行われました。これは明治天皇へ献上することと同じ意味を持っています。明治一一年、黒田長溥が天明期以来初めて金印の匣を開けた時、二つの金印のうちどちらが真印か判らなかったとすれば、黒田長溥はその時点で金印模刻印の寄贈を断ったと思います。当時の黒田家は、黒田長溥が隠居し家督は黒田長知《ながとも》に譲られていましたが、十二代当主長知は贋札事件の責任を問われ、藩知事を罷免されるという前代未聞の大失態を引き起こしているんです。いくらなんでも親子して失態を繰り返すわけにはいきません」

「黒田長溥にはどちらの金印が真印であるか判ったと言うのか」

「そうです。黒田長溥は確かに金印の研究家ではありませんが、素人でも直ぐに判るように真印には付箋がついていたんです。もちろん付箋をつけたのは亀井南冥です。九年後の明治二〇年、加納夏雄によって模刻が再び行われますが、加納には真印の憑拠である南冥の付箋が付いたままの金印が渡されました。でも、黒田長溥没後に黒田家へ金印が返された時には、真印を示す付箋は失われていて、大正期に中島を惑わせる原因となったんです。そして結果的に……、現在福岡市博物館に収蔵されている窪み傷のある金印が真印として国宝に指定されました。現在、ここにいる三人を除き、この国の誰一人として国宝金印を模刻印と疑る人はいません。また、小さな欠損のある金印の存在を知る人もいない筈です。でも、手塚甚兵衛から亀井南冥に渡った本当の金印は小さな欠損のある方の金印で、その金印は明石さんが密かに持っているんです。無論、そのことを知る人は誰もいません」

　マキが得意げな顔でどうだと言わんばかりの視線を明石さんに投げかけた。マキの息遣いが少し荒い。マキの本質的な性格は情熱的で血気盛んで大胆不敵で物凄く感情的である。従って、気分が危うければ危ういほど対面する事象に激しく反応し燃え上がってしまう。

「空想は果てしなく成長するが、思い付きは成長しない。さっきも言ったが、お嬢ちゃんの推論は単なる思い付きの類に過ぎない。空想力は資質だ。お嬢ちゃんにはこの資質が欠けている」

　明石さんはマキの性格を一目で見抜いているのか、静かな調子でマキを挑発するように言った。傍らのマキを視ると、こういう風に面と向かって見下ろされる扱いに慣れていないせいか、むっとした様子を露《あらわ》にぶんむくれの顔である。明石さんが僕の方をちらっと視ながら何とも言えぬ笑みを視せた。言葉とは裏腹にマキのことを気に入って面白がっている、僕はこう感じたが、マキは余程腹が立ったのか唇を震わせながら明石さんに食って掛かった。

「明石さんは私の推論を聞くだけ聞き、挙げ句の果てに思いつきに過ぎないとか空想力の資質に欠けるとか言って批難しますが、私の推論のどこがいけないんでしょうか」

「批難したつもりはない。事実、俺の結論と同じとさえ認めている。ただ、物事というのは原因があって経過があって結果に至る。同じ答えでも、俺とお嬢ちゃんでは経過が違う。そっちのはまぐれ当たりってことだ」

「まぐれとしても答えが正しければ満足です。でも明石さんは私達にご自身の説を一言も語りません。やっぱりアンフェアだと思います」

「推論を十五分聞いて欲しいと言うから聞いていた。俺とお嬢ちゃんの契約はそれだけだ」

「その契約はあくまでも明石さんが私の推論を黙って聞いてくれた時にのみ有効です。でも明石さんは、私の推論をなっちゃいないとぼろくそに批難しました。だったら私と克史君に明石さんの推論を聞かせて然《しか》るべきです」

マキが口を尖がらせて食い下がると、明石さんは僕とマキにちょっと待てといった素振りで立ち上り、二階の方へ上がって行った。

「これは君達が史料に使った『筑紫史談』のコピーだ」
二、三分後、資料の束をたくさん抱えて戻って来た明石さんは僕とマキの前にどさっと置きながら言った。明石さんが目を通してみろと促すのでマキと二人して「筑紫史談」のコピーを手にしたが、直ぐに妙なことに気が付いた。マキも首を傾げながら僕に視線を送って来る。
「筑紫史談」は大正三（一九一四）年四月から昭和二〇（一九四五）年六月まで全九十集刊行されている。最初僕は目の前の資料の山が「筑紫史談」の全巻をコピーしたものかと思った。ところが意外なことに、これらは殆どが同じ号のコピーなのだ。マキが早速問い掛けている。

「これはどういうことですか？」

「視ての通りだ。そこにある『筑紫史談』は創刊号から第四集までを可能な限りの機関から取り寄せたものだ。お嬢ちゃん達が使った『筑紫史談』はこれだろう」

明石さんがコピーの山からひと綴じ取り出すと僕達の前にぽんと置いた。表紙に慶応大学の所蔵印がある。そう言えばマキに視せられた「筑紫史談」にも慶応大学の所蔵印があった。でも、僕には明石さんが何を言いたいのか見当もつかない。マキも同じなのか、躊躇《ためら》いがちに差し出されたコピーに手を伸ばしている。

「確かに私が参考資料としたのは、慶応大学にあった『筑紫史談』ですが……、これと同じだろうとおっしゃられても……、どれも同じ『筑紫史談』のように……」

マキが呟くように言うと、明石さんはニッと笑いながらもうひと綴じの「筑紫史談」を隣に並べた。表紙に帝国図書館（現在は国会図書館）の所蔵印がある。

「これで判る筈だ」

僕とマキは不審な面持ちで二つの「筑紫史談」を視比べた。直ぐにマキが小さくあっと声を上げた。僕も殆ど同時にその違いに気づいた。明石さんが後から並べた「筑紫史談」は再版本だったのだ。僕とマキが顔を視合わせていると、明石さんはせっつくように口を開いた。

「その二種類の『筑紫史談』を創刊号から第四集まで順番に視比べてみろ」

「あの明石さん、ひょっとして初版本と再版本では内容が違うとでもおっしゃるのでしょうか？例えば、中島利一郎は再版本で論文を書き替えたとか」

「材料は目の前にある。当てずっぽうなことは言わずに、とにかくその二種類の『筑紫史談』をじっくりと比べてみろ」

マキと顔を突き合わせて創刊号から一ページずつ比べ始めた。慶応大所蔵の初版本は大正三年四月一五日刊行、国会図書館所蔵の再版本は大正四年二月二〇日の刊行。初版本と再版本の違いは刊行年月日だけで、掲載内容には全く違いが視られない。第二集も同様で、初版本の日付けが大正三年七月一五日、再版本は大正四年三月一〇日という違いだけ。問題の中島論文が掲載されているのは第三集と第四集である。恐らくここに何かがあると感じた。マキも同じ思いらしく、次はいよいよ第三集だからねという視線を僕に送って来る。

ところが、第三集の違いも表紙の日付けが大正三年一〇月一五日、大正四年六月一五日と異なるだけで、内容は一字一句相違がない。第四集に至っては、慶応大、国会図書館の両方とも初版本で、全く同じ物である。

明石さんが比べてみろと言うからには、二種類の「筑紫史談」はきっとどこかが違っていると思うのだが、僕にはさっぱり判らない。何しろ、初版本、再版本とも掲載論文は全く同じだし、図版の位置も同じなのだ。強いて言えば、再版本には巻末の会員名簿に若干の追加がある、こんなことくらいである。

「おいおい、どうしたんだ。まさか判らないとでも言うんじゃないだろうな」

明石さんがいかにも面白がる風情で言うと、マキは歯ぎしりするように答えた。

「もう少し時間を下さい」

僕も同じ思いだが、未だに明石さんが何を指摘したいのか判らない。もう一度、二種類の「筑紫史談」を視比べた。何度も確認したが、創刊号と第二集には初版本・再版本のどちらにも中島利一郎の論文は視あたらない。第四集は両方とも同じ初版本だから……、やっぱり謎は第三集にあると思った。

中島の「委奴国考・上」の第一ページ目には「侯爵黒田家什物」との説明付きで、問題の金印印影が凸版複写で紹介され、論文の最終ページには亀井南冥実弟の曇栄和尚旧蔵の印影が、これも凸版複写で紹介されている。二点の印影とも小さな欠損のある金印から捺された印影だ。中島は次号の「筑紫史談」第四集でこの二点の印影を誤りとし、窪み傷のある金印から捺された印影を真印からのものとして訂正した。

何となくマキの方へ視線を送ったちょうどその時、マキの表情が突然変わり、国会図書館所蔵の再版本の第三集を忙《せわ》しく何度も捲り返し始めている。マキの手元を覗き込むと、マキは再版本第三集に掲載されている二点の印影を交互に指差しながら、突拍子もない声を上げた。

「何これ！　再版本の印影はすり替えられているわ」

えっと思いながらマキの指差す二点の印影を確認すると、初版本第三集の中島論文に掲載された印影と、再版本第三集の印影は明らかに違っていて、しかも、その印影は第四集で訂正された窪み傷のある印影なのだ。

「どういうことでしょうか？」

僕が恐る恐るといった感じで尋ねると、明石さんはあっけらかんとした調子で答えた。

「視ての通りだ」

「中島は印影を取り替えて第三集を再版し、結果として中山が提出した印影が正しかったことを認めたわけですね」

マキの問い掛けに、明石さんは首を横に振った。

「そうじゃない。大正四年二月二〇日から六月一五日までに急遽行われた『筑紫史談』の創刊号、第二集、第三集の再版に中島は関与していない。と言うか、既にこの時点で中島は金印に関して蚊帳の外だ。再版は筑紫史談会の大幹部、武谷水城幹事長、大熊浅次郎幹事、高野江基太郎発行兼編輯《へんしゅう》主任の三人が中心となって、最初の印影、つまり小さな欠損のある印影を抹殺するために行われた。それも実に手の込んだやり方でな」

僕とマキは同時に声を上げた。

「抹殺？」

「大正三年四月一五日、『筑紫史談』の創刊号が刊行された。この『筑紫史談』を刊行したのは筑紫史談会という福岡の歴史研究組織だ。この組織は、大正二年に設立された太宰府史談会と新しく設立の機運にあった福岡史談会とが協議合体し、さっき言った三人が中心となって発足した。研究誌としての『筑紫史談』は、会の拠点が黒田侯爵家別邸に置かれたことから、旧藩である福岡藩、つまり黒田侯爵家から提供される未発表史料の公表と研究が最大の売り物であり、その目玉中の目玉が黒田侯爵家歴史編纂主任中島利一郎による甚兵衛口上書などの未発表史料を駆使した金印研究ってわけだ。ところが中島は、印影取り違えといういきなりの大失態を引き起こし、黒田侯爵家にも不名誉の及ぶ結果となってしまった」

マキは明石さんの言葉に頷くと、バッグを引き寄せ「筑紫史談」と「考古学雑誌」で繰り広げられた中島利一郎と中山平次郎の論争を整理したメモを取り出し、そこへ再版本の時系列を書き加えた。

大正三年一〇月五日
中山平次郎「漢委奴国王印の出所は奴国王の墳墓に非らざるべし／考古学雑誌」
大正三年一〇月一五日
中島利一郎「委奴国考・上／筑紫史談　第三集」
大正三年一一月五日
中山平次郎「漢委奴国王印に関する二三の文籍／考古学雑誌」
大正四年二月五日
中島利一郎「委奴国考・中／筑紫史談　第四集」
中島利一郎「梶原景熙事蹟／筑紫史談　第四集」
※大正四年二月二〇日

「筑紫史談」創刊号を再版
※大正四年三月一〇日
「筑紫史談」第二集を再版
※大正四年六月一五日
「筑紫史談」第三集を再版
大正五年三月五日
　中山平次郎「金印余録／考古学雑誌」

マキはメモを書き終えると、明石さんのゲームコードをしっかり摑んだのか大きく頷きながら口を開いた。

「中島の失態に武谷幹事長を始めとする会の中心人物は泡を食って何か対策を打たねばと考えたんですね」

「そうだ。武谷や高野江は黒田侯爵家の名誉と発足したばかりの会の面子を守るため、中島に対して以後の沈黙を強い、あろうことか印影をすり替えた再版本を刊行すると、会員達の所有する初版本との差し替えを図った。再版は第三集だけではなく、創刊号と第二集も行われたが、無論、これは印譜すり替えという奇想天外な主題をカモフラージュするためのものだ。こうした武谷達の工作によって中島の大失態は有耶無耶《うやむや》になり、併せて小さな欠損のある印影もこの世から消えてしまった。武谷達は更に確実を期すため、再版本を全国の各機関へも送付した。そこにある再版本のコピーを視てみろ。表紙に『陸軍軍医監　武谷水城寄納』と何やら怖そうなハンコが捺されているだろう。俺は色々な大学から『筑紫史談』の創刊号から第四集までを取り寄せてみたが、初版本だったのは、大正期の交換を偶然免れた慶応大学と筑紫女学院短期大学くらいのもので、殆どの機関が再版本だ」

床に広げられた「筑紫史談」の山を改めて確認したが、国会図書館、慶応大、天理大、早稲田大、東大史料編纂所、福岡教育大、筑紫女学院短期大学、駒沢大……、本当に様々な機関から取り寄せられている。明石さんの徹底ぶりに感心しつつ全てのコピーに目を通していくと……、妙なことに気づいた。

「ここにある駒沢大の『筑紫史談』の第三集に掲載されている印影は、再版本のものと同じ窪み傷のある印影ですが、表紙には『再版』の文字がなく刊行年も初版本と同じです。表紙は初版、中身は再版、これはどういうことなんでしょうか」

「その駒沢大のは昭和四四年に復刻版として刊行されたものだ。福岡県文化財専門委員の筑紫豊氏はこの復刻にあたって、福岡県文化会館所蔵誌を使用したと記している。ここからも武谷達がいかに差し替えに万全を期したかが判るじゃないか」

マキが感服したような声を上げた。

「つまり、現在『筑紫史談』の定本は表紙は原初の形で中身は再版本になっているわけですね」

「続きはまだある。武谷や高野江は再版本との差し替えで初版本第三集を抹殺すると、これだけでは不充分と考えたのか、論争の相手である中山の封じ込めをも図った。大正五年三月、中山平次郎は『考古学雑誌』に『金印余録』を寄稿し、そこで中島利一郎を猛烈に攻撃する。武谷や高野江に沈黙を強いられた中島は何一つ反論できなかったが、この中島に代って、当時の筑紫史談会幹事長で筑豊石炭業界の大ボス高野江基太郎が猛然と噛み付いた。高野江は中山の『金印余録』が発表されるや否や、すぐさま翌月の『考古学雑誌』へ『医学博士中山平次郎と署名のある論文を読んだ。この論文は中島君が「筑紫史談」第四集で紹介した印影を真影ではないと主張しているが、この印影は真印からの印影を凸版複写の技法で紹介したものだ。この正確な技法を認めないのであれば、絵画や書などの図版は一切認められないことになり、本物を付けよと同義になる。もし真印を押捺したその実物のみを以って真影を言い、凸版複写を真影と認めないとするなら、千部を刷るには千枚に千回真印を押捺することを要する。中山氏の論は言い掛かりの類であり、許し難い暴言だ』と寄稿した。この高野江のいちゃもんが意図的に視点をずらした反論であることは言うまでもない。中山は自分の紹介した印影、中島が紹介した訂正前と訂正後の印影、これらの矛盾について追及している。しかし、高野江はこれには一切触れず、訂正後の印影についてのみ一方的に論じた。既に印影はすり替え済みだから、何が何でもしらばっくれようという腹だ。一方、『金印余録』発表時の中山は、既に『筑紫史談』第三集が再版され、印影のすり替え工作が終っていることを知らなかった。つまり、中山が『金印余録』で中島を攻撃した時には、その攻撃の対象は消えていたってわけだ。自分が『考古学雑誌』で紹介した印影、高野江達がすり替えた再版第三集の印影、そして第四集の印影は誰が視たって同一の印影だからな」

「でも中山からすれば、武谷や高野江達の工作は直ぐに察しがつくことです。何故、今度は高野江相手に反論しなかったのでしょうか」

怪訝な面持ちでマキが尋ねると、明石さんはまだまだといわんばかりに話を続けた。

「高野江が中山へいちゃもんをつけた直後に急死してしまった。そして、今度は武谷が中山を攻撃した。武谷は高野江が『考古学雑誌』へ寄稿した論に手を加え、『筑紫史談』上で徹底的に中山を批難した。『故高野江基太郎による冥界からの一撃』と称した武谷の攻撃に中山は更なるトラブルが発生する危機感を持ち、終《つい》に沈黙してしまった」

「信じられないような話ですね」

マキが半ば呆れたように言った。

「事実は小説より奇なりって言うだろう。ところで、お嬢ちゃん達は志賀島にある金印碑を知ってるな」

「はい、実際に視てきましたから」

「大正一一年三月に建立されたあの金印碑は中山が出土を否定した場所に建っていて、しかも碑文は武谷水城の名で書かれている。武谷達は中山が金印研究から撤退したことを確認すると、とどめのつもりで金印碑を建立したってわけだ」

「そう言えば、碑文には中島の名もありませんよね。結局、中島も最後まで許されなかったと……」

「そうだな。中島も中山も以後一切金印に関する論を発表していない。ただ、中山はあの金印碑だけは悔しかったらしく、晩年になって『あの金印碑は私が確定した金印出土地を無視して建てられた』と愚痴っている」

「金印の話は、百姓甚兵衛の発見当初から今日までずーっと奇怪な話ばかりが続いているんですね。それで明石さん、もう一つ聞きたいことがあるんですが……」

「何だ」

「明石さんはどうやって小さな欠損のある金印を手に入れたんですか」

「あの金印は俺が手に入れたものではない。我が家の記録によれば、明治三〇（一八九七）年一一月二日、曾祖父の明石源左衛門が福岡の美術商大八木から買い入れたとなっている」

「えっ、明治三〇年一一月二日！　金印は明治期から明石家にあったとおっしゃるんですか？」

　マキが甲高い声で明石さんに問いかけた。

「お嬢ちゃんの推理によれば、大正初期に中島利一郎が金印の匣を開けた時、そこに二つの金印があったということだが、それは誤りだ。中島の開けた匣の中には、小さな欠損のある金印から捺された一枚の印影と、窪み傷のある金印だけが入っていた。当然、中島はその印影を匣の中にある金印から捺されたものと思い込み、それを筑紫史談会編集部へ送った。だいたい中島は金印が二つあったなんて思ってもいない」

「匣の中へ小さな欠損のある金印から捺された印影を入れたのは誰なんですか」

「無論、黒田長溥だ。明治二〇（一八八七）年二月、黒田は模刻印製作のため小さな欠損のある金印を匣から取り出すが、金印を貸し出した証に印影を入れておいた。君達も承知のはずだが、この折の模刻印製作は町田久成の発案だ。町田が加納夏雄に模刻させた。町田は初代博物局長で元老院議官を務め、職を辞すと僧正になり福岡崇福寺の再興を手がけている」

「崇福寺とは、あの亀井南冥の実弟、曇栄が住職を務めていたお寺のことですね」

「そうだ。篆刻が趣味だった町田は崇福寺再興の折、曇栄旧蔵の金印印影の存在を知ると、早速、黒田長溥に模刻印のことを願い出た。加納夏雄による模刻印製作は明治二〇年の二月から始まり同年の七月には完了したが、実はこの間の三月七日、黒田長溥が急死するという思い掛けないアクシデントが起きた。加納夏雄は七月中に町田へ金印を返却したが、町田の方は黒田家のごたごたから金印を返しそびれ、しばらく手元に置いていた。当時の町田には考古物に造詣の深い取り巻きがたくさん居て……、誰であったかは定かでないが、その中の一人が金印に興味を持ったんだな。そいつは町田から小さな欠損のある金印を借り受けると、町田が返却を要求しても、ああだこうだと理屈をつけ返そうとしなかった。そうこうするうちに、町田が明治三〇年九月一五日に死亡してしまう。町田の死亡後、この金印は秘密裏のうちに福岡の美術商大八木に流れ、この大八木から手に入れたのがうちの曾爺さんってわけだ」

「黒田家は何も言わなかったんですか」

「匣の中に金印が二つ入っていたことを知っていたのは十一代当主の黒田長溥だけだ。匣に一個金印が入っている以上、黒田長溥以後の黒田家当主や周辺の関係者は、もう一つがまさか失われているとは想像だにしなかった」

「明石さんは現在国宝に指定されている窪み傷のある金印を模刻したのは誰と考えているんですか」

「亀井南冥が依頼した模刻師は京都の藤原貞幹だ」

「藤原貞幹がですか？　ちょっと信じられません」

「この人物は江戸期最大の偽書『金史別本』を書いた沢田源内と並ぶ贋物作りの名人だ。偽書の代表作にはあの本居宣長でさえ騙された『吉野朝公卿補任《くぎようぶにん》』がある。また、古印の模刻にかけては、当時印聖と称された高芙蓉《こうふよう》も一目置くほどの腕前だ。この藤原貞幹なら金印の模刻などわけもない」

「藤原貞幹が金印を模刻したのは事実ですが……、彼は南冥に金印の印影を送られて初めて金印の存在を知ったのだと思います。藤原貞幹の模刻印影に視られる窪み傷は、南冥に送られた印影からの影響としか思えません」

僕もマキの論が正しいと思え、明石さんに問いかけた。

「甚兵衛口上書にある天明四年二月二三日、これが金印発見の表向きの日時です。でも、藤原貞幹の模刻印影は最も古いものでも天明四年四月一一日の『藤貞幹考』に掲載された印影なんです。

しかも、ここでの貞幹は金印の重さを二十九銭としています。これは亀井南冥による『金印鑑定書』の二十九匁と一致しますから、やっぱり貞幹は南冥から送られた印影を視て初めて金印の存在を知ったのだと思います。仮に、明石さんの説が正しいとすれば、彼は甚兵衛口上書にある金印発見日以前に南冥と面識があり、更に金印の存在をも知っていたということになりますが……」

「そう言うことだ。藤原貞幹は『漢委奴国王』の金印の存在をとっくの昔から知っていた。従ってお嬢ちゃんが力説した、金印は甚兵衛口上書の日付け天明四年二月二三日以前から存在し、世に出たのは亀井南冥による意図的な企てであったという説は、まぐれではあるが当たっている」

「南冥の画策に藤原貞幹も加担していたと……」

僕が重ねて問いかけると、明石さんは首を横に振った。

「亀井南冥と藤原貞幹が天明以前の安永期（一七七二～一七八一）、既に交流していたことは間違いない。無論、この切っ掛けとなったのは金印だ。亀井南冥は手塚甚兵衛から小さな欠損のある金印を手に入れると、この金印を建武中元二（五七）年に光武帝から倭奴国王へ下賜された金印紫綬と結び付けたが、自分の見解は何も付けずに金印印影を古印の研究家で考古物の鑑定家としても名高かった京都の藤原貞幹へ送付し、貞幹の解釈を仰いだ。ところが貞幹は、この印影の示す印文が何を意味するのか全く判らず、その旨を正直に南冥に伝え、できれば金印を京都へ送って欲しいと申し出た。この貞幹の答えと申し出に南冥は心底喜んだと思う。何しろ、京都を代表する一流学者の藤原貞幹が解けない謎を自分は解いていて、しかもその実物の金印を持っているんだからな。南冥は何食わぬ顔で金印の実物を京都へ送ると、更に純金による模刻印製作をも依頼した。ここから先の南冥の画策はお嬢ちゃんが推察した通りだ」

マキがちょっと待って下さいとばかりに声を上げた。

「そんな一方的に話を展開されても私には明石さんの空想劇場としか思えません。安永期に二人が金印を介して交流していたことを証明する憑拠はあるんですか？」

「藤原貞幹の著作に『集古図続』という不思議な書物があってな……、この最終ページに朱で捺された『漢委奴国王』の印影が掲載されている。これが俺の憑拠だ」

マキが間髪を容れずに言い返した。

「その印影は伴信友が『中外経緯伝草稿』で指摘した偽印の印影なのではありませんか？」

マキが言った「中外経緯伝草稿」とは、伴信友が文化二（一八〇五）年に刊行した金印論のことである。

★今汝を以て親魏倭王と為し、金印紫綬を仮す。云々、もろこしの宋の世に集たる宣和集古印史という書に、親魏倭王の印を摸し載たるは、此魏志によりて偽作りたるものなり、又集古印譜に蛮夷邑長印の中に、漢倭奴国王の印を、漢青羌邑長、漢夷邑長、漢帰義胡佰長等の印と共に摸し載て、皆銅印鈕蛇、又環類と云えり、これも後漢書などによりて偽作りたるものなり、今顕しく其印に委奴とあるを倭奴と書き、又質も黄金なるを銅印なりと云えるにて、其偽作なる事明なり。

伴信友は「宣和集古印史」掲載の親魏倭王印は「魏志 倭人伝」の一文から創作された偽印であるとし、また、「集古印譜」蛮夷邑長印の中に掲載される漢倭奴国王印についても、銅印と説明されていること、及び「委」の字が「倭」になっている点から、印はニセモノと決め付けた。

大正期の中島利一郎はこの伴信友の論に賛成し、「志賀島金印は別として、支那に一種の委奴国王印の擬作が伝えられていたのは事実である」と述べ、偽印存在説を支持している。マキはこの偽印存在説を踏まえ、明石さんが憑拠とした「集古図続」の印影に疑問を投げかけたのだ。明石さんがくぐもった調子で口を開いた。

「お嬢ちゃんは伴信友が憑拠とした『宣和集古印史』と『集古印譜』を実際に視たのか？」

「未だにその二点を探し出すことができなくて……、視ていません」

「ほう、視てもいないのに伴信友の論を鵜呑《うの》みにし、それを反論の憑拠にしたってわけか」

マキはばつが悪いのか悔しいのか、いずれにしても俯き加減で沈黙している。明石さんが更に続けた。

「伴信友の『中外経緯伝草稿』の一文は典型的な創作、つまり偽書の類だ」

「えっ？」

余りのことに僕もマキも呆気に取られてしまった。伴信友の「中外経緯伝草稿」は金印偽印説を唱える人が必ず引用する重要な史料である。それを明石さんは創作の一言で片付けたのだ。

「あのなお嬢ちゃん、『宣和集古印史』と『集古印譜』の蛮夷邑長印の項に漢青羌邑長・漢夷邑長の印は確かにあるが、漢帰義胡佰長の印は蛮夷佰長印の項の掲載だ。また、『中外経緯伝草稿』は漢青羌邑長・漢夷邑長の印を銅印鈕蛇とするが、二点の史料とも、実際は蛇ではなく駱駝《らくだ》となっていて、しかも一番肝心な『漢倭奴国王』の印は二点の史料のどこにもその掲載がない。伴信友が『中外経緯伝草稿』で主張したことは出鱈目ばかりだ。彼が『宣和集古印史』と『集古印譜』を視たのは事実だが、彼はこの二点の中国史料を組み合わせ、奇を衒《てら》った論を展開したに過ぎない」

僕等は混乱の極みで質問一つできない。明石さんは僕とマキの反応を全く無視した様子で畳み掛けてくる。

「話を『集古図続』に戻すぞ。あのな、藤原貞幹の門人、山田以文が記した略伝には貞幹の著作目録として『皇大神宮儀式帳考注并図』から『瑞祥斎帖』まで三十三点が掲載されている。しかし、この著作目録に刊行年月日は一切記されていない。そこでこの三十三点の著作刊行年を全て調べてみた。確定できたのは八点だけだったが、この八点の刊行年から、著作目録は年代順に並べられていることが判った。『集古図続』は、安永二（一七七三）年の『公私古印譜考証』より後で、安永五年の『古瓦譜』より前に掲載されている。ここから『集古図続』はこの間の刊行と推察した。『古瓦譜』の後には、天明七（一七八七）年の『寛永銭譜』、寛政三（一七九一）年の

『国朝書目』、寛政六年の『好古小録』、寛政八年の『好古日録』と年代順に並んでいるから、この推察はまず間違いないと思う。『集古図続』が安永三、四年の成立とすれば、当然、甚兵衛口上書の天明四年よりも十年も前のことだ。十年も前の著作に『漢委奴国王』の印影があるなら、南冥と貞幹の交流もその頃からあったと考えられる……、以上だ。十五分どころか三十分近くも君達につきあった。俺はこれから奈良県の桜井まで行かなきゃならん」

明石さんはここまで言うと、左手の腕時計に視線を落しながら立ち上がった。マキが明石さんを視上げながらこれで最後ですとばかりに食い下がった。

「私はその『集古図続』を知りません。明石さんを疑るわけではありませんが、本当にそんな書物があるんですか。お持ちなら是非その書物を貸して下さい」

「判った。『集古図続』は二、三日貸してやる。これを読めば俺が言ったことの正しさが判るはずだ」

部屋の突き当たりの大きな黒い防火扉の向こうへ明石さんの姿が消えた。

「ねえ、ちょっと覗いてみようか」

マキが好奇心いっぱいの顔で言った。

「まずいよ」

マキは取り合おうとせず、さっと立ち上がるともう歩き始めている。もう一度マキの背中に止めた方が良いと声を掛けた。

「どうして？　怒られたら怒られたで謝れば良いじゃない」

やむを得ず二人して中戸の格子から覗き込むと、古めかしい仏像やカラフルな万暦《ばんれき》の大きな壺、ガンダーラと思しき石仏や巨大な殷《いん》の銅器が所狭しと並び、その合間に大小のガラスケースが置かれている。ちょっと遠目で判り辛いが、ガラスケースの中は銅鏡や古印、小さな陶器でいっぱいだ。明石さんの姿が視えない。マキはキョロキョロッと視回すと、早速入り込んでガラスケースを覗いたり、仏像に近づいては溜め息を吐いている。マキが無言のまま僕を手招きした。

「ほら、これを視て」

マキの指差したのはガラスケースに納められた一枚の書だ。

「これは北宋の黄庭堅《こうていけん》の書よ。李白の詩が書かれているわ。本物なら数億円、国宝どころか世界の宝よ！　ねえ、あっちの小さな鍍金の仏像は、どう視たって推古仏じゃない。とにかく超一級の美術品ばかりだわ」

マキは興奮状態で言うが、僕は明石さんが突然現れて怒鳴られるのではと気が気ではない。

「俺の許可なく何故入った。さっさと出て行け」

案の定だ。少し向こうのガンダーラ仏の傍らから明石さんが厳しい声で言った。僕は緊張して竦《すく》み上がったが、マキは意に介する風もなく、逆に明石さんに問い掛けている。

「ここにある古美術品は全て本物なんでしょうか？」

「つべこべ言わずにさっさと出ろ」

明石さんは足早に近づいて来ると、僕達を追い立てるように部屋の外へ出した。

「勝手に入り込んだりして申し訳ありません」

明石さんへおろおろしながら謝ったが、マキはまだ未練たっぷりな様子で博物館みたいな部屋を覗き込んでいる。明石さんがマキの視線を遮るように中戸の前に立った。

「君達は本当に礼儀を知らないな」

「この部屋の中がちょっとでも視えれば古美術好きの人は誰でも入りたくなると思います。私達に視せようとしない明石さんの方こそ偏屈な人なんです」

明石さんの表情が一段と険しくなった。これは本当に叩き出されると覚悟したが、マキは謝るどころか恨めしそうな目で明石さんを更に詰り始めた。

「この書物を持ってさっさと帰れ。お嬢ちゃんの古美術好きは判ったが、今日のところは時間がない。明後日には帰って来るから明石家のコレクションはその時にゆっくり視せてやる。とにかく今日はもう終りだ。早く帰れ」

マキの余りにも自分勝手な言い草に、明石さんは怒るのも面倒と思ったのか、それとも一刻も早く帰って欲しいと思ったのか、いずれにしても、マキに古めかしい書物を手渡すと、後はもう僕達の存在を全く無視した雰囲気で板敷きの上の雄山閣金印を両手で抱え、また黒い大きな扉の奥へ消えてしまった。仕方なく二人で表へ出たが、マキはまだ未練があるのか明石さんの家を何度も振り返っている。

「マキ、早くこの『集古図続』を確認しよう」

僕がマキの気分を断ち切ろうと少し強い調子で言うと、マキはいきなり起こされたみたいに体をびくんとさせ、やっと我に返ったような顔で僕を視返した。

明石さんの家から僕のアパートまで、ゆっくり歩いても十分程の距離である。僕とマキの歩く速度は次第に速くなって、アパートに着く頃には小走り状態だ。マキは部屋に入るなり早速「集古図続」の確認作業を始め、丁寧に捲り始めた。

傍らから覗くと、最初のページには藤原貞幹の名前と巨大な天皇御璽が朱で捺され、続いて歴代の天皇御璽、奇怪な書体の太政官印、神祇官印、遣唐使印などが並び、更に戦国武将の印影まで掲載されている。足利義満の印や有名な織田信長の天下布武印、豊臣秀吉の豊太閤《ほうたいこう》印もあった。秀吉一族の印の次のページに朱で捺された不思議な書体の印影が現れた。マキはその印文を一文字ずつゆっくりと読んだ。

「親・魏・倭・王……、印譜の下に『宣和集古印史所載』と書かれているわ。藤原貞幹は寛政八年の『好古日録』でもこの親魏倭王印を『此印宣和集古印史ニ載ス。鈕製ヲ脱ス惜ムベシ』と紹介しているけど、その印影とは随分違うみたいね」

「『好古日録』ならコピーを持っているから後で比べてみよう」

マキは頷きながら最後のページに指を掛け、息を止めて慎重に開いた。開かれたページに捺された朱の印影を視て僕は思わず目を疑った。何の説明書きもなくぽつんと捺されたその印影は紛れもなく「漢委奴国王」なのだ。「集古図続」が安永三、四年のものなら、甚兵衛口上書の天明四年より十年も前の刊行である。このぽつねんとした印影の存在は国宝金印に関する常識をすっかり覆してしまう。胸の鼓動が急激に高まった。

「克史君、直ぐに天明期の『藤貞幹考』と寛政期の『好古日録』のコピーを視せてくれる」

マキも僕と同じ想いなのか急かすように言った。史料の山から「藤貞幹考」と「好古日録」を探して手渡すと、マキは直ぐに「好古日録」の漢委奴国王の印影が掲載されているページを開き、「藤貞幹考」と「集古図続」を隣に並べた。既に頭の中ではまとまっていたのか、マキは三点の史料をさっと掃くように視ただけで直ぐに喋り始めた。

「この三点の史料を比較すると、安永期の『集古図続』は『漢委奴国王』の印影があるだけで何の説明もないのね。でも後の『藤貞幹考』や『好古日録』には印文の読み方と印についての貞幹の解釈が付けられているわ」

「そうだね。『藤貞幹考』と『好古日録』では金印を光武帝が下賜した印とし、更に『漢委奴国王』を『かんのいとこくのおう』と読んで筑前国怡土《いと》郡に当て、かなり詳しく解説しているよね」

マキが頷きながら答えた。

「それから『集古図続』は景初三（二三九）年の親魏倭王印を、建武中元二（五七）年の漢委奴国王印より先に紹介しているじゃない。でも寛政期の『好古日録』になると、この順番は正しく年代順になっているわ。つまり、安永期の頃の藤原貞幹は『漢委奴国王』の印文が何を意味するのか全く判らなかったのよ。さっき明石さんは『集古図続』を読めば俺の言ったことの正しさが判ると言ったけど……、本当だったわ」

「そういえばマキ、明石さんは大事な商取引で奈良の桜井に行くと言ってたけど、それって親魏倭王印のことじゃないのかな。明石さんは親魏倭王印を探していると言ってたし……」

「桜井と親魏倭王印がどこで結びつくのよ？」

「卑弥呼だよ。桜井には箸墓《はしはか》があるじゃないか。親魏倭王の金印は卑弥呼が魏王から下賜されたものだろう」

「でもあの古墳は前方後円墳でしょう。卑弥呼の墓は『魏志 倭人伝』の記述によると径百余歩の円墳だわ。歴史学者の中には箸墓を卑弥呼の墓と主張する人もいるけど、いかにしても形と大きさが違いすぎるわよ。箸墓の全長は二百七十メートル以上もあるし、後円部の直径は百五十メートルもあるんだから」

「箸墓の原初の形状は今と全く違って円墳なんだ。あの古墳の前方部は江戸期に新しく付け加えられたものだよ」

「えっ、嘘でしょう。箸墓は我が国最古級の前方後円墳で未盗掘としても有名な古墳よ。箸墓が円墳だなんて、私はそんな話を聞いたことがないわ」

「箸墓が円墳だった証拠はたくさんあるんだ。例えば、前方部と後円部の盛り土の性格の違い、前方部と後円部の接続部分のアンバランス、前方部と後円部全体の等高線に視られる不自然さ、細かい点を挙げればもっとあるけど、今はこういった面倒な説明は省くとして、とにかくマキ、天明・寛政期（一七八一〜一八〇一年）の箸墓が円墳だった決定的な証拠が二つある。河村秀根《ひでね》が天明五（一七八五）年に刊行した『書紀集解《しっかい》』は箸墓のことを『道の右に円形の丘あり、相伝たえるに箸の墓といわく』と記すし、寛政三（一七九一）年の『大和名所図会《ずえ》』という出版物には箸墓の絵が描かれていて、そこでの箸墓は円墳なんだ。江戸末の安政・文久期（一八五四〜一八六四年）に全国的に行われた陵整備の折、元々は円墳の箸墓に前方部が付けられ、後円部も広げられたことは間違いないよ。箸墓とは逆に、前方後円墳の前方部が農地や道路に取られ、ただの円墳にしか視えなくなっている例は沢山あるし、有名な仁徳天皇陵にしても、あの三重目の周濠は明治三二（一八九九）年から明治三九年にかけて行われた大工事で今の巨大な周濠に造り替えられたんだ。現在の箸墓は宮内庁の管理下にあって調査もできないから……、おかしいと思っても誰も言及しないんだ」

僕の説明が終ってもマキは目線をあちこちに漂わせるだけで無言のままだ。頭の中で反論のためのセグメントを繋いでいるんだなと思った。

「現実に視えているものが正しいとは限らない、この見本みたいな例が箸墓だと言うのね」

あれっと思った。珍しく何の反論もせず譲ってきたからだ。ところが、一呼吸置いてマキは吃驚するようなことを口にした。

「ねえ、私達もこれから箸墓へ行ってみない？　確か、ＪＲ桜井線の三輪《みわ》と巻向《まきむく》の中間辺りじゃなかったかしら」

　まさかと思って問い返した。

「これから桜井の箸墓へ？」

「そう、向こうでばったり明石さんと会うかもしれないでしょう」

「明石さんに会ったとして、それでどうするわけ？　それに僕は明日から仕事なんだ。とても無理だよ」

「判ったわ。急には無理よね。それよりお腹が空《す》かない？」

　マキがやけにあっさりと言った。その何時《いつ》もと違うあっさりさに何となく違和感を覚えたが敢えてそのことには触れず、マキに誘われるまま食事に出掛けた。食事は義満の雄山閣金印と国宝・志賀島金印の総括で大いに盛り上がって、マキはもう桜井行きのことは忘れたかのようだ。

光明真言池

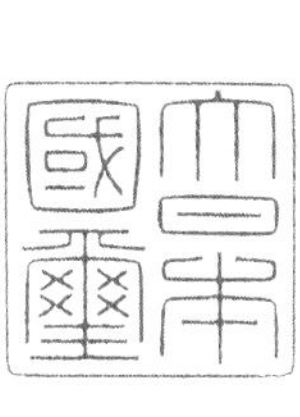

「大日本国璽」

「おい北畠、まだ始めたばかりだが、この池は尋常じゃないぞ」

吉岡さんが水の引いた池を視ながら興奮状態で言った。

「まだ何枚かの小判と永楽金銭、それと天目茶碗の欠片に平安期の小さな鏡が三枚出ただけじゃないですか。さっきトレンチしてみましたが、池底の岩盤まで二メートルくらいあるんです。まだ一メートルも掘り下げていません。本物はこれからですよ」

「人手をもっと増やそうか。俺とお前だけじゃいつまでたっても終らないぞ」

「この試掘は二人でやることが約束でしょう。それに二人なら誰の目にも池の掃除くらいにしか視えませんよ」

吉岡さんは一転して溜め息交じりに話しかけてくる。

「しかし北畠、俺はちょっとばかし怖くなってきた。このまま掘り進んでとてつもない宝物でも出てきたら、俺達二人の手には負えないし大騒ぎになる。そうなりゃ今日のことは報道で取上げられ、下手すると俺達は埋蔵文化財泥棒にされるぞ」

「この試掘が表にばれ、騒ぎになればそう批難されるかもしれません。恐らく学者と称する人達は『考古物の発掘とは地下や水中に埋没する遺跡を視つけ出し、そこから遺物を採取することのみを目的とするものではない。単なる好奇心、あるいは金銭目的や収集癖から遺跡を暴き、宝探しの気分で遺跡発掘をするものは財宝盗賊の類である』と言うでしょうね」

「そうだろう。俺は何度も財宝探しをしているが、これでも地下や水中に残された貴重な痕跡に対し大変な敬意を払ってやってきた。一旦発掘して破壊すれば、遺跡の回復は絶対にできないし、永久に失われてしまうからな。今日の試掘はあくまでも番組制作のためで遺跡の研究が目的じゃない。最初は単純にこの池から何か出ればと期待したが、現実に考古物が出てくると、何だかこんな風に原初の形態を壊すことがやましいことのように思えるよ」

「吉岡さんは研究という言葉に惑わされて学者と称する人達を少し買いかぶっているみたいですね。彼等の理屈はあくまでも表向きのもので、本質的には彼等の研究も宝探しのための破壊行為にすぎません。彼等は発掘が終ると大層な調査報告書を出版しますが、これは破壊行為に対する彼等のエクスキューズなんです。つまり、彼等には本来何の大義もありません。一方、僕達は自分の推理で遺跡をみつけ、秘密裏に宝物を取り出してコレクションしたり金銭に換えたりしますけど、結局学者と僕達は対等なんですよ」

「そりゃあまあ遺跡研究も遺跡荒らしも、その主題は破壊行為に尽きるからな。学者が許されるなら俺達の宝探しも許されるってわけか。でもなあ……」

「僕達がやっていることは誉められこそすれやましいことはありません。今の僕と吉岡さんはトレジャーハンターなんです。人にはそれぞれ異なった使命があるんですよ。僕は天から与えられたその使命を全《まっと》うしたいだけです。僕は根っからのトレジャーハンターですけど、吉岡さんはやっぱりテレビディレクターなんですね」

「それにしても北畠、お前はどうしてこの島に目を付けたんだ。この島は歴史書の中では治承《じしょう》年間（一一七七〜一一八一）の『吾妻鏡《あずまかがみ》』の記述が一番古く、島が有名になるのは源頼朝が文覚《もんがく》上人に頼んで弁財天を勧請《かんじょう》した以後のことだ。それ以前のことは都から視れば関東ローカルの小さな島くらいの認識しかなかったのか、一度も歴史書に書かれたことがない。そんな島に何故古代遺跡があると思ったんだ、そこのところを教えてくれ」

「確かに歴史書では平安末の記述が最古ですが、伝承ではこの島と天皇家の結びつきは二千年以上昔の人王《にんのう》九代開化天皇の頃からあったとされ、弁財天信仰以前は竜神信仰が千年も続いていたんです。にも拘らず、島のどこにも大きな祭祀跡はないですし、弁財天で有名な神社にも竜神信仰を思わせる宝物は伝世していません。吉岡さん、これは妙でしょう」

「俺は散々調べたが、この島に宝物伝説みたいなものは何もなかった。事実、財宝番組は数多く作られているが、この島をテーマに作られたものは一本もない」

「それは調べ方が足りないんです。例えば、この島の直立した崖には巨大な洞窟がたくさんありますよね。この洞窟は古来金窟と呼ばれ、そこにはヴァスコ・ダ・ガマの財宝が眠っているとか、歌舞伎の白浪五人男で有名な日本駄右衛門のモデルとなった日本左衛門が盗んだ数万両の小判が隠されているとか、こんな宝物絡みの伝承がちゃんとあるんです」

「えっ、日本駄右衛門にはモデルがいたのか。俺はてっきり河竹黙阿弥《かわたけもくあみ》の創作と思っていた」

「違いますよ。日本左衛門は実在の人物でこの辺り一帯を荒らし回った大盗賊です。延享《えんきょう》年間（一七四四〜一七四八）に獄門に掛けられ、その公文書も残されていて、日本左衛門が本拠地にしたのがこの島にある金窟だと言われているんです」

「それは判ったが、しかし北畠、ヴァスコ・ダ・ガマの財宝が隠されているなんて話は聞いた事がない。いくらなんでもヴァスコ・ダ・ガマはないだろう」

「一般的には知られていませんが、トレジャーハンターの中ではこの島とヴァスコ・ダ・ガマのことは有名な話で、事実何人もの挑戦者がこの島の洞窟を調査しています。秘密の洞窟を示唆する黒曜石の階段を発見した人もいたんですが、いざ発見した洞窟を調査しようと準備が整うと、それまで協力的だった洞窟を管理する神社側が突如として強硬に反対したため調査は中止となり、頭にきた新洞窟の発見者は黒曜石の階段ごと洞窟を埋めてしまったそうですよ」

「神社側は自分だけで財宝探しをやろうとしたわけか？」

「それは判りませんが、神社側はその後、落石事故にかこつけて長い間洞窟を閉鎖し、数年にわたって独自調査を試みたようです。結局、秘密の洞窟は発見できなかったみたいですけどね。これらの伝承の真偽はさておき、僕はもう少し現実的なアプローチをすれば、必ず何かは出るとずっと信じていて、あれこれ解析したり調べたりしてきたんです。結論は案外単純で……、洞窟に祭祀跡はない、また目に視える地表にもない、とすれば祭祀跡は水の中ということになりますよね。二年前、この僕の推論を裏付ける『浜島十右衛門大草紙』という江戸文献と偶然巡り合ったんです」

「浜島十右衛門？」

「日本左衛門の本名ですよ。宝暦年間（一七五一〜一七六四）に刊行された『浜島十右衛門大草紙』は義賊日本左衛門の一代記みたいなものですが、ここに日本左衛門が盗んだ数万両にも及ぶ小判は相州の光明真言池に隠されたとあるんです。僕はこの記述にピンとくるものがあって……、日本左衛門が本拠地にしていたのはこの島ですし、島の洞窟には日本左衛門の隠し小判の伝説もありますから、光明真言池は必ずこの島にあると思ったんです。もっとも、日本左衛門の宝はあくまでも伝説ですから百パーセント信じているわけではありません。でも、仮にこの島に池があったとすれば、それは絶対に古代の遺物や財宝が沈む光明真言池なんです。島のどこかに光明真言池があるという前提で観察すると、光明の名が示す通り、真東を望む池が島の頂上部にあり、しかもその池は真言密教の寺院の庭にあったんです。恐らく、僕の他にもこの島に池を求め古代の遺物や財宝を探した人はいたと思いますが、誰もこの池に気づかなかったみたいですね」

「どうして気づかなかったんだ。池はここにしかないし、こんなに立派な池じゃないか」

「それは先入観のせいですよ。この島は切り立った断崖を持つ島で直立していますから、池があったとしても低い位置にあると決め付けてしまうんです。何せ頂上ですからね、ここは。それと、この池のある場所は平安後期から現在に至るまでずっと真言宗の寺院があって、盗掘者達の侵入を許さなかったことも理由の一つと思います。僕だってここの大阿闍梨《だいあじゃり》様と特別なご縁がなければ池の調査なんかできませんよ」

「大阿闍梨様というのは、さっき北畠が紹介してくれた迫力満点のお坊さんのことか」

「そうです。あの大阿闍梨様は真言密教最高の秘法八千枚護摩行《ごまぎょう》を八十数回も成満《じょうまん》し、更にあの空海でさえ為し得なかった未曾有の荒行《あらぎょう》百万枚護摩行をも成満したそれは凄い大行者なんです。絶大な法力を身に付けた方で……、そう言えば、一年前に骨折した大腿部がまだ痛むと言ってましたけど、後でお加持《かじ》をお願いしてみましょうか。大阿闍梨様のお加持を受ければ直ぐに痛みが取れますから」

「そんな俺の骨折くらいのことで恐れ多いからよしてくれ。しかし北畠、お前は随分と変わった人と知り合いなんだな」

吉岡さんは笑いながら足を摩ると、さて始めるかといった感じで立ち上がった。

「足は痛みませんか？」

「大丈夫だ」

「今日は試掘ですから掘る場所をあまり広げず、さっき掘り下げた所をもう少し深くしてみます。池の泥を掘り出して篩《ふるい》の上に載せますから、吉岡さんはそのホースでどんどん水をかけて下さい」

池は東西約十二メートル、南北が約十一メートルのほぼ円形、水深は五十センチくらいでかなり浅い。池の水はポンプを使えば直ぐになくなるが、ポンプを止めるとまた溜まってしまう。どうやら下の岩盤の何ヵ所かに穴が開いていて、ある種の毛細管現象で吹き上がってくるらしい。

南と北側の地面は大きく瘤状にうねって樹木が一面に生い茂げり、東方向は海が開けていて、池の東端から切り立った崖まで約二メートル、池の西側はかなりのスペースが平らで、トレンチをしてみると地下三十センチ程の所にずらりと平らな石が敷かれている。この池を中心に祭祀が行われていたことは間違いない。

最初に、吉岡さんと二人で池の表面に一メートル幅で碁盤の目のように縄張りをし、それを忠実に方眼紙に写した。何がどこから出たのかを記録するためだ。釣り人は釣った魚を記録するために魚拓を取るが、この縄張りもそれと同じようなもので、戦利品を単に記録したいのであって別に研究のためではない。

スコップでさっき掘り下げた西側一番手前のスペースの泥をすくいながら、ふとマキのことを思い出した。もう一年も会っていない。ちょうど一年前の夏の日、あの明石さんを二度目に訪ねた日を最後にマキは突然いなくなった。最初の二、三日はいつもの気まぐれで連絡がないくらいに思っていた。

「おい北畠、何か光る物があったぞ。小さな仏像みたいだ。阿弥陀様かな」

吉岡さんが右手で五センチほどの金色をした塊を翳しながら言った。

「視た目より重く感じますか？」

「そうだな、凄くずっしりした感じだ。ひょっとすると金かな」

「そうかもしれませんよ。数年前、それと良く似た純金製の阿弥陀如来像が那智の遺跡から出土しているんです。とにかく吉岡さん、一気に岩盤まで掘り下げますから、遺物の鑑定は後でまとめてやりましょう」

「判った」

吉岡さんは小さな仏像を丁寧に布で拭くと傍らの木箱へそっと入れている。僕はわき目も振らず泥を掬《すく》っては篩へ放り投げた。しばらく何も出ない。もう無いかなと思った瞬間、スコップの先端に金属的な感触を覚えた。そっとスコップを持ち上げると、水をかけるまでもなく平安末期の銀製宝塔である。かなり大きい。七、八センチくらいはある。

またスコップに何かを感じた。スコップの先で遺物を探ると鏡のようである。スコップで持ち上げようとしたが物凄く重い。やむを得ずしゃがみ込んで泥の中へ右手を肩まで突っ込み、周りの泥を少しずつ動かすようにしてようやく引き出した。二枚の鏡が合わさった格好で出てきたが、水を掛けると鳥獣八角鏡と花鳥八角鏡である。吉岡さんの手前努めて冷静な顔をしたが、自分自身の着眼点の正しさと抜群の推理力に我ながらほとほと感心し、狂喜乱舞したい気分だ。

いつだったかマキが「私はただ生きているだけで幸せに思うような人生を送りたくない。ぎりぎりの崖っぷちを積極的に生きたい」と言ったので、僕は「何事に対しても忙しくせずひっそりと生きたい」と答えたことがある。マキに「私は積極的に生き、あなたはひっそりと生きる。これって私とあなたの主従関係を物語るみたいで面白いわ」と冷やかされたが、マキは僕の言葉の意味を誤解している。ひっそりと生きるとは常識の外側に棲むことだ。人知れず宝探しに熱中する、これが本当の僕なのだ。マキがここに居たら何と言うだろう。

更にスコップで泥を掬った。密かに空海時代の密教法具を期待したが、スコップは緑と黄も鮮やかな奈良三彩《さんさい》と思しき破片を掬い上げた。仮に奈良三彩とすれば、遺物は空海時代を通り過ぎ、既に八世紀初頭である。続けて古墳時代の金製の小さな鈴、頭の中で次は海獣葡萄鏡などの中国鏡をと念じたが……、その後は何も出土せずスコップは地底の岩盤にガツンと突き当たった。

それにしても、今掘り下げたスペースは縄張りの中では下位にランクした部分である。にも拘らずこれほどの成果だ。今すぐ一気に全体を掘り下げ、埋蔵物を全部この目で視たいと思うほど気持ちが高揚した。居てもたってもいられない気分で、心の底から凄いと思った。

「吉岡さん、下の岩盤まで達したみたいです。今日のところはこの辺で切り上げ、後で大阿闍梨様へこの池から何が出土したかをご報告に行きましょう」

「なあ北畠、今日掘り出した考古物だけどな……、これは全部大阿闍梨様のものってことか？　俺達は何ももらえないのかな」

吉岡さんが箱の中の遺物をあれこれ目で追いながら言った。

「それは交渉次第ですよ。とにかくここは僕に任せて下さい。大阿闍梨様とはその件も含めて話をしてありますから」

「せめて小判くらいは欲しいよな」

「大丈夫ですよ。あの大阿闍梨様は小判なんかに興味はありませんよ」

吉岡さんはそうかといった感じで頷き、今日一番の嬉しそうな顔で排水ポンプの電源を切った。

僕も池から上がり、二人してばたばたと池の周りを片付けた。何ごともなかったかのように護摩堂の前を通り過ぎると、夕方の行の真っ最中なのか、お弟子さん達の叫ぶような不動真言が聞えた。光明館と木札の掛かった建物の中にある部屋に戻って、二人で畳の上に出土品を丁寧に並べた。

「おい北畠、この中で一番の値打ち物は何かな？」

「銀製宝塔が断然ですね。こういった宝塔は本来、金・銀・銅・金銅・鉄、この五つのセット物ですから、まだあと四つ池に沈んでいると思います。それから、この宝塔には平安末の承安壬辰《じょうあんじんしん》という紀年がありますよね。僕が知る限り、こんな風に元号銘が刻まれた宝塔はありません。金・銀・銅・金銅・鉄の五つが揃えば間違いなく国宝です」

吉岡さんが目を丸くした。

「何！　国宝？」

「もうこの光明真言池をテーマにした番組制作は中止にしましょう。恐らく……、池に沈む遺物全体の値打ちは数十億円にも達しますよ」

僕は畳の上に並ぶ出土品を手帳に書き写しながら、敢えて静かな調子で言った。吉岡さんは小さく唸《うな》るばかりで何も答えない。

「吉岡さん、番組のことは中止で良いですよね」

「まあそれは最初の約束だから判ったが、でも北畠、いくらなんでも数十億は言い過ぎだろう」

「今日掘ったところは全体のスペースのまだ一パーセントです。それも余り良い場所ではありません。これからもっと凄い物が限りなく出る筈です」

「どんな物が出るんだ?」

「この島にはあの空海も行をしに来ていて、例えば空海自身が使用した純金の密教法具がセットで出土すれば、もうそれだけで十億円はするでしょうね。それから、池の中央部を掘り下げれば海獣葡萄鏡などの中国鏡も間違いなく出ると思います。あの池に想像を絶する埋蔵文化財が沈んでいることは確かですよ」

「俺には考古物類の本当の値打ちは判らないが……、まっ、小判やこの永楽金銭なら大体の値打ちは判る。今までに大判小判のことは散々調べたからな」

吉岡さんは鞄からコインカタログを取り出すと、カタログをあれこれ捲って出土した永楽金銭や小判と照らし合わせ始めた。カタログには古銭の相場がずらりと並んでいる。吉岡さんが独り言のように呟いた。

「永楽銭の金銭……、これは一枚六、七十万、この享保小判は五、六十万、こっちの慶長小判は極美とはいかないが、そこそこ状態が良いから百二、三十万ってとこかな。永楽金銭が三枚、慶長小判が二枚、享保小判二枚……、おい北畠、これだけでもざっと五百万はするぞ」

「古銭の相場を良く知りませんが、慶長小判だけどうしてそんなに高いんですか？」

「慶長小判は圧倒的に数が少ないから希少価値が高い、その差だよ。慶長小判は金が八十五・七パーセントで銀十四・三パーセント、享保小判は金が八十六・一パーセントで銀は十三・九パーセント、享保小判の方が金の含有量は多く良質なんだが、市場価格というのは希少価値の方が優先するからな」

吉岡さんは余程詳しいのかカタログも視ずにすらすらと含有量を言った。僕はそれを聞きながら何気なく小判の金含有量を手帳に記したが……、自分の書いた数字を眺めるうちに、頭の奥で何かもやもやとした奇妙なものを感じ始めた。これと同じ数の並びを聞いたことがあるような気がしたからだ。どこで？　と思った時、部屋の外でお弟子さんの声が聞えた。

「あのう、食事をご用意したのでお持ちしました」

吉岡さんが直ぐに返事をしながら立ち上がった。

「取り敢えず食事にしよう」

「そうですね」

短く答えたが、相変わらず頭のもやもやが気になって仕方がない。食事に専念しだした吉岡さんをよそにテレビのスイッチを入れ、その上にあった新聞を手に取ると、一面に「金印」という大きな活字が躍っている。金印？　と思いながら記事を読み始めたが、余りのことに僕は声も出ないほど驚愕した。凍り付いたように動きの止まった僕に、吉岡さんが訝し気な顔で問いかけてくる。

「どうした北畠、何か大きな事件でもあったのか？」

「……中国の西安の博物館に中国の歴代皇帝が下賜した親魏倭王、漢委奴国王、それと足利義満の金印が展示されたと……」

「何だ、知らなかったのか。昨日だったかニュースでも大きく取り上げていたぞ。日本側は歴史学者が総出でコメントしていたが、いずれの学者も漢委奴国王の金印には困惑していたよ。何しろ、中国側が展示した金印が本物なら日本の国宝は贋物ってことになるからな」

「中国側は人民中国西安考古学院主任教授の趙天仇という人が三つの金印は本物とのコメントを出していますが……、どういう経緯で博物館が入手したのか、この辺りが明確ではないみたいですね」

「お、北畠、テレビでもこれからその話をやるみたいだぞ」

テレビを振り返ると、三つの金印を順番にアップにしながらCNNのキャスターが中国側関係者のコメントを早口で伝え始めた。内容は、この三つの金印は蛮夷の日本王へ下賜されたもので、西暦一世紀から十六世紀後半まで中国と日本が主従関係にあったことを証明する重要な証拠であり、また当時の中国がいかに強大な国家であったかを物語っているというようなものだったが、三つの金印は中国本土の出土品なのか、それとも中国側に伝世していたのか、この最も肝心なことには何の説明もなかった。無論、日本の黒田家に伝世した国宝金印との関わりについてもコメントは無しである。

CNNのカメラが展示された三つの金印を取り囲むたくさんの中国人を映し出した。僕は思わず叫び声を上げた。

「マキだ!」

「どうしたんだ北畠、知り合いが出てるのか?」

僕は声にならない声で頷きながらテレビに齧り付いたが、映像は一瞬で直ぐにニュースは次の話題に移っていた。あれは確かにマキだ。そして、その隣に居たのは紛れもなくあの明石さんではないか。僕は呆然としたままCNNの映し出すどこかの国の動物園でキリンが引っ越す映像を眺めていたが……、さっきのもやもやが忽然《こつぜん》と晴れてくるのを感じた。

手帳を前の方へ溯《さかのぼ》り、明石さん所有の雄山閣金印と漢委奴国王印の金含有量をメモしたページを開いた。雄山閣金印、金八十五・七パーセント、銀十四・三パーセント。漢委奴国王の金印、金八十六・一パーセント、銀十三・九パーセント。雄山閣金印と慶長小判、漢委奴国王印と享保小判、ともに金と銀の含有量は全く同じである。不思議なことに驚きはなかった。ただ、さっきまでの有頂天な気分は一遍に吹き飛んで、酷く自分が未熟なような気がした。

真のトレジャーハンターは現実に宝を掘り出すことではなく、自分の頭の中で宝を創造し、その宝を現実のものにしてしまうことなのだ。明石さんには大事なマキまで持って行かれてしまったが……、何故か自然に笑いが込み上げてきた。

「どうした北畠、具合でも悪いのか？　変だぞちょっと」

「いや、あの三つの金印をどうやって中国政府へ売り込んだのかなと思って」

「売り込んだ？　何のことだ」

「別になんでもありません」

吉岡さんは笑い続ける僕に怪訝な顔だが……、それをよそに僕の頭の中はどんどん膨らんでいく。あの池から日本左衛門の小判が山のように出たら、その小判で世間をあっと言わせるお宝を作り……、それを国宝、いや世界の秘宝に仕立て上げ世界中の学者に挑戦するゲームを創るのだ。

引用および参考文献リスト

・漢委奴国王印考　三宅米吉（史学雑誌37）
・漢委奴国王印考　稲葉君山（考古学雑誌1―12）
・漢委奴国王金印偽作説の批評　三宅米吉（考古学雑誌2―5）
・亀井学派に関する事蹟一班　山田方策（筑紫史談1）
・勤王家としての南冥先生　高野江基太郎（筑紫史談1）
・筑前志賀島と朝鮮迎日湾　武谷水城（筑紫史談2）
・委奴国考　上　中島利一郎（筑紫史談3）
・漢委奴国王印の出所は奴国王の墳墓に非らざるべし　中山平次郎（考古学雑誌5―2）
・漢委奴国王印に関する二三の文籍　中山平次郎（考古学雑誌5―3）
・楊守敬の委奴国王印考　稲葉君山（考古学雑誌5―6）
・委奴国考　中　中島利一郎（筑紫史談4）
・梶原景熙事蹟　中島利一郎（筑紫史談4）
・筑前教育の淵源を論じて亀井学派の系統に及ぶ　高野江基太郎（筑紫史談5）
・南冥と昭陽の著作　高野江基太郎（筑紫史談6）
・漢委奴国王印の出所に対する遺蹟学的研究　笠井新也（考古学雑誌6―5）
・漢委奴国王印の出所は古墳にあらざるべきを主張す　中山平次郎（考古学雑誌6―6）
・漢委奴国王印の出所に就て笠井新也君に答ふ　中山平次郎（考古学雑誌6―7）
・漢委奴国王印出土状態研究資料の選択に就て　中山平次郎（考古学雑誌6―7）
・金印余録　中山平次郎（考古学雑誌6―7）
・漢委奴国王印発見の遺跡に就いて中山博士に答へかつ問ふ　笠井新也（考古学雑誌6―7）
・金印余談の誣を弁ず　高野江基太郎（筑紫史談9）
・亀井南冥家と原古處家（一）　山田新一郎（筑紫史談48）
・亀井南冥家と原古處家（二）　山田新一郎（筑紫史談49）
・亀井家年表　伊東尾四郎（筑紫史談49）
・亀井南冥家と原古處家（三）　山田新一郎（筑紫史談50）
・漢委奴国王印の問題　後藤守一（日本歴史47）
・漢委奴国王金印を贋物と疑ふ説を読みて　岩井大慧（日

本歴史47）
・委奴国と金印の遺跡　榧本杜人（考古学雑誌45－4）
・福岡県志賀島の弥生遺跡　森貞次郎ほか（考古学雑誌46－2）
・漢委奴国王金印の測定　岡崎敬（史淵　九州大史学部）
・藤原貞幹稿本・摸本目録　伊藤益（文献13号）
・漢委奴国考　藤田元春（山梨大学学芸部研究報告3）
・亀井南冥と竹田定良　井上忠（福史連第三十一回大会増補版）
・修猷館二百年史／修猷館二百年史編集委員会編
・日本の発掘 増補版　斎藤忠　東京大学出版会
・考古学研究総論（八幡一郎著作集1）　八幡一郎／雄山閣
・国語説令　吉澤義則／立命館出版部
・金印研究論文集成　大谷光男／新人物往来社
・コインの歴史　造幣局泉友会監
・羽黒修験道秘録　星川豊彦／第一書房
・羽黒山の文化財　出羽三山歴史博物館
・江嶋考　呉文炳／書物展望社
・私達の町　築地六、七丁目、明石町記念誌発行委員会
・築地明石町今昔　北川千秋／聖路加国際病院礼拝堂委員会
・大森貝塚　近藤義郎・佐原亨 編訳／岩波書店
・日本その日その日　E・モース著・石川欣一訳／平凡社
・箸墓の秘密　辻直樹／毎日新聞社
・続善隣国宝記（史籍集覧）／臨川書店
・蔭涼軒日録（増補・続史料大成）／臨川書店
・筑前国続風土記／国書刊行会
・筑前国続風土記附録　加藤一純・鷹取周成／文献出版
・集古印譜　王常 編・顔従徳 校
・宣和集古印史　来行学 編
・宣和集古印史　餘延年 復篆
・集古図続録　藤原貞幹
・好古日録　藤原貞幹
・後漢金印図章　井田敬之
・金印弁　亀井南冥
・漢委奴国王金印考　上田秋成
・中外経緯伝草稿　伴信友
・題金印紙後　亀井昭陽
・亀井家系図　早船正夫
・国史大辞典／吉川弘文館

※この作品には作者の虚構に基づくフィクションも織り込まれています。また、実在する団体、職名、人物名なども登場しますが、構成上の必然からであることをお断りしておきます。

七《なな》つの金印《きんいん》　日本史《にほんし》アンダーワールド

2001年11月10日　第１刷発行

著者／明石散人《あかしさんじん》
発行者／野間佐和子
発行所／株式会社講談社
東京都文京区音羽2-12-21　〒112-8001
TEL　編集部　03-5395-3506
販売部　03-5395-3622
業務部　03-5395-3615
印刷所／共同印刷株式会社
製本所／黒柳製本株式会社
定価はカバーに表示してあります。

落丁本・乱丁本は、小社書籍業務部あてにお送りください。
送料小社負担にてお取り替えいたします。
なお、この本についてのお問い合わせは文芸図書第三出版部あてにお願いいたします。

N.D.C.913　384P　20cm　ISBN4-06-210969-7（文３）

阿曇家旧蔵「筑前国続風土記附録」絵図